आज के प्रश्न

हिन्दू होने का मतलब

कृष्ण कुमार अरविन्द नारायण दास शंभुनाथ रमेशचन्द्र शाह अरुण कुमार त्रिपाठी
राजमोहन गाँधी पुरुषोत्तम अग्रवाल सच्चिदानन्द सिन्हा उदयन वाजपेयी
मस्तराम कपूर धर्मवीर अलका सरावगी राजकिशोर

आज के प्रश्न

इस पुस्तक शृंखला का लक्ष्य है समकालीन राजनीतिक, आर्थिक और सामाजिक दृश्यपट की प्रखर, विस्तृत और वस्तुपरक पड़ताल। कम मूल्य पर विचारपूर्ण सामग्री देने की इस योजना के तहत चार महीने के अन्तराल पर दो ऐसी पुस्तकें प्रकाशित की जा रही हैं, जो किसी महत्वपूर्ण घटना, मुद्दे या समस्या से जुड़ी हों। शृंखला संपादक हैं प्रसिद्ध लेखक और पत्रकार राजकिशोर।

'आज के प्रश्न' शृंखला में अब तक प्रकाशित पुस्तकें :

1. अयोध्या और उससे आगे
2. भारतीय मुसलमान : मिथक और यर्थाथ
3. हिन्दू होने का मतलब
4. विनाश को निमंत्रण : भारत की नयी अर्थनीति
5. कश्मीर का भविष्य
6. हरिजन से दलित
7. स्त्री के लिए जगज
8. भारत का राजनीतिक संकट
9. भ्रष्टाचार की चुनौती
10. मानव-अधिकारों का सघर्ष
11. हिन्दुत्व की राजनीति
12. अश्लीलता का हमला
13. जाति का जहर
14. स्त्री परंपरा और आधुनिकता
15. बच्चे और हम
16. हिंसा की सभ्यता
17. मुस्लिम आतंकवाद बनाम अमेरिका
18. दलित राजनीति की समस्याएँ
19. नैतिकता के नये सवाल

हिन्दू होने का मतलब

संपादक

राजकिशोर

वाणी प्रकाशन

वाणी प्रकाशन का 'लोगो'
विख्यात चित्रकार मक़बूल फ़िदा हुसेन की
कूची से

ISBN : 81-7055-314-8

वाणी प्रकाशन
21-ए, दरियागंज, नयी दिल्ली-110002
द्वारा प्रकाशित

फोन : 0091#11#23273167, 23275710
फैक्स : 0091#11#23275710
ई-मेल : vaniprakashan@gmail.com
vani_prakashan@yahoo.com
वेबसाइट : www.vaniprakashan.com

प्रथम संस्करण : 1994
द्वितीय संस्करण : 1994
तृतीय संस्करण : 1996
चतुर्थ संस्करण : 1998
पंचम संस्करण : 2000
षष्ठ आवृत्ति संस्करण : 2009

जय भारत प्रिंटिंग प्रेस, शाहदरा, दिल्ली-110032
द्वारा मुद्रित

मूल्य : 95.00

HINDU HONE KA MATLAB
Editded by : **Raj Kishore**

क्रम

लेखक परिचय

कृष्ण कुमार : शिक्षा शास्त्री एवं लेखक। दिल्ली विश्वविद्यालय में शिक्षा शास्त्र के प्रोफेसर। 33ए, छात्र मार्ग, दिल्ली-110007

अरविन्द नारायण दास : आर्थिक एवं राजनीतिक विषयों के प्रसिद्ध मार्क्सवादी लेखक। द टाइम्स ऑफ इंडिया में सम्पादक (शोध)। 2 बी, मथुरा रोड, जंगपुरा बी, नयी दिल्ली-110014

शंभुनाथ : विशिष्ट आलोचक एवं टिप्पणीकार। 'समकालीन सृजन' के सम्पादक। कलकत्ता विश्वविद्यालय में हिन्दी के रीडर। 389, जी॰टी॰ रोड, हावड़ा-711006

रमेशचन्द्र शाह : प्रसिद्ध आलोचक, कथाकार, कवि तथा निबन्धकार। शासकीय हमीदिया कॉलेज में अंग्रेजी के प्रोफेसर। 3/2, प्रोफेसर्स कालोनी, भोपाल-462002

अरुण कुमार त्रिपाठी : विचारशील पत्रकार। आजकल जनसत्ता, नयी दिल्ली में। सी 24, आनन्द विहार, दिल्ली-110092

राजमोहन गाँधी : आधुनिक भारतीय इतिहास के विद्वान तथा गाँधीवादी विचारक। पूर्व सांसद। डी 5, पंडारा रोड, नयी दिल्ली-110003

पुरुषोत्तम अग्रवाल : आलोचक तथा टिप्पणीकार। साम्प्रदायिकता विरोधी आन्दोलन के सम्मानित कार्यकर्त्ता। जवाहरलाल नहेरू विश्वविद्यालय में हिन्दी के प्राध्यापक। एस॰डब्ल्यू॰ 1, सतलज, जवाहरलाल नेहरू विश्वविद्यालय, नयी दिल्ली-110067

सच्चिदानन्द सिन्हा : समाजवादी विचारक। लगभग चार दशकों से भारतीय किसान एवं मजदूर आन्दोलनों में सक्रिय। मनिका, मुजफ्फरपुर (बिहार)-843119

उदयन वाजपेयी : कवि, आलोचक एवं टिप्पणीकार। म॰ गाँधी चिकित्सा महाविद्यालय में शरीरक्रिया विज्ञान के प्राध्यापक। 90/45, तुलसी नगर, भोपाल।

मस्तराम कपूर : लेखक एवं राजनीतिक टिप्पणीकार। समाजवादी आन्दोलन से सम्बद्ध। 79बी, पॉकेट 3, मयूर विहार-I, दिल्ली-110091

धर्मवीर : लेखक एवं प्रखर दलित चिन्तक। भारतीय प्रशासनिक सेवा के अधिकारी। ए 199, गली नंबर 2, शकरपुर मेन बाजार, दिल्ली-110092

अलका सरावगी : उदीयमान कहानीकार तथा संवेदनशील लेखिका। फिलहाल 'रघुवीर सहाय और यथार्थ' विषय पर शोध। फ्लैट 8 बी, 12सी, लॉर्ड सिन्हा रोड, कलकत्ता-700071

राजकिशोर : नवभारत टाइम्स, नयी दिल्ली में वरिष्ठ सहायक सम्पादक। 139, सहयोग अपार्टमेंट्स, मयूर विहार-I, दिल्ली-110091

सम्पादक की बात

दूसरे मोक्ष के लिए

भारतीय जनता पार्टी को यह श्रेय दिया जाता है कि उसने हिंदुत्व के सवाल को बहुत ही शक्तिशाली ढंग से उठाया है। क्या इससे भारतीय समाज कुछ बेहतर हुआ है ? अभी तक तो सिर्फ बुरे पहलू ही सामने आये हैं। स्थिति यह है कि कुछ लोग जब गर्व से अपने को हिंदू कहते हैं, तो स्वयं हिंदू समाज को ही भय होता है। यह कहना गलत होगा कि हिंदुत्व की यह नयी परिभाषा भाजपा ने ही पैदा की है। जब राष्ट्रीय स्वयंसेवक संघ की स्थापना (1925) नहीं हुई थी, तब भी ऐसे हिंदू थे। यह परंपरा पीछे की ओर कम-से-कम पचास साल तक तो जाती ही है। लेकिन तब यह एक बहुत ही क्षीण परंपरा थी और समाज में उसे बहुत आदर के साथ नहीं देखा जाता था। आज का संकट यह है कि यह विचार हिंदू समाज के एक वर्ग में आदरणीय हो चुका है। चूँकि यह सिर्फ एक सामाजिक धारा नहीं है—इसकी राजनीतिक अभिव्यक्तियाँ ज्यादा प्रबल हैं, अतः भारत की मौजूदा राजनीतिक प्रणाली के लिए भी खतरा पैदा हो गया है। कुल मिला कर ऐसा लगता है मानो एक प्रति-भारत पैदा हो गया है जो उस भारत को समाप्त करने पर तुला हुआ है जिसे हम एक अर्थ में पिछले 47 वर्षों से और दूसरे अर्थ में हजारों वर्षों से जानते रहे हैं। क्या यह प्रति-भारत ही असली भारत है ? देश इस समय इसी सवाल से जूझ रहा है। यह पुस्तक इसी दिशा में एक विनम्र और समवेत प्रयास है।

समस्या को पूरी तरह समझने के लिए हमें कल्पना करनी चाहिए कि भाजपा ने यह सवाल इतनी ताकत से न उठाया होता, तो क्या होता। क्या भारतीय राजनीति बहुत उच्चतर अवस्था में पहुँच जाती ? क्या भारतीय समाज में उत्थानशीलता के दर्शन होते ? बाबरी मस्जिद जरूर अपनी जगह पर बनी रहती, किंतु क्या सिर्फ इसे ही भारतीय उदारवाद का शीर्ष प्रमाण माना जा सकता था ? निवेदन यह है कि हिंदूवाद की जो राजनीति आ कर सभा मध्य में बैठ गयी है, उसका आविर्भाव एक क्षयशील समाज में ही संभव था। भाजपा का अनिच्छित योगदान यह है कि उसने हमें हमारे क्षय के प्रति सतर्क कर दिया है। उदाहरण के लिए भाजपा से प्रभावित हुए बगैर भी एक अगंभीर और प्रदर्शनकारी हिंदुत्व खास तौर से उत्तर भारत में बहुत तेजी से बढ़ रहा था, जो आज 'चोली के पीछे क्या है' की तर्ज पर प्रसन्नतापूर्वक 'पूजा के पीछे क्या है'

गा सकता है। अलका सरावगी ने मार्मिक ढंग से इस ओर हमारा ध्यान आकर्षित किया है। अगर भाजपा का हिंदू हमारे सामने न होता, तो हम इस नव-हिंदू को शायद नहीं देखना चाहते। हम यह भी नहीं देखना चाहते कि तथाकथित आधुनिकता और तथाकथित प्रगति ने हमारे समाज के साथ क्या-क्या किया है। यह काफी समय के बाद पहली बार हुआ है कि बुद्धिजीवी समाज को सीधे संबोधित कर रहा है और असुविधाजनक प्रश्नों से भी मुठभेड़ कर रहा है। देश में विवेक और मानवीयता के सभी प्रतिनिधियों को शिद्दत से यह अनुभव हो रहा है कि समाज की शक्ति को जागरित किये बगैर और समाज को आत्म-परिष्कार के लिए तैयार किये बगैर न तो लोकतंत्र की रक्षा हो सकती है और न किसी भी मानवीय मूल्य की। यही समय है जब हिंदू को अपने-आपसे पूछना होगा कि हिंदू होने का असली मतलब क्या है। तभी हिंदू समाज की रक्षा हो सकती है और उस देश की भी, जिसमें हिंदू भारी संख्या में बहुसंख्यक हैं।

हमारे आधुनिक बुद्धिजीवियों के सामने हिन्दुत्व का सवाल आज खड़ा हुआ है, लेकिन हिन्दू समाज से जिनका सरोकार सच्चा था, उनका ध्यान बहुत पहले ही इस ओर आकर्षित हो चुका था। हिन्दू समाज का गौरव गान पहले आत्म-रक्षा का एक औजार था और इस नाते उपयोगी भी। लेकिन जो हिंदू समाज का उद्धार चाहते थे, उनकी निगाह कहीं और भी थी। यहाँ एक ऐसे लेखक का उद्धरण देना चाहता हूँ, जिसे संदेह था कि हिंदू समाज की दुर्दशा के बीज उसके भीतर ही तो नहीं छिपे हुए हैं। हजारीप्रसाद द्विवेदी को यह सवाल लगातार मथता रहा कि जिस हिंदू का अतीत इतना समृद्ध था, उसका वर्तमान इतना धूसर क्यों है। अपने 'जबकि दिमाग खाली है' (1939) शीर्षक निबंध में वे इस सवाल को मानो अंगारे की तरह हमारी हथेली पर रख देते हैं। इस निबंध से एक लंबे उद्धरण के लिए मुझे क्षमा किया जाये :

> जबकि दिमाग खाली हो और दिल भरा हुआ हो, तब शास्त्र-चर्चा अच्छी नहीं लगती। मेरी अवस्था आज ऐसी ही है। अभी उस गठीले बदनवाले पठान युवक को देख चुका हूँ। हींग बेचने आया था। विराट् शरीर, सौम्य मुख, निर्भय नेत्र और 'कुछ परवा नहीं' चेहरा। बोला, 'बाबूजी, उस ऊँची कोठीवाले बँगले में कौन रहता है ?' उसका मतलब 'उत्तरायण' से था। फिर बिना जवाब पाये ही पूछ बैठा, 'वह हिंदू तो नहीं जान पड़ता, बाबू ! क्या मुसलमान है ?'
>
> मैंने जवाब दिया, 'नहीं।'
>
> 'ईसाई है ?'
>
> 'नहीं।'
>
> 'मुसलमान भी नहीं, ईसाई भी नहीं ?'
>
> 'हाँ।'
>
> 'तो क्या हिंदू है ?'
>
> 'कह सकते हो।'
>
> सवाल गुरुदेव के बारे में पूछे जा रहे थे। मैं अन्यमनस्क भाव से जवाब दे रहा था। पठान युवक मेरी उदासीनता से कुछ रूठ-सा गया। अब व्यर्थ की बात न पूछ कर उसने काम की बात पूछी :

'वह हींग तो खाता होगा, बाबू ?'

'मैं क्या जानूँ ?'

उसने अधिक रुकना उचित नहीं समझा। सलाम करके चलता बना। पर मेरे कानों पर अब भी उसके शब्द रेंग रहे हैं—'मुसलमान भी नहीं, ईसाई भी नहीं, तो क्या हिन्दू है ?' इस अभागे देश में जो मुसलमान भी नहीं, ईसाई भी नहीं, वह हिन्दू होता है। यह पठान युवक पाणिनि और यास्क का वंशज है, पर चूँकि वह मुसलमान है, इसलिए वह हिन्दू नहीं। इसके पूर्वजों ने वैदिक साहित्य के अनमोल अंशों का संपादन किया था ; पर चूँकि वह मुसलमान है, इसलिए वह हिंदू नहीं है और इसलिए उसके लिए वह साहित्य कुफ्र है।

पाणिनि की सन्तान आज हींग बेचती है, क्योंकि वह हिन्दू नहीं है और जो हिन्दू नहीं, उसके लिए अपने पूर्वजों की सर्वश्रेष्ठ वस्तुएँ भी त्याज्य हैं। यह विचित्र युक्ति है। अफसोस मैं नहीं करता। हिंदू कहलानेवाले जीवों की बात कम विचित्र नहीं है, कभी-कभी तो ऐसी विचित्र बातें दुनिया के किसी भी कोने में नहीं मिल सकतीं। यहाँ लोगों को कुत्ते-बिल्ली से भी बदतर माना जाता है, क्योंकि वे हिन्दू होते हैं। यहाँ विधवाओं को फुसलाया जाता है और गर्भपात भी कराया जाता है, क्योंकि वे हिन्दू हैं। यहाँ वेश्याओं को मन्दिर में ले जाया जाता है, पर सती अन्त्यज-रमणियों को प्रवेश नहीं करने दिया जाता, क्योंकि वे हिन्दू हैं। यहाँ अन्याय को न्याय कह कर चला दिया जाता है। इस समाज के भीतर इतनी दुर्बलताएँ, इतनी अव्यवस्थाएँ, इतने मिथ्याचार हैं कि यह समाज मरने को बाध्य है। हिन्दू माने—हिन्दू भावाभाव ! पुराने जमाने के अपोहवादी फिलासफरों का मत था कि किसी पदार्थ को अभाव के रूप में ही बताया जा सकता है अर्थात घट का सच्चा परिचय यह है कि जो घट के अभाव का अभाव है। पठान युवक ने आज मेरे दिमाग के अपोहवादी दार्शनिक को उत्तेजित कर दिया। मैं सोचता हूँ कि हिन्दुओं का परिचय अभाव के रूप में ही दिया जा सकता है। लेकिन यह भी कैसे मान लिया जाये ? शास्त्रों, पुराणों, स्मृतियों, स्तोत्रों और कर्मकाण्डों के विधि-निषेधों से भरे इन पोथों को हम अभाव कैसे मान लें ? काव्यों, नाटकों, चम्पुओं, आख्यायिकाओं और कथाओं के अमरलोक का निर्माण करनेवाली इस जाति को अभाव कैसे मान लें ?

लेकिन जब दिमाग खाली हो और दिल भरा हो, तो शास्त्र-चर्चा रुचती नहीं। नहीं तो, जिस जाति ने एक बार वक्षुतट से महाक्षोण तक का एकछत्र राज्य किया था, जिसकी संस्कृति महापर्वतों को लाँघ कर और महासमुद्रों को तैर कर भी विजय-ध्वजा फहरा सकी थी, जिसकी विजय वाहिनी पूर्वापर समुद्रों के भीतर सिंहनाद करती रही, उसके विषय में इतना चिन्तित हो जाने की कोई जरूरत नहीं। यह ठीक है कि पाणिनि की सन्तान आज हींग बेचती है और कुमारजीव के सगे संबंधी आज सीमांत के हिंदुओं की बहू-बेटियों का व्यवसाय करते हैं और इस बात को भी कोई अस्वीकार नहीं कर सकता कि कालिदास की विहारभूमि में आज ऐसी सभ्यता (या बर्बरता) का ताण्डव हो रहा है जो चित्त को मथे बिना नहीं रह सकता, फिर भी भरोसा यह

है कि वह रक्त बचा ता है। आज नहीं तो कल वह अपना प्रभाव फैलायेगा ही, लेकिन मैं दूसरी बात सोचता हूँ। कहते हैं, 'फलेन परिचायते वृक्षः' अर्थात दरख्त की पहचान फल से होती है। आज जो हिन्दुओं की दुरवस्था है, वह है तो उसी बहुविघोषित समृद्धिकालीन सभ्यता का परिणाम। कैसे कहूँ कि वह अच्छी थी, जबकि उसका परिणाम स्पष्ट ही बुरा नजर आ रहा है।[1]

यह तो हजारीप्रसाद द्विवेदी का शत्रु भी नहीं कहेगा कि वे हिंदू-द्वेषी थे। वेद, शास्त्र और संस्कृत साहित्य का उन्हें प्रचुर ज्ञान था तथा उनसे लगाव भी। फिर भी उन्होंने सिर्फ हिंदू धर्म की ऊँचाइयों में डुबकी नहीं लगायी, बल्कि यह खोजने का प्रयास भी किया कि हिंदू समाज को उसकी दुरवस्था से कैसे उबारा जा सकता है। मेरी दृष्टि में हिंदू होने का यह पहला और बुनियादी मतलब है। आज यदि हिंदू आत्मशोध नहीं कर सकता, तो वह न केवल अपनी गौरवपूर्ण विरासत का सच्चा उत्तराधिकारी नहीं बन सकता, बल्कि व्यक्ति, देश और समाज के सामने मौजूद वर्तमान चुनौतियों का सामना भी नहीं कर सकता। वह एक बार फिर अपने को एक शक्तिशाली वर्ग के हाथ में कुछ समय के लिए गिरवी रख देगा।

इस गौरवपूर्ण विरासत का विस्तार और विवेक के साथ स्मरण आवश्यक है, जैसा कि डॉ॰ अरविंद नारायण दास, डॉ॰ रमेशचंद्र शाह और डॉ॰ शंभुनाथ ने अपने सुलिखित विद्वत्तापूर्ण निबंधों में किया है। लेकिन हमें यह भी नहीं भूलना चाहिए कि हिंदू समाज की कुछ और हकीकतें भी रही हैं, जो अपने आदिम और बुनियादी रूप में ढाई-तीन हजार वर्षों से लगभग अपरिवर्तित हैं। मस्तराम कपूर का लेख हिंदू समाज में स्त्री की स्थिति पर एक करारी टिप्पणी है। यह लेख पढ़ कर यह कहने की इच्छा होती है कि कृपया यह न बतायें कि नारी जाति के प्रति कितने सम्मानजनक शब्द हमारे शास्त्रों में हैं, कृपया यह देखने का कष्ट करें कि हिंदू स्त्री का पारिवारिक और सामाजिक जीवन कैसा रहा है। शूद्रों की कथा तो और भी करुण है। डॉ॰ धर्मवीर ने, जो स्वयं शूद्र हैं—बल्कि अन्त्यज और जिन्होंने कई क्षेत्रों में निर्णायक महत्व का काम किया है, ठीक ही यह सवाल हमारे सामने रखा है कि शूद्र अपने को हिंदू क्यों मानें ? उन्हें हिंदू समाज से मिला क्या है ? धर्मवीर के प्रस्तावों में सामाजिक अलगाववाद के स्वर सुनाई पड़ेंगे। यह अलगाववाद आज बहुत मजबूत नहीं है तो इसीलिए कि शूद्र चेतना का पर्याप्त जागरण नहीं हो पाया है। लेकिन कल यह स्वर मजबूत हो सकता है। इस अलगाववाद को बढ़ने से रोकना है, तो कोई और उपाय नहीं है—सवर्ण समाज को आगे बढ़ कर शूद्र को गले लगाना पड़ेगा और उसके साथ रोटी-बेटी का रिश्ता कायम करना होगा।

हिंदू समाज की एकता का आह्वान करनेवालों को यह जरूरत महसूस नहीं होती, बल्कि वे सामाजिक यथास्थिति के पक्षधर प्रतीत होते हैं, तो इस दृष्टि से भी आधुनिक हिंदुत्व की गहरी जाँच जरूरी है। पुरुषोत्तम अग्रवाल ने बहुत बेबाकी और वेधकता से यह विश्लेषण किया है कि हिंदुत्व की राजनीति करनेवालों को कैसा हिंदू चाहिए और क्यों ? सच्चिदानंद सिन्हा का लेख तफ्तीश करता है कि इस सर्वसत्तावादी उभार की आर्थिक-सामाजिक पृष्ठभूमि क्या है। उदयन वाजपेयी ने ठीक ही पहचाना है कि हिंदुत्व की आज सबसे ज्यादा जरूरत राजनेताओं

1. संकलित निबंध, हजारीप्रसाद द्विवेदी, संपादक नामवर सिंह, पृ. 39-40

और तरह-तरह के धंधेबाजों को है। लेकिन हिंदूवाद और हिन्दू सांप्रदायिकता को एकमएक करने की भूल नहीं होनी चाहिए। हिंदूवादी हुए बगैर भी हिंदू सांप्रदायिकता हो सकती है। हिंदू सांप्रदायिकता काफी पहले भी थी। हमने मुसलमानों से सिर्फ सौहार्द नहीं दिखाया, उन्हें म्लेच्छ भी माना। हमारे लिए अंग्रेज भी म्लेच्छ थे। लेकिन आज का हिंदूवादी बहुत चतुर है। यह चतुराई आधुनिकतावाद से आयी है, जिसमें स्वार्थ भावनाओं पर हमेशा भारी पड़ता है। आज का उग्र हिंदुत्व अपने तौर-तरीकों में उतना ही आधुनिकतावादी या सुखवादी है, जितना वह तबका, जिसे पश्चिमपरस्त कह कर वह खारिज कर देना चाहता है। यह अकारण नहीं है कि राष्ट्रीय स्वयंसेवक संघ का स्वदेशी आंदोलन कुछ महीनों में ही थक कर बैठ गया। लेकिन आधुनिकता के और भी पहलू हैं। उनके साथ मुठभेड़ कर और उनका अनुकरण कर हिंदू समाज ने क्या हासिल किया है और क्या खोया है ? पश्चिम का कितना 'सार' गहा गया है और कितना 'थोथा' ? इसके कारण जो अंतर्द्वंद्व पैदा हुए हैं, अरुण कुमार त्रिपाठी ने उनका सटीक विवेचन किया है। इस पृष्ठभूमि में ही राजमोहन गाँधी का यह प्रश्न तीर की तरह हमारे मर्मस्थल में प्रवेश करता है कि अच्छा हिंदू कौन है।

आज अनेक उदारवादियों द्वारा यह प्रचारित किया जा रहा है कि अच्छा हिन्दू वह है जो साम्प्रदायिक नहीं है। बल्कि यह दावा भी किया जा रहा है कि जो साम्प्रदायिक है, वह हिन्दू नहीं हो सकता। लेकिन क्या इतना ही काफी है ? हिंदू से क्या हमारी अपेक्षा सिर्फ इतनी ही होनी चाहिए ? क्या हिंदुत्व का कुल अर्थ बस यही है ? यह हिंदुत्व के साथ एक गहरा मजाक है—उसका लगभग वैसा ही राजनीतिक इस्तेमाल, जैसा भाजपा कर रही है। यदि हम हिंदू समाज को एक आदर्श समाज नहीं बनाना चाहते, तो उसके साथ हमारी सहानुभूति में निश्चय ही गंभीर कमी है। जो हिंदू साम्प्रदायिक होना चाहता है, वह इस सहानुभूतिहीनता को तत्काल भाँप जायेगा और हमारी बातों पर ध्यान नहीं देगा। उसे लगेगा कि इस समय सच्चा हिंदू वही है जो हिन्दूवादी भी है। अतः हिंदुत्व का सवाल उठाते समय हमें हिंदू समाज के सभी पहलुओं की ओर ध्यान देना होना--हिंदू होने का पूरा मतलब समझना होगा। यह पुस्तक समवेत रूप से यही काम करती है।

मेरे अपने निबंध के शीर्षक से कुछ भ्रम हो सकता है, लेकिन यह देख कर मैं एक तरह की कृतज्ञता अनुभव करता हूँ कि पुस्तक के कई निबंधों से मेरी मूल बात को बल मिलता है। राजमोहन गाँधी निष्कर्षस्वरूप ये प्रश्न हमारे पास छोड़ते हैं, 'क्या हिंदू होने का मतलब यही है कि सिर्फ मुस्लिम ज्यादतियों के अलावा हम हर चीज के प्रति उदासीन रहें ? क्या इतना बड़ा घोटाला हमें परेशान नहीं करता ? क्या ऊँच-नीच, अमीर-गरीब और लाचार व ताकतवर के बीच की इतनी चौड़ी खाईवाला समाज हमें परेशान नहीं करता ? हिंदूवाद को इस बात की कतई फिक्र नहीं है कि हमारे देश में स्कूल न जानेवाले और बाल-मजदूरी करनेवाले सबसे ज्यादा बच्चे हैं ? उन्हें यह भी परेशान नहीं करता कि भारत में सबसे ज्यादा अंधे और विकलांग और बेघर लोग हैं ?' कृष्ण कुमार ने इस समस्या को दो तरह से खोला है, (1) 'किसी अपराध को सामूहिक बोध में ढाल लेने का ऐसा संस्कार यदि हमारे मन की बुनावट में होता, तो द्रौपदी के अपमान की बदौलत हम अपने समाज में स्त्री की नियति को कब का बदल चुके होते।'

(2) 'सवर्णावस्था और दलितावस्था में बँटी हुई सामाजिकता दर्द के सामूहिक पैमाने विकसित ही नहीं होने देगी। इस दुश्चक्र को तोड़ना उस दिशा में बढ़ने की आवश्यक शर्त है जिसे अयोध्या के युद्ध में हिंदू संस्कारों को पहुँचायी गयी चोट ने खतरनाक ढंग से खोला है।' उदयन वाजपेयी हिंदुत्व को धर्म के केंद्र से निकाल कर साहित्य, कला और संस्कृति के केन्द्र में लाना चाहते हैं। हिन्दू समाज की वास्तविक समस्याएँ यही हैं। हिंदूवाद तो सिर्फ एक तात्कालिक चुनौती है, जो मूल समस्याओं की ओर ध्यान न देने के कारण पैदा हुई है। प्रश्न यह है कि हम सिर्फ फुनगी नोचेंगे या जड़ों की ओर भी ध्यान देंगे ?

अज्ञेय की अनेक परवर्ती टिप्पणियाँ उलझन पैदा करनेवाली हैं। इस पृष्ठभूमि में डॉ॰ शाह द्वारा अपने निबंध में उद्धृत उनका यह वक्तव्य निश्चय ही सुखद है, 'मैं अपने को हिंदू कहना आवश्यक नहीं मानता, क्योंकि यह नाम मध्य काल में दूसरों के द्वारा अवज्ञा के भाव से दिया गया। लेकिन जिसे धर्म कहा गया, उसकी परिधि में रह सका हूँ तो अपने को धन्य ही मानता हूँ।' स्पष्टतः यह धर्म वही होना चाहिए जिसे सच्चिदानंद सिन्हा ने अपने लेख में 'कुछ नैतिक मूल्यों को सार रूप में ग्रहण करने का आग्रह' बताया है और साथ ही यह भी कहा है कि 'ये नैतिक मूल्य असल में सार्विक हैं।' यह हृदयंगम करने के बाद ही शायद हम इस शताब्दी के सबसे बड़े धार्मिक व्यक्ति महात्मा गाँधी की इस उक्ति का मर्म समझ सकते हैं कि मैं जितना हिंदू हूँ, उतना ही मुसलमान, उतना ही ईसाई और उतना ही किसी अन्य धर्म का अनुयायी।

इस ऊँचाई तक पहुँचने का एक रास्ता निश्चय ही धर्म से जाता है, पर क्या आज के जमाने में यह विकल्प हमें सचमुच सुलभ है ? क्या हम फिर उपनिषद धर्म का प्रचार करें या भक्ति आंदोलन का विस्तार करें ? प्रश्न यह है कि धर्म के रास्ते से चेतना की शुद्धि का रास्ता सुलभ हो, तब भी क्या कोई दूसरा, लौकिक, रास्ता भी नहीं खोजा जाना चाहिए जिस पर अन्य लोग चल सकें ? संयोग से हजारीप्रसाद द्विवेदी ने इस बारे में भी विचार किया है, हालाँकि संदर्भ कुछ और था। 'भारतवर्ष की सांस्कृतिक समस्या' (1948) शीर्षक निबंध में वे कहते हैं :

> मैंने तीन तरफ से हिन्दू-मुस्लिम-मिलन का संधान पाया है। एक मार्ग संत और विद्वज्जनों का रहा है। हिन्दू और मुस्लिम जनता वस्तुतः उच्चतर अर्थ में एक ही धर्म का पालन करती है—इस विषय पर फारसी में कुछ पुस्तकें लिखी गयी थीं। एक 'मज्म-अ-उल-बहरन' दाराशिकोह की लिखी है। इसका अंग्रेजी में भाषान्तर मैंने देखा है। पुस्तक में हिन्दू-मुस्लिम धर्मों का सम्मिलन कराने का प्रयास है। हिन्दी में भी ऐसी पुस्तकें लिखी गयी हैं। ऐसी पुस्तकें भी बहुत हैं जिनमें कुरान और गीता तथा वेद और कुरान के भक्तिमय आवेगवाले पद्यों में भी समानता खोजी गयी है और उच्चतर नीति के क्षेत्र में दोनों के उपदेशों की अभिन्नता प्रतिपादित हुई है। यह एक तरह का प्रयास है, परन्तु मुझे इसमें सफलता मिलती नहीं दिखाई दी। वस्तुतः प्रत्येक हिंदू और प्रत्येक मुसलमान जानता है कि उच्चतर आध्यात्मिक क्षेत्र में कहीं मतद्वैध नहीं है। एक ही परमशक्ति को दोनों अलग-अलग नामों से पुकारते

हैं, एक ही परमपिता के सभी पुत्र हैं ; एक ही त्यागमय जीवन को सभी महापुरुष आदरणीय कह गये हैं। फिर भी इससे काम सिद्ध नहीं हुआ, क्योंकि साधारण जनता उच्चतर आध्यात्मिक अनुभूतियों की अपेक्षा धर्म की रूढ़ियों को अधिक मानती है। ये रूढ़ियाँ ही उसके लिए धर्म हैं। शंख बजाना या बाँग देना ज्यादा इन्द्रियग्राह्य आचार हैं और इसलिए इन्हें प्रधान मान कर कलह का सूत्रपात होता है।

एक दूसरा रास्ता लौकिक है। नाच-गान, खेल-तमाशे, कपड़े-गहने, खरीद-बिक्री आदि बातों में हिन्दू-मुस्लिम-मिलन बहुत दूरप्रसारी है। परन्तु कठिनाई यह है कि जब तक इनके साथ उच्चतर मनोवृत्ति का योग नहीं स्थापित होता, तब तक ये चीजें हवा के साथ उड़ जाती हैं। मामूली उकसावे से यह भीत भहरा जाती है।

एक तीसरा क्षेत्र भी है जहाँ हिन्दू और मुसलमान संकोच और झिझक छोड़ कर मिले हैं। इस क्षेत्र का मिलन इतना पक्का और अकृत्रिम हुआ है कि एकता के नाम पर अपील करनेवाले शुभ-बुद्धि व्यक्ति तक इसकी खबर नहीं करते। कारण कि इस क्षेत्र में अलगाव का भाव एकदम लुप्त हो गया है। यह क्षेत्र है विज्ञान का। अरबी में बहुत पहले आर्यभट्ट और ब्रह्मगुप्त आदि के ज्योतिष ग्रन्थों का अनुवाद हुआ था। इन ग्रन्थों के आधार और अनुकरण पर मुसलमान ज्योतिषियों ने अनेक ग्रन्थ लिखे। दशगुणोत्तर अंक-क्रम को अलखारिजमी ने सारे यूरोप में फैलाया था। मुसलमानी धर्म में मक्का की दिशा और प्रातः एवं सायं गोधूलि का बड़ा महत्व है, क्योंकि नमाज पढ़ने के लिए दोनों की विशेष जरूरत है। इन दोनों बातों का सूक्ष्म विवेचन करने के लिए मुसलमान ज्योतिषियों ने अक्षांश, देशान्तर-संस्कार तथा चर और उदयास्त का बड़ा सूक्ष्म और व्यापक अध्ययन किया। हिन्दुओं का मुहूर्त्त-शास्त्र मुस्लिम ज्योतिष में गृहीत हुआ है और अरबों का ताजक शास्त्र और रमल-विद्या संस्कृत में सम्मानपूर्ण स्थान पा सकी है। इन शास्त्रों के पारिभाषिक शब्द अरबी भाषा के हैं। ताजक नीलकण्ठी के प्रसिद्ध सोलह योगों के नाम सीधे अरबी से लिये गये हैं। इसराफ, इकबाल, मणाऊं (मनअ) आदि शब्द संस्कृत के नहीं, अरबी के हैं। चिकित्सा के ग्रन्थों का भी अरबी में अनुवाद हुआ था। यूनानी चिकित्सा-पद्धति के साथ भारतीय पद्धति के मिश्रण से एक नयी चिकित्सा-पद्धति हकीमी का जन्म हुआ, जो हिन्दुओं और मुसलमानों की प्रतिभा के मिलन का बड़ा सुन्दर फल है। इस प्रकार विज्ञान के क्षेत्र में हिन्दू और मुसलमान झिझक और संकोच छोड़ कर मिले हैं। मुसलमान बादशाहों ने सौर वर्षों के साथ हिजरी संवत् का सामंजस्य स्थापित करके नये संवत् चलाये थे, जो हिन्दुओं के राष्ट्रीय संवत् बन गये हैं। फसली सन्, विलायती सन्, बंगाब्द आदि ऐसे ही सन् हैं। वस्तुतः इस क्षेत्र का मिलन जितना ठोस हुआ है, उतना किसी क्षेत्र का भी नहीं। शायद इतिहास से हमें यह सीखना अभी बाकी है कि साम्प्रदायिक मिलन की भूमि वैज्ञानिक मनोवृत्ति है। इसी को उत्तेजित करना वांछनीय है।[1]

1- पूर्वोक्त, पृ॰ 81-83

यहाँ यह प्रश्न उचित होगा कि क्या यह 'वैज्ञानिक मनोवृत्ति' सिर्फ 'सांप्रदायिक मिलन' की भूमि हो सकती है ? हिंदू अपनी जीवन दृष्टि में पूर्णतः अवैज्ञानिक हो और मुसलमान अपनी जीवन दृष्टि में पूर्णतः अवैज्ञानिक, फिर वे एक-दूसरे के साथ वैज्ञानिक मनोवृत्ति से कैसे पेश आ सकते हैं ? दूसरों के प्रति वैज्ञानिक दृष्टि अपनाने से पहले अपने प्रति वैज्ञानिक दृष्टि अपनानी होगी। यहाँ विज्ञान शब्द से घबराना नहीं चाहिए। धर्म को विज्ञान अपना शत्रु लगता रहा है, क्योंकि विज्ञान ने धर्म के अनेक मिथकों को धूलिसात कर दिया है। लेकिन वस्तुतः विज्ञान भी ज्ञान ही है। ज्ञान जब अपने शोध का एक दायरा तय कर लेता है, तो वह विज्ञान हो जाता है। इसी अर्थ में अर्थशास्त्र, समाजशास्त्र आदि विज्ञान हैं। सभी विज्ञानों को मिला कर ही वह सामान्य चेतना बनती है, जिसे ज्ञान कहा जाता है। यह कोई पारलौकिक स्थिति नहीं, शुद्ध लौकिक स्थिति है। ज्ञान के द्वारा ही हम यथार्थ को जान सकते हैं और अपने दुःखों से, जहाँ तक संभव है, छुटकारा पा सकते हैं तथा अपने सुखों को, जहाँ तक वांछनीय है, बढ़ा सकते हैं। यही धर्म की कसौटी है और आधुनिकता की भी। यही दृष्टि हिंदुत्व को भी सही ढंग से परिभाषित कर सकती है, इस्लाम को भी और ईसाइयत को भी।

इस निबंध में हजारीप्रसाद द्विवेदी अपना निष्कर्ष इस प्रकार स्पष्ट करते हैं :

> बहुत-से लोग हिन्दू-मुस्लिम एकता को या हिन्दू-संघटन को ही लक्ष्य मान कर उपाय सोचने लगते हैं। वस्तुतः हिन्दू-मुस्लिम एकता भी साधन है, साध्य नहीं। साध्य है मनुष्य को पशु-सामान्य स्वार्थी धरातल से ऊपर उठा कर 'मनुष्यता' के आसन पर बैठाना। हिन्दू और मुस्लिम अगर मिल कर संसार में लूट-खसोट मचाने के लिए साम्राज्य-स्थापन करने निकल पड़ें तो उस हिन्दू-मुस्लिम मिलन से मनुष्यता काँप उठेगी ; परन्तु हिन्दू-मुस्लिम-मिलन का उद्देश्य है मनुष्य को दासता, जड़िमा, मोह, कुसंस्कार और परमुखापेक्षिता से बचाना, मनुष्य को क्षुद्र स्वार्थ और अहमिका की दुनिया से ऊपर उठा कर सत्य, न्याय और औदार्य की दुनिया में ले जाना ; मनुष्य द्वारा मनुष्य के शोषण को हटा कर परस्पर सहयोगिता के पवित्र बन्धन में बाँधना। मनुष्य का सामूहिक कल्याण ही हमारा लक्ष्य हो सकता है। वही मनुष्य का सर्वोत्तम प्राप्य है।[1]

हिंदू होने का सर्वोच्च मतलब शायद यही है, क्योंकि इसी से भारतीयता और मनुष्यता, दोनों के उच्चतम लक्ष्यों को पहचाना जा सकता है। इन लक्ष्यों तक वैज्ञानिक दृष्टि से भी पहुँचा जा सकता है और शायद धार्मिक दृष्टि से भी। जिसे जो रास्ता रुचे, अपना सकता है। लेकिन इन लक्ष्यों का जिक्र नहीं होगा और हिन्दुत्व के आदर्शों का बखान होगा, तो उसका कोई खास उपयोग नहीं है। मेरा खयाल है, वह बहुत कारगर भी नहीं होगा।

आज के उत्तप्त माहौल में यह आदर्शवादी आख्यान शायद संदेह की दृष्टि से देखा जाये, क्योंकि इसमें उन सामाजिक-राजनीतिक समस्याओं का हल पूरी तरह स्पष्ट नहीं है, जिनके बल पर उग्र हिंदुत्व लोगों के हृदय पर कब्जा करने में सफल हो रहा है। वस्तुतः हर आदर्श को ठोस और सगुण कार्यक्रम में बदलना होगा। जैसा कि पुरुषोत्तम अग्रवाल ने अच्छी तरह दिखाया

---

1. पूर्वोक्त, पृ. 83

है, आज का हिन्दुत्व धार्मिक मामला नहीं है। यह एक समुदायवादी-राष्ट्रवादी प्रश्न है। अतः उस स्तर पर भी हिन्दू होने के मतलब को समझना तथा समझाना होगा। भारतीयता और मनुष्यता के हितों में कोई विरोध नहीं है। अतः भारत के हितों की रक्षा करने तथा भारत को मजबूत बनाने में हमें संकोच नहीं होना चाहिए। भारत से कोई न डरे, पर भारत भी किसी से न डरे—यह स्थिति पैदा करना हमारा राष्ट्रीय कर्तव्य है। जिस हद तक हिंदू समाज भारत का अंग है, उस हद तक यह एक हिंदू कर्तव्य भी है। एक कमजोर भारत देश के अन्य समाजों की तरह हिंदू समाज के लिए भी खतरनाक है। साथ ही देश के अंदर सामुदायिक अंतर्संबंधों की एक ऐसी व्यवस्था विकसित करनी होगी, जो न्याय और निष्पक्षता पर आधारित हो। अल्पसंख्यकों की संवेदना की विशेष रूप से चिंता की जानी चाहिए, लेकिन किसी के साथ पक्षपात हो रहा है—यह धारणा पैदा होने दी गयी, तो कलह की जमीन तैयार होगी। अब इसमें भी सन्देह नहीं कि भारत का पिछले हजार साल का अतीत तब तक हम पर मँडराता रहेगा, जब तक हम उसकी गुत्थियाँ नहीं सुलझा लेते और आपस में सुलह-सफाई नहीं कर लेते। हिंदू को—या किसी को भी—उसके कर्तव्यों की शिक्षा देना काफी नहीं है, उसके अधिकार बोध को भी सहलाना होगा। सहनशीलता अच्छी बात है, लेकिन अधिकार चेतना भी कोई बुरी बात नहीं है। कुल मिला कर हिंदू की मृदुता और दृढ़ता, दोनों भावों को तार्किक रूप से और मानवीय स्तर पर संतुष्ट करने की आवश्यकता है, तभी उसकी पूरी परितृप्ति होगी।

अभी तक हिंदू ने ज्यादातर एक तरह के मोक्ष की साधना की है। अब वह अपने दूसरे मोक्ष की तैयारी कर रहा है : वह अपना इहलोक सुधारना चाहता है। दूसरे मोक्ष की इस खोज को धर्म, समाज और राष्ट्रीयता के सभी महत्वपूर्ण प्रश्नों की उचित मीमांसा की ओर ले जाया जा सकता है। इस खोज में उसकी भरपूर मदद की जानी चाहिए, अन्यथा वह सिर्फ झगड़ालू, गुस्सैल और क्रूर बन कर रह जायेगा।

हिन्दू मन की खोज

कृष्ण कुमार

हिन्दू होने के मायने खोजते वक्त अपनी निजी नियति से घिर जाना बहुत आसान है। मेरी समझ में हिन्दू होने का कोई ऐसा अर्थ सोच सकना या बता पाना बहुत कठिन है जो सभी हिन्दुओं को मान्य हो। यह बात लिखते हुए मैं निश्चय ही इस मान्यता से प्रभावित दिख रहा हूँ कि अन्य धर्मों के सन्दर्भ में ऊपर कही गयी बात लागू नहीं होती। यह मान्यता वस्तुतः कितनी सच है, यह जाँचने का मेरे पास कोई व्यक्तिगत आधार नहीं है; न ही मेरे पास ऐसे साधन हैं जिनकी मदद से मैं इस मान्यता का परीक्षण कर सकता। ऐसा एक मुख्य साधन ज्ञान हो सकता था–यानी यदि मेरे पास सभी धर्मों का पर्याप्त ज्ञान होता तो मैं हिन्दू होने के अर्थ की ईसाई, मुसलमान, बौद्ध या यहूदी होने के अर्थ से तुलना कर सकता था। पर थोड़ा और सोचा जाये तो यह सम्भावना भी एक भ्रम ही ठहरती है। ज्ञान यदि अनुभव बन सकता या अनुभव का रास्ता ही प्रशस्त कर सकता होता, तो विभिन्न धर्मों के अनुयायियों के झगड़े बहुत कम हो जाते। धर्म के बारे में जानना और उसे जीना शायद एक-दूसरे से काफी अलग प्रक्रियाएँ हैं।

किसी धर्म में पैदा हो कर हम एक समूचा वातावरण अपने भीतर बिठा लेते हैं। थोड़ा बड़े होने तक अपने भीतर रचे हुए उस वातावरण से हम इतना गहरा सामंजस्य बिठा चुके होते हैं कि हम उससे दूर हो कर दुनिया को देख ही नहीं सकते। साथ ही इस भीतरी वातावरण को भी हम निरपेक्ष हो कर नहीं देख सकते। इसीलिए जब कोई किसी धर्म में निहित आदर्शों की बात करता है तो वह दरअसल उन ग्रन्थों या परम्पराओं में निहित आदर्शों का विश्लेषण कर रहा होता है जो उस धर्म से जुड़े हैं। यह कतई जरूरी नहीं है कि उस धर्म को माननेवाला कोई व्यक्ति उन आदर्शों से अनुप्राणित भी हो। इस तरह के विश्लेषणों का महत्व बहुत से बहुत संवाद चलाने के लिए होता है। संवाद दूसरे धर्मों के साथ हो सकता है और एक धर्म के भीतर भी हो सकता है। हिन्दू धर्म और जीवन पद्धति के आदर्शों का सर्वपल्ली राधाकृष्णन द्वारा किया गया विश्लेषण अन्य धर्मों के साथ संवाद का एक उदाहरण है। इस विश्लेषण की एक हिन्दू के लिए शायद ही कोई प्रासंगिकता हो। इसी तरह के विश्लेषण ईसाई या इस्लाम धर्म के सन्दर्भ में कोई करे, और कइयों ने किये भी हैं, तो उनका महत्व एक ईसाई या एक मुसलमान के लिए विशेष नहीं होगा। इसी तर्क के तहत हम कह सकते हैं कि रसेल की 'मैं ईसाई क्यों नहीं हूँ'

जैसी पुस्तक का भी कोई खास अर्थ एक ईसाई पाठक के लिए नहीं हो सकता। ऐसे शख्स का उदाहरण ढूँढ़ना कठिन होगा जिसने यह किताब पढ़ कर ईसाई न रहने की प्रेरणा पायी हो।

एक धार्मिक समूह में पैदा होने का आशय कुछ प्रतीकों, मान्यताओं, विश्वासों और व्यवहारों से जुड़े होने से अधिक आँकना व्यर्थ है, हालाँकि हम कई बार इस इच्छा से भर उठते हैं कि अपने धर्म की अपने निजी संदर्भ में और गहरी व्याख्या करें। यह इच्छा विशेषकर तब पैदा होती है जब हम अपनी धार्मिक पहचान को ले कर किसी त्रासदी से गुजर रहे होते हैं। हिन्दू होने के नाते मेरे जैसे अनेक लोग 6 दिसम्बर 1992 की रात इस इच्छा से बुरी तरह घिर गये थे। हमारी कई मान्यताओं को उस दिन भयानक चोट पहुँची थी, इस कारण ये मान्यताएँ हमें अपने हिन्दू होने का यकीन दिलाने के लिए पर्याप्त नहीं रह गयी थीं। सबसे बड़ी मान्यता, जो उस दिन आहत हुई थी, स्वयं अपने बारे में थी—कि हम ऐसा काम करनेवालों में नहीं हैं। हिन्दू होने के जातीय संस्कारों में यह एक महत्वपूर्ण संस्कार है कि हिन्दू धर्म दूसरों की धार्मिक इमारतें तोड़ कर नहीं फैला। इस संस्कार को ऐतिहासिक दृष्टि से जाँचना व्यर्थ नहीं है, क्योंकि संस्कार इतिहाससम्मत या तथ्यसम्मत नहीं होते। इस कारण बौद्ध इमारतों या संस्थाओं को हिन्दू शक्तियों द्वारा सुदूर अतीत में पहुँचाया गया नुकसान इस विश्वास पर कोई असर नहीं डाल पाता है कि हम हिन्दू 'ऐसा' नहीं करते हैं। इस विश्वास को 6 दिसम्बर की घटना ने गहरी चोट पहुँचायी। इस चोट की वजह से हममें से अनेक लोग अभी तक अपनी-अपनी धार्मिकता की गहरे-से-गहरे स्तर पर विवेचना करने का प्रयास किये चले जा रहे हैं।

चोट का कष्ट हमें दो दिशाओं में ले जा सकता है। एक दिशा है कष्ट को भूलने के तरीके जुटाने की। इस दिशा में आगे बढ़ने के लिए अयोध्या की घटना का दोष सरकार को देना हमारी मदद करता है। घटना के लिए जिम्मेदार दलों व संगठनों ने प्रधानमंत्री को दोष दिया और इस तरह अपने आपको अपराधमुक्त करने के अलावा उस जन-सामान्य को भी अपराधी भाव से छुटकारा दिलाने का प्रयास किया जो अयोध्या के विवाद में भाजपाई दृष्टि का पक्षधर था। भाजपाई तर्कप्रणाली कितनी वक्र और छली होती है, यह दिखाने के लिए यहाँ मेरे पास जगह नहीं है (रुचि रखनेवाले पाठक नवभारत टाइम्स में 13 मई 1991 को प्रकाशित 'भरमानेवाले शब्दों के अर्थ' शीर्षक मेरा लेख देख सकते हैं।) यहाँ इतना ही बताना पर्याप्त है कि भाजपा की एक आँख बराबर इस जिम्मेदारी पर रही है कि उसकी सर्मथक जनता 6 दिसम्बर की घटना को मनोवैज्ञानिक ढंग से पचा सके। ऐसा करने के लिए कांग्रेस की राजनीति और भाजपा की राजनीति में फर्क स्थापित करना जरूरी था। 'राजनीति वे करते हैं, हम तो अपनी नैतिक जिम्मेदारी निभा रहे हैं'—इस प्रचार को सफलता मिली ही इस कारण है कि भाजपा के बरी होने में कम-से-कम उत्तर भारत के हिन्दू मध्य वर्ग के एक बड़े हिस्से की अपराधबोध से मुक्ति निहित थी। इस वर्ग और भाजपा के बीच तादात्म्य काफी पहले स्थापित हो चुका था (इस तादात्म्य का विश्लेषण मैंने अभय कुमार दुबे द्वारा सम्पादित 'सांप्रदायिकता के स्रोत' शीर्षक पुस्तक में किया है, जो विनय प्रकाशन से 1993 में छपी है), इस कारण अपराधबोध से छुटकारे का जिम्मा उसी संगठन पर आता था जिसने अपराध किया था।

अपराधबोध के कष्ट, जिसमें आत्मछवि को पहुँची चोट का कष्ट ही प्रमुख है, को भूलने की दिशा में बढ़ने के और भी अनेक साधन हैं। व्यस्त रहना आधुनिकता का लक्षण और

तकाजा है। नयी चिन्ताएँ, नये कार्यक्रम विशाल जनसमूहों की स्मृति को उलझा देने, उसे नये आकार में गढ़ देने के लिए नियमित रूप से सायास इस्तेमाल किये जाते हैं। अयोध्या की घटना को भुलाने में भाजपा और उसके सहकर्मियों के अलावा सरकार की भी पूरी रुचि है, क्योंकि भले सरकार स्वयं अपराधी न रही हो, अपराध ठीक से किया जा सके, इसका इंतजाम तो उसने किया ही था । वैसे भी पूँजीवादी व्यवस्था के तहत विकास में रचना और स्मृति को परस्पर विरोधी बना दिया जाता है। विकास की प्रक्रिया में आँख मूँद कर आगे बढ़ने का जो भाव आज अनिवार्य रूप से प्रतिष्ठित है, उसकी माँग रहती है कि परसों की घटनाओं को भुला दिया जाये। आपात्काल, '84 का सिख हत्याकांड और ऐसी कई घटनाओं की तरह अयोध्या के ध्वंस को भुला देना पूँजीवादी विकास की मानसिक तैयारी का अंग है। फिर जिस घटना में आत्मछवि पर लगी चोट का कष्ट छिपा हो, उसे भुला देने को तो लोकमन वैसे भी लालायित है।

चोट का कष्ट जिस दूसरी दिशा में हमें ले जा सकता है, वह आत्ममुग्धता से मुक्ति की दिशा है। आत्ममुग्ध होने का भाव वैसे तो हरेक धर्म में रहता है, पर हमारे धर्म में कुछ ज्यादा ही है यह कम-से-कम इन सौ-सवा सौ वर्षों में अतिरेक पर रहा है। इस भाव को बढ़ाने में मैक्समुलर सरीखे उन पश्चिमी विद्वानों ने खासी मदद की है जो उद्योगीकरण से पैदा हुए सांस्कृतिक खालीपन को भरने की कोशिश में सुदूर धर्मों और संस्कृतियों को समझने की चेष्टा कर रहे थे। औपनिवेशिक गुलामी से आहत हमारे उस समय के बौद्धिकों के लिए इस किस्म के विदेशी प्रमाणपत्र बहुत प्रिय साबित हुए। हिन्दू समाज की आत्ममुग्धता को वैसे भी लम्बे समय से किसी ने नहीं छेड़ा था। बुद्ध और कबीर के द्वारा छेड़े जाने की स्मृति काफी धूमिल हो चुकी थी। उन्नीसवीं सदी के अंतिम वर्षों तक आत्ममुग्धता की भावना निखार पर पहुँच चुकी थी। हम भी कुछ हैं और दूसरों से बहुत ही विशिष्ट हैं, यह भाव हमारे श्रेष्ठ चिन्तकों में समा चुका था। इस भाव के रहते गाँधी द्वारा उठाया गया छुआछूत का प्रश्न समाज को मथने में असमर्थ रहा। (मैं यहाँ दक्षिण के समाज की बात नहीं कर रहा जिसकी क्रियात्मक और प्रतिक्रियात्मक दोनों ही शक्तियाँ काफी अलग ढंग से विकसित हुई हैं।)

हिन्दू आत्ममुग्धता को यदि कोई घटना विदीर्ण कर सकती थी तो वह महात्मा गाँधी की हत्या थी। इस घटना में वे सारे तत्व निहित थे जो हमें यह मानने के लिए मजबूर करते कि हम औरों से विशिष्ट नहीं हैं, कि हमारी जीवन दृष्टि में भी वह सम्पूर्णता, गहराई और धीरज नहीं है जिसका अभाव हम अन्य धर्मों से जुड़ी जीवन दृष्टियों में पाते हैं। लेकिन गाँधी की हत्या से उभरनेवाली यह संभावना बहुत जल्द लुप्त हो गयी। कानूनी प्रक्रियाओं और राजनीति ने मिल कर हिन्दू समाज को इस संभाविता से वंचित कर दिया कि वह गाँधी की हत्या से पैदा हुए अँधेरे से जूझे। मुझे ऐसा भी लगता है कि ऐसी किसी घटना से जूझने का संस्कार हिन्दू मन में नहीं है। किसी अपराध को सामूहिक बोध में ढाल लेने का ऐसा संस्कार यदि हमारे मन की बुनावट में होता, तो द्रौपदी के अपमान की बदौलत हम अपने समाज में स्त्री की नियति को कब का बदल चुके होते। शम्बूक और एकलव्य की नियति को यदि सामूहिक स्तर पर भोग सके होते तो दलितों का ही नहीं, भारत का इतिहास कुछ और होता। इतना अवश्य है कि हम अपराध से स्तब्ध होते हैं, जैसे भीष्म हुए थे, लेकिन फिर हम उसे अपने-अपने, निजी स्तर पर चिन्ता और जरूरत पड़ी तो पश्चात्ताप का विषय बनाते हैं।

हमारा यह स्वभाव जाति व्यवस्था की मनोवैज्ञानिक प्रतिच्छवि है। जाति के दायरे हमारे तीखे-से-तीखे अनुभव को परिपाटी की सीमा में सिमटाये रखते हैं। जाति व्यवस्था के चलते हम ऐसी सामाजिक ऊर्जा कभी पैदा नहीं कर सकेंगे जो मनुष्य की प्रतिभा को खोलती हो। ऐसी ऊर्जा दर्द और सहानुभूति से ही पैदा हो सकती है, बशर्ते ये अनुभव लौकिक जीवन के सन्दर्भ में सामूहिक पैमानों पर किये जायें। सवर्णावस्था और दलितावस्था में बँटी हुई सामाजिकता दर्द के सामूहिक पैमाने पर विकसित ही नहीं होने देगी। इस दुश्चक्र को तोड़ना उस दिशा में बढ़ने की आवश्यक शर्त है जिसे अयोध्या के युद्ध में हिन्दू संस्कारों को पहुँचायी गयी चोट ने खतरनाक ढंग से खोला है। इस दिशा में आगे बढ़ने पर आत्ममुग्धता से मुक्ति के साथ उन भयानक अँधेरों से जूझने की ताकत भी हिन्दू जन को मिलेगी जो पूँजीवाद की उत्पादन पद्धति और संस्कृति से पैदा हो रहे हैं।

जाहिर है, यह समूची सम्भावना इस बात पर निर्भर है कि हम एक नया संस्कार गढ़ पाते हैं या नहीं । यह कहते हुए मैं भूल रहा हूँ कि संस्कार सायास नहीं गढ़े जाते, वे तो कर्म से पैदा हुए अनुभव की सामूहिक मन पर पड़ी छाप होते हैं। हम बहुत-से-बहुत इतना कर सकते हैं कि अपने समय में पड़ रही अन्य प्रतियोगी छापों को पहचानें और जिस छाप को हम वरेण्य समझते हैं, उसके लिए जगह बनायें। यह काम एक ऐसे समय में बहुत जोखिम भरा बन गया है जब हिन्दू मन को फासीवादी सामाजिक बुनावट में पिरो देने की जबरदस्त तैयारी हो चुकी है। फासीवाद किसी धर्म या समाज विशेष की बपौती नहीं है, उपयुक्त परिस्थितियाँ मिलने पर वह किसी भी समाज में उग आता है। सवर्णता के स्वार्थ और दुराग्रह, जो आजादी के आन्दोलन से क्षतिग्रस्त हुए थे, पूँजीवाद के उत्थान की परिस्थितियाँ पा कर फासीवादी आतंकतन्त्र का रूप लिया चाहते हैं। उनका सामना करने में वह अंग्रेजीभाषी धर्मनिरपेक्ष वर्ग एकदम असमर्थ है जो हिन्दू मन की चर्चा को ही व्यर्थ और शायद प्रतिगामी मानता है। इस संकुल माहौल में संवाद चलाने की खातिर ही सही, हिन्दू मन की खोज एक उपयोगी उपक्रम है।

आखिरकार हिन्दुत्व है क्या

अरविन्द नारायण दास

आज के भारत की प्रमुख समस्याओं में से एक समस्या धर्म के राजनैतिक निरूपण से खड़ी हो रही है। इस निरूपण के दौरान इस बात पर उचित ध्यान नहीं दिया जाता कि धर्म का पालन करनेवाले वास्तव में उसका क्या अर्थ लेते हैं। विशेषकर हिन्दूवाद एक द्वेषपूर्ण राजनीतिकीकरण में फँस गया है और इसी ने हिन्दू जातीयता, अस्मिता और अंतर्निहित बहुमतवाद को जन्म दिया है। इसलिए इस सवाल के साथ शुरुआत करना महत्त्वपूर्ण है कि आखिरकार हिन्दुत्व है क्या ?

भारत में सरलहृदय लोगों की कमी नहीं है। आज ऐसे बहुत लोग हैं जो सरल धार्मिकता की सीख देते हैं जो जटिल भारतीय दार्शनिक चिन्तन परम्पराओं का एक उपहास है। वे मानते हैं कि उनके धर्म में सामान्य बोध की सामूहिकता निहित है। दरअसल, आज ऐसे तमाम द्विज विद्वान हैं जो धर्म को उसी उत्साह से चला रहे हैं जैसे वे पहले पूरी होशियारी से इहलौकिक और अधार्मिक राजनीति को चला रहे थे। इसलिए यह कोई हैरत की बात नहीं है कि मौसम के मुताबिक चलनेवाले धर्मतन्त्र के उपदेशकों ने रामचरितमानस के राम को विकृत कर दिया है और गोस्वामी तुलसीदास को एक नया व्यक्तित्व दे दिया है।

तुलसीदास में न सिर्फ साहित्यिक समृद्धि है, बल्कि उनमें ग्रहणशीलता और समन्वयवादी दीप्ति भी है। लेकिन जैसे-जैसे भारत को धर्मतन्त्रीय शासन के तहत लानेवाली योजनाएँ तैयार हो रही हैं, तुलसीदास के इन श्रेष्ठ गुणों को सनक के साथ किनारे कर दिया जा रहा है। अगर तुलसीदास आज होते तो वे इस बाजारू पुरोहिती संकीर्णता को शायद ही बर्दाश्त करते । 'कवितावली' में तुलसीदास खुद हिन्दू समाज की विद्रूपता का चित्रण करते हैं। हिन्दुत्व के मिथक निर्माण के निर्लज्ज माध्यम 'ऑर्गनाइजर' के एक लेख में भी स्वीकार किया गया है कि 'कवितावली में तुलसीदास ने जो वर्णन किया है, उससे तत्कालीन समाज के जातिगत बंधनों, हिन्दू समाज की बुराइयों, ब्राह्मणों विशेषकर काशी के ब्राह्मणों के पतन और जनभाषा में रामायण लिखने व अपने उदार विचारों के लिए उन्हें जो कष्ट उठाना पड़ा उसके बारे में पर्याप्त जानकारी मिलती है।'

गोस्वामी तुलसीदास के उदार विचारों में सांस्कृतिक समन्वय की भावना है और उन लोगों की धार्मिक कट्टरता का विरोध है, जो खुद को सही सामाजिक-धार्मिक आचरण का निर्णायक

बना डालते हैं। एक कविता में तुलसीदास ने न सिर्फ एक जाति से बँधे रहने को नामंजूर किया है और धार्मिक दायरे को तोड़ा है, बल्कि मस्जिद में शान्ति से सोने की कल्पना की है और दिखावटी तरीके से उनका नाम लेनेवालों ने वही मस्जिद गिरा दी।

कवितावली की पंक्तियाँ हैं :

धूत कहो अवधूत कहो, रजपूत कहो,
जुलहा कहो कोऊ।
काहू की बेटी से बेटा न ब्याहब,
काहू की जात बिगार न सोऊ।
तुलसी सरनाम गुलाम है राम को,
जाको रुचै सो कहै कछु वोऊ
माँगि के खइबौ मसीत में सोइबो
लैबो को एक न दैबे को दोऊ।।

आज कृत्रिम और आक्रामक हिन्दुत्व ने न सिर्फ तुलसीदास की भक्ति को दूषित कर दिया है, बल्कि राम को एक विशेष किस्म की जड़ मूर्ति में सीमित कर उनका लचीलापन भी खत्म कर दिया है।

जो लोग राजनैतिक व छद्‌म धर्म की संकीर्ण कट्टरता को नहीं मानते और भारत की सांस्कृतिक परम्परा से परिचित हैं, उन्हें अच्छी तरह से मालूम है कि दूसरों की श्रद्धा का मान रखने के लिए राम ने खुद कई रूप बदले। रामचरितमानस के बाल काण्ड का वर्णन है कि राम ने जब चतुर्भुज विष्णु के रूप में अवतार लिया तो कौशल्या चकित रह गयीं और उनसे बाल रूप धारण करने का अनुरोध किया :

कीजै शिशु लीला अति प्रिय शीला

और राम ने कौशल्या का यह रूप स्वीकार कर लिया। इसी तरह जब तुलसीदास ने कृष्ण की प्रतिमा के सामने मस्तक झुकाने से इन्कार करते हुए कहा :

का बरनौ छवि आपकी भले बने हो नाथ।
तुलसी मस्तक तब नवै धनुषबाण लो हाथ।।

यह सुन कर कृष्ण की प्रतिमा ने रूप बदल दिया :

कित मुरली कित चन्द्रिका कित गोपिन के साथ।
अपने जन के कारने कृष्ण भये रघुनाथ।

यह लचीलापन आज के राजनैतिक हिन्दुत्व के रक्षकों में नहीं है। उन्होंने राम को रामलला की सांसारिक प्रतिमा में जड़ बना दिया, जिसे कभी चोरी से स्थापित किया जाता है, हटाया जाता है और बदमाशी के साथ फिर स्थापित कर दिया जाता है।

वास्तव में रामलला की प्रतिमा और युद्ध के लिए तत्पर राम की प्रतिमा में अन्तर है, लेकिन हिन्दुत्व के प्रचार के लिए राम की आक्रामक मुद्रा का प्रदर्शन किया जाता है। यह उनका सरलीकरण ही नहीं, उन्हें असभ्य बनाया जाना भी है और धर्म का घटिया राजनीतिकीकरण है जिसने राजनैतिक छद्‌म धर्म को आध्यात्मिक और दार्शनिक चर्चा के खिलाफ खड़ा कर दिया है।

ऐसा नहीं कि हिन्दुत्व में विरोधाभास नहीं हैं, लेकिन उसके भीतर जो विरोधाभास हैं,

उनसे विभिन्न दार्शनिक और जातीय प्रणालियों से विमर्श के माध्यम से हुए विकास का पता चलता है और वे इसे एक सुन्दर चित्रपट्टिका की जटिलता प्रदान करते हैं। उदाहरण के लिए गीता में वर्णित कर्म का सिद्धान्त लीजिए। गीता में एक जगह (2.55) कहा गया है–

प्रजहाति यदा कामान् सर्वान् पार्थ मनोगतान्
आत्मन्येवात्मना तुष्टः स्थितप्रस्तदोच्यते

(जिसने सभी इच्छा छोड़ दी है, वही सच्चा बुद्धिमान है।)

एक और जगह पर (2.37) अर्जुन कर्म के लिए उद्यत होते हैं, लेकिन वे समस्त इच्छाओं से मुक्त होने के बजाय वास्तविक फल की इच्छा से युक्त हैं :

हतो वा प्राप्यसि स्वर्गं जित्वा वा भोक्ष्यसे महीम्।
तस्मादुत्तिष्ठ कौन्तेय ! युद्धाय कृतनिश्चयः।।

(हे कुन्ती पुत्र, अगर तुम मरोगे तो तुम्हें स्वर्ग मिलेगा। अगर जीतोगे तो तुम्हें राज्य मिलेगा। दोनों तरफ से तुम फायदे में हो, इसलिए उठो और युद्ध करो।)

आजकल हिन्दुत्व की जिस सरल अवधारणा का प्रचार और राजनैतिकीकरण किया जा रहा है, उसमें इस तरह के द्वन्द्व का अभाव है। वह सांसारिक उद्देश्यों के लिए सिर्फ उसी आयाम को अपनाता है, जो उसकी धारा के लिए लाभदायक हो। वास्तव में जब ये लोग धर्म को मनमाने ढंग से धर्म युद्ध में बदल कर उसका दुरुपयोग करते हैं, तो वे गीता के अठारहवें अध्याय में किये गये कृष्ण के इस आह्वान को भी भूल जाते हैं :

सर्वधर्मान् परित्यज्य मामेकं शरणं व्रज।
अहं त्वा सर्वपापेभ्यो मोक्षयिष्यमि मा शुचः।।

जो लोग राजनैतिक योजना के तहत गढ़े गये धर्म के लिए बदमाशों की फौज तैयार करने में लगे हैं, उनका सभी धर्मों को त्यागकर आध्यात्मिक शान्ति ढूँढ़ने के इस आह्वान से कोई वास्ता नहीं है। राजनैतिक हिन्दुत्व के जो स्वयंभू सैनिक बाजारू पुरोहितों की अगुआई में इकट्ठे हो रहे हैं, उन्हें न भारतीय सांस्कृतिक परम्परा का महत्व पता है न ही उसका तनिक एहसास है। उन्हें धार्मिक विचार-विमर्श की जानकारी भी नहीं। वे गीता के 'मामेकं शरणं व्रज' में 'बुद्धं शरणं गच्छामि' की प्रतिध्वनि नहीं सुन पाते। उन्हें पूर्व वैदिक देवी उपासना का पश्च वैदिक हिन्दूवाद से कोई सम्बन्ध (उदाहरण के लिए दुर्गा सप्तशती) नहीं मालूम। यहाँ तक कि अकबर द्वारा प्रचलित मौजूदा और लोकप्रिय झरोखा दर्शन की प्रथा की भी वे उपेक्षा करते हैं। तुलसीदास ने भी लिखा है : 'राम झरोखे बैठ कर सबका मुजरा लेय ।' दर्शन को धर्म बना देना और धर्म के निर्गुण रूप को सगुण रूप देना और फिर सगुण रूप को एक जैसा मूर्त रूप देना भारत की सांस्कृतिक परम्परा के अनुरूप नहीं है। वास्तव में यह कहना गलत न होगा कि अयोध्या में जो उत्पात मचाया गया, उसका संस्कृति और सभ्यता से कोई लेना-देना नहीं है। बल्कि यह महाभारत की उस राजनैतिक उक्ति पर आधारित है, जिसमें कहा गया है :

अन्योधर्म समर्थानां निर्बलनान्तु चापरः'

यानी ताकतवर का धर्म अलग है तथा कमजोर का अलग। वे लोग महाभारत के रचयिता व्यास की इस उक्ति का उल्लंघन करते हैं कि 'अष्टादशपुराणेषु व्यासस्य वचनं द्वयम्। परोपकारः पुण्याय पापाय परपीड़नम्'। जिन लोगों ने दूसरों को कष्ट दे कर सत्ता हथियाने की राजनीति चलायी है और जो लोग भारतीयों में ही कुछ लोगों को पराया बना रहे हैं, वे

न सिर्फ संविधान और कानून के शासन के खिलाफ हैं, बल्कि धर्म के भी खिलाफ हैं। उन्होंने राम के कमजोर, धोखेबाज और कायर चरित्र को गौरवान्वित किया है, जिसके बारे में बालि ने कहा था :

धर्म हेतु अवतरेऊ गोसाईं, मारेहु मोहिं व्याधि की नाईं।

आज जब उग्र हिन्दू अपनी परिभाषा करता है, तो वह दूसरों के सन्दर्भ में करता है न कि स्वायत्त रूप से अपने आन्तरिक चरित्र के आधार पर। राष्ट्रीय स्वयंसेवक संघ, भारतीय जनता पार्टी, विश्व हिन्दू परिषद और बजरंग दल द्वारा किसी एक, तीन या फिर तीन हजार मस्जिदों में हिन्दू धर्म का केन्द्र तलाशने की कोशिश से यह जाहिर है। आज के हिन्दुत्व की परिभाषा पर प्रतिशोध की गहरी छाया है।

आम तौर पर माना जाता है कि हिन्दुत्व शब्द स्वतः व्याख्यायित नहीं है। यह एक जटिल धार्मिक और सामाजिक संरचना है, जिसका विकास कई शताब्दियों में हुआ है। धर्मतंत्रीय, प्रथागत और सामाजिक मतभेदों के सन्दर्भ में इसमें पर्याप्त विभिन्नता है। इसके अलावा इसमें कई दृष्टिकोण भी हैं। हेनरिक वॉन स्टीटेन क्रॉन (1990) ने हिन्दुत्व के सम्बन्ध में तीन प्रमुख दृष्टिकोणों की पहचान की है, जिनके बारे में उनका मानना है कि वे अतीत से आंशिक रूप से विरासत में मिले, परन्तु परोक्ष या प्रत्यक्ष रूप से हमारे दौर में हस्तक्षेप कर रही प्रवृत्तियों और प्रक्रियाओं पर चर्चा करने में प्रासंगिक साबित हो सकते हैं।

पहला दृष्टिकोण धर्मशास्त्र और दर्शनशास्त्र को एक प्रणाली में जोड़नेवाले अमूर्त सिद्धान्तों से सम्बद्ध है। इसे 'धार्मिक सैद्धान्तीकरण' कहा जा सकता है। यह प्रणाली मनुष्य को न सिर्फ जीने का उद्देश्य, बल्कि वजह भी बताती है। इसके अलावा वह अतिमानवीय शक्तियों से संवाद और पूर्ण विश्व दृष्टि प्रदान करती है। इसलिए इसमें सृष्टि शास्त्र और ब्रह्मांड विज्ञान भी शामिल हैं। इसमें इस विश्व की उत्पत्ति, संरचना, कार्य प्रणाली और उद्देश्य के अलावा दूसरे अन्य विश्व की जानकारी भी है। इसमें आचार यानी इन संसारों में व्यक्ति के सही व्यवहार की व्याख्या भी सन्निहित है। हालाँकि यह धार्मिक सैद्धांतीकरण व्यावहारिक धर्म को अर्थ प्रदान करता है, लेकिन वे दोनों किसी भी तरह से समरूप नहीं हैं। व्यावहारिक धर्म सैद्धांतिक संरचना से बहुत पीछे होता है।

इसलिए हिन्दुत्व के बारे में दूसरा दृष्टिकोण उसके वास्तविक आचरण को समझने और उसकी व्याख्या से सम्बन्धित है यानी उसके विभिन्न स्वरूपों, धर्मशास्त्रीय उद्देश्यों के प्रभाव, प्रथाओं के आचरण, समुदाय, खानदान या परिवार की परम्पराओं या जाति और वर्ण की परम्पराओं का अध्ययन। इस तरह का हिन्दुत्व बहुलवादी समाज की सामाजिक संरचना से गहरे प्रभावित है। इस समाज में एक से ज्यादा धर्म, एक से ज्यादा परम्पराएँ, एक से ज्यादा देवता, एक से ज्यादा पवित्र ग्रन्थ, एक से ज्यादा भाषाएँ और जातियाँ तथा आय और शिक्षा के एक से ज्यादा स्तर होते हैं। नतीजतन एक बहुलवादी समाज में व्यावहारिक धर्म में अनगिनत किस्में और समन्वय दिखाई पड़ते हैं।

हिन्दू परम्पराओ के विवेचन का तीसरा नजरिया उसे सामयिकता के संदर्भ में देखना है। यानी ऐसे बाजार के रूप में देखना है, जहाँ हर तरह का सामान और उपकरण उपलब्ध है। इस बाजार में बौद्धिक और भावनात्मक दोनों वस्तुएँ उपलब्ध हैं। इसमें औचित्य व वैधीकरण के

विभिन्न प्रकार हैं। हर अच्छे बाजार की तरह इसमें भी निम्न वस्तुओं के उत्पादन के उपकरण बिकते हैं—प्रथा, योग, व्रत, तप, प्रायश्चित्त, ध्यान, तीर्थयात्रा, दान, गुरुसेवा और साधना की अन्य सभी किस्में।

हिन्दुत्व की व्याख्या के लिए यह व्यावसायिक अनुरूपता अपूर्ण है, क्योंकि इस पूरे सौदे पर संस्कार का रंग चढ़ा हुआ है और इसमें मुक्त चयन नहीं हो सकता। इन वस्तुओं और उपकरणों में से आपके माता-पिता ने जिसे चुना और घर पर प्रयोग किया और जो आपने बाजार से चुना, वह आपकी अपनी वास्तविक रूप से वैध और प्रयुक्त धार्मिक परंपरा बन जाती है।

इसलिए संस्कार हिन्दुत्व के खुलेपन के बीच प्रेरित चयनात्मकता है। यह चयन 'शिक्षा' और व्यक्तिगत चयन पर आधारित है। इन दोनों में शिक्षा नैरंतर्य और चयन निजी अनुभव प्रदान करती है और उस चीज से अलग करती है, जो बहुत ज्यादा रुचि नहीं पैदा करता।

सभी मौखिक व लिखित परम्पराएँ इसी चयन के तत्व पर निर्भर हैं—उनका चयन जिन्होंने पहली बार इसे एक कहानी, विचार या नुस्खे के रूप में सुनाया या लिखा, उनका चयन जिन्होंने इसे प्रसारित किया, परिवर्तित किया, इस पर टिप्पणी की और एक खास पक्ष पर जोर दिया या पहचाने न जाने तक परिवर्तित कर दिया।

हिन्दू अपनी परम्परा से तो चुनता ही है, पर वह उन नये तत्वों से भी चुनता है जो उसकी परम्परा से संबंधित नहीं हैं। उदाहरण के लिए अगर विदेशी मूल्य सामाजिक रूप से व्यवहार्य हैं और बौद्धिक रूप से आकर्षक हैं, तो उन्हें मिथक के माध्यम से एक सत्तावादी कथा के रूप में या किसी चमत्कार को वैधता प्रदान करनेवाली कथा के रूप में शामिल किया जा सकता है।

यह भी सम्भव है कि नये तत्वों का पहले से और एक विशेष सन्दर्भ में सक्रिय किये जा रहे विद्यमान मूल्यों से तादात्म्य स्थापित हो जाये और इस तरह यह समावेश ज्यादा महत्व हासिल कर ले। उदाहरण के लिए निष्काम कर्म का सिद्धान्त शताब्दियों से हिन्दू परम्परा में मौजूद था, लेकिन उसने उन्नीसवीं सदी में ईसाई नैतिकता के सामाजिक सरोकारों और दायित्वों से तादात्म्य स्थापित होने पर नया अर्थ ग्रहण किया। हिन्दुत्व व सूफीवाद के सम्पर्क के बाद भक्ति आंदोलन का लोकप्रिय होना और ईसाइयत से सम्पर्क होने पर तिलक, गाँधी और विनोबा में गीता के प्रति रुचि का पुनर्जागरण महज संयोग नहीं था।

वास्तव में हिन्दुत्व में सदैव ऐसी प्रवृत्ति रही है, जिसे भारतविद पाल हैकर 'समावेशिता' की संज्ञा देते हैं। एकीकरण व अधीनता के माध्यम से टकराव को टालना समस्त परम्परा आधारित समाजों का विशेष गुण रहा है। हिन्दुत्व के भीतर इस उद्देश्य के लिए कुछ प्रोत्साहन भी दिये जा सकते हैं जो कट्टरता के निश्चित प्रतीकों को मानने पर स्तर बढ़ाने का वायदा करते हैं, जैसा कि कथित संस्कृतिकरण के मामले में होता है।

ये सब चीजें तो व्यक्तिगत चयन का विषय हो सकती हैं, लेकिन ऐसे भी दौर आते हैं जब मूल्यों का चुनाव परम्पराओं के निश्चित आयामों का चुनाव और अतीत और भविष्य के बारे में एक अलग दृष्टिकोण का चुनाव सामूहिक मामला हो जाता है। राम का पुनरुत्थान इसी तरह का मामला है।

इस सिलसिले में यह उल्लेख करना दिलचस्प होगा कि राम में जबरदस्त राजनैतिक

व्यंजना है। जरगन लट (1990) के अनुसार कृष्ण लीला से रामराज्य की तरफ मुड़ने में 1861 के 'महाराजा मानहानि के मुकदमे' का भी थोड़ा-बहुत प्रभाव है। इस मुकदमे ने वल्लभाचार्य सम्प्रदाय के आध्यात्मिक गुरु की 'अनैतिक गतिविधियों' को उजागर किया था। गाँधी खुद एक वल्लभाचार्य परिवार से थे, लेकिन उस परिवार ने यह सम्प्रदाय उसके पुजारियों के बारे में अनैतिकता की अफवाहों के चलते त्याग दिया और ज्यादा पवित्रतावाले राम सम्प्रदाय में शामिल हो गया।

पिछली दो शताब्दियों ने विशेषकर हिन्दू आत्मबोध में तीन बड़े परिवर्तन किये हैं। पहला चरण उन्नीसवीं सदी के बीसवें दशक में उस समय शुरू हुआ जब राममोहन राय ने हिन्दू परम्पराओं का व्यापक पुनर्मूल्यांकन शुरू किया और प्रमुख सामाजिक सुधारों पर ध्यान केंद्रित किया।

इसी दौरान उन प्राचीन देशी मूल्यों के प्रति एक पुनर्जागरण की लहर पैदा हुई जो सदियों के मुसलमान और ईसाई प्रभुत्व के कारण दब गये थे। इस लहर ने हिन्दू बुद्धिजीवियों को लपेट लिया। दिलचस्प बात यह है कि इस पुनर्जागरण को यूरोपीय पूर्वदेशीयता, भारत विद्या और भारत-यूरोप के तुलनात्मक भाषा विज्ञान ने बढ़ावा दिया। इसे बाद में 'हिटलर व उसके आर्यवाद के पूर्व-इतिहास' की संज्ञा दी गयी।

भारत का सबसे विशिष्ट गुण एक ऐसी राष्ट्रीय संस्कृति की खोज या निर्माण था, जिसे सारी दुनिया के मुकाबले गर्व से रखा जा सके। इस राष्ट्रीय संस्कृति को बनाने और चमकाने की कोशिश में मूर्ति पूजा पर आधारित बहुरूपीय पौराणिक व तान्त्रिक धर्म से अलग कई सुधार आन्दोलन शुरू हुए। मूर्ति पूजा के प्रति यूरोपीय विद्वेष के कारण आर्य समाज ने इसे अंधविश्वास कहा। दूसरी तरफ वेदान्त और वैदिक परम्परा के कुछ चुनिंदा विषयों ने समाज के शुद्धीकरण और उसके आध्यात्मिक मूल्यों की तलाश का आधार तैयार किया।

विलहेल्म हाबफास (1990) के अनुसार 'मूर्तिपूजक' लोक धर्म से ज्यादा आध्यात्मिक हिन्दुत्व की तरफ मुड़ने से स्वामी विवेकानंद 'व्यावहारिक वेदान्त' की खोज और प्रचार के लिए प्रेरित हुए। इस 'व्यावहारिक वेदान्त' के राजनैतिक आयाम ने अरविंद, राधाकृष्णन्, गोलवलकर और राजगोपालाचारी को प्रभावित किया और आधुनिक भारत की लोक संस्कृति के निर्माण में महत्वपूर्ण भूमिका निभायी। दूसरी तरफ अद्वैत वेदान्त की कठोर आलोचना जारी रही। दयानन्द सरस्वती और देवेन्द्रनाथ टैगोर जैसे लोगों ने उसकी नैतिक, सामाजिक और राजनैतिक व्यावहारिकता पर सवाल खड़े किये। दिलचस्प बात देखिए कि विवेकानन्द 'व्यावहारिक वेदान्त' का प्रचार कर रहे थे और उनके गुरु रामकृष्ण को कलकत्ता का मध्य वर्ग भौतिक जगत और दमन के अपमान के भय, तर्क और आधुनिकता के दावे में अविश्वास और सामुदायिकता के बोध में कमी की अभिव्यक्ति के रूप में देख रहा था। (पार्थ चटर्जी (1990) ने इसका विश्लेषण किया है।)

हिन्दुत्व में अगला प्रमुख परिवर्तन आजादी के बाद राजनैतिक सन्दर्भ में हुआ। यह भारत के भविष्य के सवाल को ले कर था। यह उद्योगीकरण बनाम ग्रामीण आत्मनिर्भरता, धर्मनिरपेक्ष भारत बनाम हिन्दू राज्य की बहस थी। गाँधी और नेहरू दोनों ने अलग-अलग दृष्टिकोणों के बावजूद हिन्दू राज्य पर आपत्ति की और धर्मनिरपेक्ष ढाँचा स्वीकार किया। लेकिन गाँधी के

रामराज्य की एक अंतरधारा शुद्ध वेदान्त से भक्ति की तरफ जाती थी। इसी के साथ अन्य हिन्दू दावों के माध्यम से महाकाव्यों और पुराणों का महत्व फिर से कायम हुआ और हिन्दुओं के विश्ववादी दावों के साथ आस्तिक व्यंजनाओं ने मुसलमानों में एक भय पैदा कर दिया। भारत के विभाजन में इस कारक का कम योगदान नहीं है।

आखिरकार जब आजादी मिली तो हिन्दुओं की सहिष्णुता की छवि बँटवारे और गाँधी की हत्या के खूनखराबे में डूब गयी। और, जब यह फिर उभरी, तो इन घटनाओं से अप्रभावित थी। इस तरह धर्मनिरपेक्ष राज्य का जन्म हुआ।

इस राज्य के साथ ही भारत की राजनैतिक और सांस्कृतिक एकता प्रमुख चिंता बन गयी। अशोक और अकबर जैसे अखिल भारतीय शासकों को प्रचारित किया गया। भारत की सांस्कृतिक एकता को बढ़ावा देने, बल्कि उसका निर्माण करने के लिए जाति व्यवस्था का उन्मूलन, आदिवासियों को अपने में शामिल करना (और उनका हिन्दूकरण करना) भारतभक्ति पर आधारित शिक्षा, उद्योगीकरण व भूमि सुधार कार्यक्रम भी अपनाये गये।

इस नेहरूवादी धारा की सतह के नीचे परस्पर विरोधी धाराएँ रही हैं । अलगाववाद, क्षेत्रवाद, जातिवाद, सम्प्रदायवाद वगैरह उसकी कुछ विवादित संज्ञायें हैं। इनके पीछे दो बड़े और विश्वव्यापी आन्दोलन हैं। एक, धार्मिक कट्टरता और दूसरा क्षेत्रवाद। हिन्दूवाद आज इसी चौराहे पर खड़ा है।

हिन्दुत्व के इस परिवर्तनशील सन्दर्भ में हिन्दुत्व वास्तव में क्या है, यह जानने के लिए परम्परा की विभिन्न धाराओं का मूल्यांकन किया जा सकता है। एक मूल्यांकन बताता है कि यह दौर अस्तित्वपरक परिभाषाओं को नकारने का है। फ्रीडहेम हार्डी (1990) ने तेरहवीं सदी के तमिल ग्रन्थ 'आचार्य हृदयम' के माध्यम से वैदिक विरासत का एक क्रांतिकारी पुनर्मूल्यांकन किया, जिसके अनुसार हिन्दूकरण, ब्राह्मणीकरण, संस्कृतिकरण और महान परम्परा जैसी प्रक्रियाओं को हमेशा क्षेत्रवाद की परिमार्जित अपकेंद्रीय शक्तियों ने खंडित किया है। उदाहरण के लिए तमिल वेद को हर कोई पढ़ सकता है और भक्ति के नये आदर्श ने पुराने वर्णाश्रम धर्म को पीछे छोड़ दिया है।

ऐसा न हो कि द्रविड़वादी तमिलनाडु के सांस्कृतिक सन्दर्भ में यह अ-संस्कृतिकरण हिन्दुत्व की मुख्य धारा के हाशिये पर फेंक दिया जाये। डी॰डी॰ कौशाम्बी की ही तरह डॉ॰ गुंटर डी॰ सोंथीमर (1990) कहते हैं कि लोकप्रिय हिन्दुत्व में कई गैर-शास्त्रीय तत्व हैं, जिन्हें 'लोक धर्म' कहा जाता है और जिन्हें 'लघु परम्परा' नहीं कहा जा सकता। यह विभिन्न रूपों में पूरे भारत में देखा जा सकता है। इस लोक धर्म के देवता पंढारपुर पांडुरंग की तरह पुराणों के स्वर्ग में वास नहीं करते, बल्कि भक्तों की तरह धरती पर रहते हैं। वे देवता सौम्य के बजाय उग्र और जाग्रत हैं। उनकी मूर्ति दैहिक और संवेदी है, न कि एक प्रतीक, जिसमें मंत्रोच्चार से देवता की प्राणप्रतिष्ठा की जाती है।

इस हिन्दुत्व के व्यापक स्वरूप को देखते हुए यह गौरतलब है कि किस तरह से आज के राजनीतिकृत रामभक्तों का एकरूपी हिन्दुत्व संस्कृतिकरण और प्रतीकीकरण की कोशिश कर रहा है। इस राजनैतिक हिन्दुत्व के उपासक अन्ततः जो आत्म-परिभाषा अपनाते हैं, वह दूसरों के सन्दर्भ में होती है। जैसे-जैसे हिन्दुत्व का उग्र सम्प्रदायीकरण होता जाता है, वैसे-वैसे पता

चलता है कि मुसलमान, सिख, दलित और आदिवासी पराये हैं। ज्ञानेन्द्र पांडेय (1990), वीणा दास (1990), जावेद् आलम (1990) और अन्य विद्वानों के कई अध्ययन यह स्पष्ट रूप से साबित करते हैं।

यह समृद्ध, जटिल और गतिशील हिन्दू परम्परा को सरलबुद्धि रामभक्त हिन्दुओं द्वारा सरलीकृत और यहाँ तक कि अभद्र बनाने का प्रयास है, जो अपने अस्तित्व की व्याख्या सिर्फ बाबर के सन्दर्भ में ही कर सकते हैं।

हिन्दू समाज का आत्मसंघर्ष

शम्भुनाथ

हिन्दू समाज जितनी बार आत्मोत्थान के दौर से गुजरा है, उससे कम उसे विपर्यय के अँधेरे से नहीं गुजरना पड़ा है। दुनिया का शायद ही कोई समाज इतना गहरा और विडम्बनाओं से भरा हो। जितने रचनात्मक अन्वेषण, विद्रोह और दार्शनिक युद्ध हिन्दू समाज में हुए, प्राचीन और नये सूत्रपात के बीच जितनी रस्साकशी इस समाज में चली और इन सबके समानान्तर जितनी बौद्धिक मूर्च्छा की अवस्था में यह समाज रहता आया है, उसका कोई जोड़ नहीं है। इन मामलों को समझने के लिए यदि धार्मिक अंधास्था से ऊपर उठना होगा तो दूसरी तरफ, धर्म और आदर्शवाद की भारतीय सांस्कृतिक परम्परा के प्रति निषेधवादी दृष्टिकोण भी छोड़ना होगा।

भौतिक विकास और विवेक का रिश्ता हर बार एक-सा नहीं होता। वेदकालीन समाज में भी लोग विकास के स्तर से एक-दूसरे स्तर तक पहुँच रहे थे। ऋग्वेद में एक महत्वपूर्ण प्रार्थना है, 'ज्ञान और बल प्रदान करनेवाले ऐश्वर्य के देवता ! सभी इष्ट पदार्थ दे कर हमारे अन्तःकरण से हमारी सुमति नष्ट न करना (1.121.15)।' सुमति के मूल्य को भारत के लोगों ने सभ्यता की शुरुआत में ही पहचाना था। अरण्य या खेत में श्रम करने के बाद वे बौद्धिक उत्कर्ष और शान्ति चाहते थे। आपस में टकराते-घुलते-मिलते हुए वे अपना विकास बहुकेंद्रिक दिक्कालों में कर रहे थे। उन्हें कोई बना-बनाया धर्म नहीं मिला था। अयोध्या, मथुरा, कुरुक्षेत्र, लंका, चित्रकूट या कैलाश से पहले उन्होंने पवित्र नदियाँ खोजीं, जिनके तट पर जी सकें और सभ्यता की नींव डाल सकें। सिन्धु इलाके की सरस्वती और दृशद्वती के तटों पर भारतीय सभ्यता का पहिया पहली बार घूमा। जब यह सभ्यता अपने सैकड़ों सालों के चिन्तन और भौतिक संसाधनों के साथ गंगा तट की ओर बढ़ी, उस समय मनुष्य के पास सिर्फ आस्था नहीं थी, विवेक भी था।

प्राचीन अवस्था में मनुष्य के विवेक का स्तर जो भी हो, वह चारों तरफ के संसार से अपना रिश्ता लगातार घना कर रहा था। रहस्य से भरी भौतिक परिस्थितियों से उसका संघर्ष उसे वास्तविकता के नजदीक पहुँचाता था और उच्चतर लक्ष्य की ओर बढ़ाता था। मानवीय सारतत्व किसी व्यापक यथार्थ में प्रतिफलित नहीं हो पा रहा था। सभी अभिव्यक्तियाँ धर्म से अविच्छिन्न थीं तथा मिथकीय थीं। फिर भी अच्छे और बुरे, न्याय और अन्याय, नैतिक और

अनैतिक का विवेक जैसे-जैसे विकसित हुआ, उसका धर्म भी जादू, तन्त्र-मन्त्र और निम्नतर उपासना पद्धतियों से बाहर निकल कर उच्चतर दिशा में बढ़ा।

महाभारत के वन पर्व में युधिष्ठिर नहुष के एक प्रश्न के उत्तर में कहते हैं, 'जातिरत्र महासर्प मनुष्यत्वे महामते संकरात्सर्व वर्णानं दुष्परीक्ष्येति मे मतिः।' अर्थात हे महासर्प! मुख्य जाति तो आजकल मनुष्यत्व है, क्योंकि सब वर्णों का संकर हो जाने से भिन्न-भिन्न जातियों की परीक्षा अत्यन्त कठिन है। प्राचीन मानव समुदायों के बीच केवल संघर्ष ही यथार्थ नहीं था। 1500 ई॰ पूर्व से ही आर्य तथा अनार्य जातियाँ न केवल अंतर्संगठित होने लगी थीं, बल्कि परस्पर घुलने-मिलने भी लगी थीं। ऋग्वेद में यद्यपि विष्णु और रुद्र की तुलना में इंद्र, अग्नि, सूर्य आदि अधिक बड़े देवता हैं, लेकिन आर्यों ने विष्णु और रुद्र की स्तुति में भी कुछ छंद रचे। इसका मतलब है कि विष्णु और रुद्र में आस्था रखनेवाली जातियाँ इन्द्र, अग्नि, सूर्य में आस्था रखनेवाली जातियों से घुलने-मिलने लगी थीं। विभिन्न जातियों के बीच संघर्ष और मेल-मिलाप 'भरतों के देश' भारत की प्राचीन परम्परा है। भारत यथार्थ से अधिक एक स्वप्न रहा है। हर युग में इस स्वप्न को छिन्न-भिन्न करनेवाले रहे हैं तो वास्तविकता में बदलनेवाले भी रहे हैं। क्या भारत आज भी एक स्वप्न नहीं है ?

वैदिक मन्त्रों की इतनी अधिक व्याख्याएँ हैं, इतने अधिक दर्शनों और धार्मिक आस्थाओं ने उन्हें अपना उद्गम बनाया है कि कोई व्यक्ति प्राचीन भारतीय परम्परा को एकरेखीय नहीं कह सकता। सैंकड़ों वर्षों से ऋषियों के कंठों से गूँजते वैदिक साहित्य में अनगिनत आस्थाओं का मिश्रण है। इससे जातीय स्मृति की निरवच्छिन्नता ही नहीं, व्यापकता भी प्रतिध्वनित होती है। प्राचीन कबीले प्रकृति की निरंकुशता से काफी भयभीत थे। उनमें कोई अग्नि, कोई वायु, कोई वरुण, कोई सूर्य तो कोई चन्द्रमा को अपना देवता मानने लगे थे। वैदिक साहित्य में सभी देवता आपस में लड़ते रहे हैं, जो कबायली आस्थाओं के संघर्ष का ही प्रतिबिम्ब है। एक इन्द्र ही है, जो अन्य देवताओं की तरह प्रकृति की किसी खास सत्ता का प्रतिनिधित्व नहीं करते। वे अपने में प्रकृति की सभी सत्ताओं के गुणों को समाहित कर देवताओं के राजा बन जाते हैं। निश्चय ही इन्द्र की धारणा वेदकालीन समाज में कबायली अंतर्मिश्रण के एक खास मोड़ पर बनी होगी। ऋग्वेद में इन्द्र की आलंकारिक स्तुतियों ने सबसे अधिक स्थान घेर रखा है। वे विष्णु तथा शिव से भी बड़े देवता हैं। यह सबसे प्राचीन सबूत हैं भारतीय समाज और संस्कृति में 'अनेक से एक होने की प्रक्रिया' का, आस्थाओं की बहुलता के बावजूद अंतर्मिश्रणशीलता का।

जब भारतीय समाज क्षयशील धार्मिक व्यवस्था में वर्ण, वर्ग और राज्य के स्तर पर बँट गया था और लगातार बँटता जा रहा था, उपनिषदकारों की आवाज प्रारम्भ में अरण्यरोदन से ज्यादा न थी। फिर भी वह अपने समय में एक उल्लेखनीय आध्यात्मिक प्रतिवाद थी। प्राचीनतम उपनिषद ईशावास्य उपनिषद का पहला ही मंत्र है, 'इस संसार में जो कुछ है, वह ईश्वरमय है। अतः भोग करो भी तो त्याग के साथ। दूसरे के धन का लोभ मत करो। उपनिषदों ने ब्रह्म ज्ञान को मनुष्य का लक्ष्य बताया था, इसका अर्थ यह नहीं है कि वे जीवन विरोधी थे। याज्ञवल्क्य ने ईश्वर और मनुष्य की अखंडता का प्रवर्तन करते हुए कहा, 'नदी का जल वही है, जो एक

लोटे में है।' उन्होंने आत्मा को, जो पवित्र चेतना और आनन्द है, एकमात्र यथार्थ माना। इसका यह अर्थ नहीं है कि लोग जीवन-विमुख थे। एक पुराकथा है कि याज्ञवल्क्य के पास हजारों गौएँ थीं। मनुष्य का लक्ष्य जीवन से बचना नहीं था, जीवन में त्याग को महत्व देना था। श्वेताश्वतर उपनिषद में सांख्य योग भी समन्वित है, जो वस्तुतः जीवन के लिए ही है। औपनिषदिक दर्शन भोग के वेदकालीन भौतिकवादी युग में त्याग का संदेश ले कर आया। उसका सन्दर्भ पूरी मानवता है, केवल पुरोहित वर्ग नहीं। उपनिषदकालीन समाज में याज्ञवल्क्य ने सैकड़ों वैदिक देवताओं का वैचारिक कत्लेआम-सा कर धर्म के लक्षण बताये—अहिंसा, सत्य, ईमानदारी, पवित्रता, इंद्रिय-नियंत्रण, दान, दया, तप और सहिष्णुता। उन्होंने यही कहना चाहा कि जिसके होने से मनुष्य मनुष्य है और जिसके न होने से मनुष्य मनुष्य नहीं है, वही धर्म है।

हालाँकि आरम्भिक उपनिषदें कर्मकांड से पूरा प्रस्थान नहीं हैं, पर अन्ततःआत्मचेतना का तत्व ही प्रधान हो जाता है। मुंडक उपनिषद तक पहुँचते-पहुँचते वैदिक यज्ञ और पुरोहितवाद का विरोध आरम्भ हो जाता है। इसमें कहा गया है कि जिस तरह नदी बह कर समुद्र में अपना नाम और रूप खो देती है, इसी तरह अपने नाम और स्वरूप से उन्मुक्त आत्मज्ञानी अखंड ईश्वर का अनुभव करते हैं।(111,2,8)। अपनी परम्परा की दुहाई देनेवाले जो हिन्दू अपने बाह्य छद्म स्वरूप को ही चरम मूल्य बना देते हैं और उस पर गर्व करते नहीं अघाते, वे उपनिषद की परम्परा का अनादर ही करते हैं। गौरतलब है कि बौद्ध धर्म का भी उसी काल में (600 ई.पू.) उदय हो चुका था, जिसने केवल कर्मकांड ही नहीं, वर्ण व्यवस्था और हिंसा को भी उग्र चुनौती दी। आत्मतप, करुणा और मित्रता की शिक्षा देते हुए गौतम बुद्ध ने कहा था, 'जो जीवों को सताता है, वह कभी पापमुक्त नहीं हो सकता। केवल वही व्यक्ति जो सभी जीवों के प्रति अहिंस्र है, पापमुक्त माना जा सकता है।' (धम्मात्था बग्गो, 15)। महावीर के भी ऐसे ही उदात्त वचन उस जमाने के धार्मिक आसमान में गूँज रहे थे, 'जो अपना दुःख जानता है, वह अपने से बाहर दूसरों का दुःख भी जानता है। जो अपने से बाहर दूसरों का दुःख जानता है, वही अपना दुःख जानता है।' (आचारांग)। उन्होंने कहा था, 'हे मनुष्य, तू जिसे मारने की इच्छा करता है, जरा विचार कर, वह तेरे जैसा ही सुख-दुःख का अनुभव करनेवाला प्राणी है। तू जिस पर हुकूमत करना चाहता है, विचार कर, वह तेरे जैसा ही एक प्राणी है। जिसे दुःख देना चाहता है और अपने वश में रखना चाहता है, विचार कर वह तेरे जैसा ही एक प्राणी है। जिसके प्राण हर लेने की इच्छा रखता है, वह तेरे जैसा ही एक प्राणी है। अच्छे मनुष्य में यह विवेक होता है।' (वही)। उपनिषद तथा बौद्ध और जैन धर्म की वाणियाँ समाज से विभेद, लोभ, हिंसा और सत्ता का मद खत्म नहीं कर सकीं, लेकिन उन्होंने मानवीय सौहार्द, आत्मज्ञान और स्वाभिमान के मार्ग दिखाये। बाह्याचारों से पिंड पूरी तरह छूट नहीं पाया। फिर भी उनके प्रति भर्त्सना का स्वर उन उत्थानशील आदर्शवादी दर्शनों में था।

हर युग के महान चिंतन में उस युग की कमजोरियाँ भी अमरबेलि की तरह लिपटी होती हैं। मसलन बौद्ध धर्म और उपनिषद दोनों का पुनर्जन्म में विश्वास है। दुर्भाग्यवश यह सिलसिला दयानन्द सरस्वती और विवेकानन्द तक चला आता है।जैनियों ने मूर्ति पूजा का विरोध करते-करते

भी महावीर की मूर्तियों का जाल बिछा दिया। अनीश्वरवादी बौद्धों और जैनियों के तामझाम देखते ही बनते थे। बाजे-गाजों, रंगीन झंडों और पूरे लश्कर के साथ भव्य जुलूस। पता नहीं वे इस तरह ईश्वर को कैसे भगा सकते थे, जो मेहनत की कठोर चक्की में पिसे जा रहे दरिद्रों की अँतड़ियों में छिपा था।

भारतीय दर्शन प्राचीन समाज का एक अनोखा वैचारिक संघर्ष था। सभी दर्शन वैदिक परम्परा से जुड़े थे। उनमें ईश्वरवादी दर्शन थे और अनीश्वरवादी भी। भारतीय परम्परा में नास्तिक उसे कहा गया, जो वेद की निन्दा करता है, उसे नहीं जो ईश्वर को नहीं मानता। हिंन्दू समाज की यह धार्मिक स्वतन्त्रता उल्लेखनीय है। यह सही है कि लोकायत या चार्वाक दर्शन को भारतीय दार्शनिक संघर्ष में अपना पक्ष उपस्थित करने की पूरी स्वतन्त्रता नहीं मिल पायी, लेकिन सिर्फ इसी आधार पर यह मानना गलत है कि भारतीय दर्शन में तर्क की स्वतन्त्रता और बहुलता नहीं थी। सम्भवतः लोकायत समाज से इसलिए उखड़ा कि उसने परिवर्तन के अपने उग्र स्वर को परम्परा से बिल्कुल विच्छिन्न कर रखा था। लेकिन हिन्दू समाज में वैदिक देवताओं और पुरोहितवाद के उखड़ने के उदाहरण भी कम महत्वपूर्ण नहीं हैं। ये उखड़े, क्योंकि इन्होंने विलासिता, बाह्याडम्बर और हिंसा को ही धर्म का प्रतीक बना दिया था। देशकाल के अनुसार धर्म में फेरफार होता है। ऐसा अनेक बार हुआ कि एक काल में जो धर्म था दूसरे काल में नहीं था। रामायण काल में रावण वध की तरह शूद्र शंबूक का वध भी धर्म था। बाद में यह मान्य नहीं रह गया। महाभारत के शान्ति पर्व में भीष्म युधिष्ठिर से कहते हैं कि 'यस्माहिंसा संयुक्तः स धर्म इति निश्चयः' अर्थात् जहाँ धर्म हिंसा से युक्त होता है, वहाँ धर्म की इति सुनिश्चित है। गौर करने की बात है कि रक्ताक्त महायुद्ध के महाकाव्य में हिंसा का विरोध है। हिन्दू समाज को समय के एक खास घुमाव पर हिंसा की व्यर्थता का एहसास हो गया था। प्रसिद्ध दार्शनिक कणाद ने कहा, 'या तो अभ्युदय निःश्रेयस सिद्धि स धर्म्मः' अर्थात् धर्म मनुष्य की लौकिक और आध्यात्मिक उन्नति का साधन है। आध्यात्मिक उन्नति से पहले लौकिक उन्नति की प्रतिष्ठा धर्म की दिशा स्पष्ट कर देती है। धर्म और दर्शन में संवाद से धर्म के सार में उदात्तता और लौकिकता की प्रतिष्ठा हुई, धर्म तर्क के दायरे के अंतर्गत आया।

पिछड़े भारतीय समाज के अविकसित संसाधनों के बीच भी तार्किकता, विवेकपरकता और उदात्तता का एक खास स्तर था, जबकि समाज आज आधुनिक विकास के रास्ते पर जितनी ही तेज गति से दौड़ रहा है, तर्क उतने ही असहाय हो रहे हैं, विवके का उतना ही दिवाला पिट रहा है और ओछापन उतना ही बढ़ रहा है।

प्राचीन भारतीय समाज में पूर्व मीमांसा, सांख्य, वैशेषिक, न्याय, योग और वेदान्त दर्शनों की भूमिका हिन्दू समाज के एक गौरवशाली अध्याय की ओर संकेत करती है। दार्शनिक तर्क एवं विचारों की स्वतन्त्रता के कारण ही धार्मिक आस्था उस दौर में बन्द, इकहरी और संघवादी नहीं थी। यह प्राचीन युगों की दार्शनिक स्वतन्त्रता का ही नतीजा है कि एक ही धर्म में डेढ़-दो हजार सालों तक तेज वैचारिक संघर्ष चला। जितने धर्म भारत भूमि पर पैदा हुए, कहीं और नहीं पैदा हुए। यह अनेक धर्मों की भूमि है, जहा किसी एक धर्म या आस्था ने कभी दादागीरी नहीं दिखायी। प्राचीन दार्शनिकों ने अपनी बौद्धिक स्वतन्त्रता का बार-

बार परिचय दिया। नतीजतन किसी धर्म का फासीवादी समतलीकरण कभी सम्भव नहीं हुआ।

भारतीय दर्शन सनातन की सामान्यतः उपेक्षा नहीं कर सका। फिर भी अपने युग के सामाजिक विकास की सीमा में समय-समय पर दर्शन ने सनातन को विवेक से जोड़ने की कोशिश की। सांख्य सूत्र में अंध परम्परा को चुनौती दी गयी है, 'उपदेश्योपदेष्टत्वात् तत्सिद्धिः। इतर अथ अंध परम्परा'। इसी के असर में गीता में भी आश्चर्यजनक रूप से कहा गया है कि प्राचीन का सब कुछ ग्राह्य नहीं है और नये का सब कुछ त्याज्य नहीं है। धर्म पर बड़ी-बड़ी चर्चाएँ करनेवाले धर्माचार्य और सन्त इन बातों का प्रचार नहीं करते। वे जनता की तर्कशक्ति ही नष्ट कर देना चाहते हैं। निःसन्देह अन्य तमाम व्यवस्थाओं से धर्म अधिक कठोर होता है, पर हिन्दू समाज में वह दर्शन की तार्किक प्रवृत्ति पर कभी अंकुश नहीं लगा सका। वह दर्शन को उतना शुद्धतावादी बना कर नहीं रख सका, जैसा वह खुद होने का दावा करता है।

पूर्व मीमांसा के जैमिनी (400 ई॰पू॰) ईश्वर का अस्तित्व नकारते हैं और यह भी कहते हैं कि वेदों की रचना ईश्वर ने नहीं की। वह देवताओं की भौतिक यथार्थता स्वीकार नहीं करते। इसका भी स्पष्ट निर्देश देते हैं कि स्मृति के उन धार्मिक निर्देशों को नहीं मानना चाहिए जो किसी स्वार्थ की प्रेरणा से बने हैं। पूर्व मीमांसा के अनुसार कर्मकांड धर्म का एकमात्र रूप है। कपिल का सांख्य भी अनीश्वरवादी है, पर यह पूर्व मीमांसा से अलग रास्ता पकड़ता है और कहता है कि वैदिक यज्ञ और कर्मकाण्ड से दुःखभोग का निवारण नहीं होगा। यज्ञ के साथ हिंसा का सिलसिला शुरू होता है, जिससे दुःख बढ़ता है, घटता नहीं। इससे आज के सन्दर्भ में तीन मुख्य निष्कर्ष निकलते हैं। पहला, धर्म में असहमति की भारतीय परम्परा बहुत प्राचीन है। दूसरा, बाह्य प्रदर्शन और हिंसा को साहसपूर्वक काफी पहले बुरा घोषित किया गया। तीसरा, बौद्धिक सम्पदा पर एकाधिकारवाद भारतीय परम्परा नहीं है। यही वजह है कि कपिल के दर्शन को उपनिषद में सम्मान मिला है और बौद्ध धर्म में भी। कहा जाता है कि गौतम बुद्ध ने कपिल के शिष्यों से शिक्षा ली थी और उन्हीं की स्मृति में कपिलवस्तु (वर्तमान काठमांडू) बना। मजे की बात है कि अनीश्वरवादी सांख्य गीता में ईश्वरवाद से मिश्रित हुआ। इस प्रकार वैचारिक संघर्ष ही नहीं, अंतर्मिश्रण भी भारतीय यथार्थ है। दर्शन के लोकतन्त्र में यह धर्मनिरपेक्षता अद्वितीय है, जिसे मिटाने की कभी कोशिश नहीं हुई।

कणाद के दर्शन को परमाणुवाद कहा जाता है। यह एक भौतिकवादी दर्शन है। इसके अनुसार धर्म मनुष्य को केवल काल्पनिक ज्ञान नहीं कराता, यथार्थ ज्ञान भी कराता है। वस्तुएँ जिस रूप में हैं, उस रूप में उनका ज्ञान कराना धर्म का काम है। कणाद आगे बढ़ कर यहाँ तक कहते हैं कि चेतना, बुद्धि इत्यादि भी पदार्थ के ही संश्लिष्ट सम्मिश्रणों की उपज है। यही कणाद 'वैशेषिक सूत्र' में पुण्य लाभ के लिए ब्राह्मण भोज, दान-दक्षिणा, उपवास, व्रत तथा पुरोहित वर्ग के विशेषाधिकारों का समर्थन करते हैं। दरअसल, नये दर्शन में पुरानी धारणाएँ और संस्कार बहुत कुछ अपने आप चिपके होते हैं, क्योंकि पुरानी संरचना के तत्त्व नये विकासों के बावजूद पूरी ताकत से सक्रिय होते हैं। इसीलिए भारतीय दर्शन की अनीश्वरवादी धारा में ईश्वरवादी धारा के तत्व मौजूद थे, जिसके कारण बुद्ध तक हिन्दुओं के अवतारवाद द्वारा निगल लिये गये।

गौतम के 'न्याय सूत्र' की पहली ही स्थापना है, 'संशय न्यायशास्त्र का मार्गदर्शक है'। यदि मनुष्य का सर्वोच्च लक्ष्य पारलौकिक सुख पाना हो तो भी गौतम ने घोषणा की कि इसे यथार्थ के पूर्ण ज्ञान द्वारा ही पाया जा सकता है। न्याय दर्शन ने सृष्टि और आत्मा को नित्य मानते हुए भी इनके पीछे ईश्वर की किसी भूमिका का समर्थन नहीं किया। न्याय ने इस मत का खंडन किया कि सभी कार्य परमात्मा की इच्छानुसार होते हैं और पुरुषार्थ का कोई महत्व नहीं है। सांख्य में प्रकृति ही प्रधान है, जबकि न्याय में मानवीय इच्छाशक्ति और पुरुषार्थ को पर्याप्त महत्व है। न्याय दर्शन का मानना है कि किसी भी बात पर विचार करते समय 'क्यों' का तर्कयुक्त जवाब जरूरी है। पूर्व पक्ष और उत्तर पक्ष के बीच वाद-विवाद की द्वंद्वात्मक पद्धति न्याय दर्शन की एक दूसरी प्रमुख खूबी है। जाहिर है, न्याय-वैशेषिक दर्शन स्मृतिकारों और पुरोहित वर्ग के लिए खतरा पैदा करनेवाला था। इसलिए स्मृतिकारों ने विरोध किया। शंकराचार्य ने विरोध किया। आस्था और अनुभव, धर्म और तर्कबुद्धि में अंतर्क्रिया की जो परम्परा न्याय-वैशेषिकों ने स्थापित की थी, उसका विकास नहीं हो सका।

पतंजलि के योगशास्त्र में योग प्रणाली के सूत्र हैं। इसे ईश्वरवादी सांख्य भी कहा जाता है। इस दर्शन का नैतिक आयाम कम महत्वपूर्ण नहीं है। इसमें कहा गया है कि जो साधना आरम्भ करना चाहता है, वह हिंसा छोड़ दे, किसी से वैर न रखे, सत्य बोले, सदाचरण करे, जितेंद्रिय हो और निरभिमानी हो। ये आयाम प्रमाण हैं कि धर्म के लक्ष्य कितने उदात्त थे और वे मनुष्य को कैसे मनुष्य के रूप में देखना चाहते थे।

आदर्शवादी भारतीय दर्शनों में भी गति और तेजस्विता थी। देवीप्रसाद चट्टोपाध्याय जैसे दार्शनिक भारतीय दर्शन का मुख्य अंतर्विरोध भौतिकवाद और आदर्शवाद के रूप में देखते हैं। वह आदर्शवाद की कोई सकारात्मक भूमिका स्वीकार नहीं करते। भारत के कई भौतिकवादी चिंतकों के साथ एक कठिनाई थी कि वे भौतिकवादी परम्परा में कोई कमी तथा आदर्शवादी परम्परा में कोई खूबी नहीं देखते थे। वे सामान्यतः आदर्शवाद को उपयोग के लिए प्रतिक्रियावादियों के हाथ में सौंप देते थे। पूरे आदर्शवाद से नाक-भौं सिकोड़ने की जगह देखना यह चाहिए कि एक लंम्बे भारतीय काल में जब भौतिकवादी दर्शन विकसित नहीं था, आदर्शवाद जीवंन को कितना ऊँचा उठा रहा था और कितना नीचे गिरा रहा था। वह कितना आगे बढ़ा रहा था, कितना पीछे ठेल रहा था। इस परिप्रेक्ष्य में सोचते हैं तो आदर्शवाद के दो रूप सामने आते हैं—उत्थानशील आदर्शवाद और क्षयशील आदर्शवाद । क्षयशील आदर्शवाद जब भी ढोंग और आतंक के रूप में समाज को क्षरित कर रहा था, उत्थानशील आदर्शवाद का कोई-न-कोई रूप उभर आता था। भारतीय समाज को उत्थानशील आदर्शवाद ने अँधेरे से बार-बार बाहर निकाला। उसकी सीमाओं के साथ उसकी ऐतिहासिक भूमिका का भी वस्तुपरक मूल्यांकन होना चाहिए, तभी हिन्दू समाज के आत्मसंघर्ष का सही रूप उभर कर आ सकेगा।

वेदान्त एक आदर्शवादी दर्शन ही था। कइयों की दृष्टि में वेदान्त एक भूलभुलैया ही है, जबकि इसके भीतर से हिन्दू समाज ने इतिहास के कई अवसरों पर मुक्ति की छटपटाहट व्यक्त की। धार्मिक कलह के वातावरण में वेदान्त के पहले प्रवक्ता बादरायण ने उपनिषदों के अंतर्विरोधों

का समाधान प्रस्तावित करते हुए अपने 'वेदांत सूत्र' के पहले अध्याय का नाम दिया 'समन्वय'। यह उस युग की एक दार्शनिक ही नहीं, सामाजिक आकांक्षा भी थी। सिकंदर के आक्रमण के बाद यह मौर्य साम्राज्य के विस्तार का युग था। भारतीय दर्शन में यह पहला अवसर था, जब ईश्वर से मनुष्य के रिश्ते को पहचानने के लिए समन्वय को इतनी प्रमुखता दी गयी। 300 ई॰पू॰ में जातिवाद और कर्मकांड पर बौद्धों का तीक्ष्ण प्रहार शुरू हो चुका था। दूसरी ओर युद्ध के अलावा दुःख, कलह, भोगविलास और सामाजिक भेदभाव बढ़ते जा रहे थे। फिर भी बादरायण ने परवर्ती वेदांतियों की तरह जगत को भ्रांति घोषित नहीं किया, 'प्रत्यक्ष हैं, अतः अयथार्थ नहीं है'। (2, 28) यह वेदांत की परम्परा का एक जरूरी तत्व है, भले इसे उलट कर शंकर (800ई॰) हजार साल बाद कहें, 'ब्रह्म सत्यं जगन्मिथ्या।'

वेदान्त स्मृतियों और पुराणों के दबाव से बच नहीं सका। उसकी बुनियादी प्रवृत्ति भले भिन्न थी, फिर भी स्मृतियों (खासकर मनुस्मृति) और पुराणों ने उसका पीछा नहीं छोड़ा। स्मृतियों और पुराणों के साथ जिस सीमा तक वेदान्त का सम्बन्ध द्वंद्वात्मक था, हम वेदान्त के आदर्शवाद में देखेंगे कि उत्थानशील तत्व हैं। जिस सीमा तक वेदान्त उनके आगे आत्मविसर्जन कर देता है, हम पायेंगे कि उसके आदर्शवाद में क्षयशील तत्व सक्रिय हैं। सबसे पुरानी स्मृति 'मनुस्मृति' बौद्धों के शत्रु कट्टरवादी ब्राह्मण पुष्यमित्र शुंग के काल में संकलित हुई थी। उसका उद्देश्य बौद्धों के सामाजिक क्रांति के स्वर को दबा कर पुनरुत्थानवाद लाना था, हिन्दू समाज को जड़ धार्मिक नियमों से नियंत्रित करना था। उस जमाने में अपने को धर्म का रक्षक समझनेवाले ब्राह्मण पुरोहित जो कुछ रचते थे, मनु, याज्ञवल्क्य, व्यास या किसी दूसरे महर्षि या देवता के मत्थे मढ़ देते थे, ताकि वह लोक में सहजता से स्वीकृत हो जाये। मनुस्मृति में वर्ण व्यवस्था, पुनर्जन्मवाद और मोक्ष के त्रिभुज पर जो धर्मशास्त्र खड़ा हुआ, वह हिन्दू समाज की छाती पर पहाड़ था। वह द्विजों के सामाजिक-राजनैतिक हित में था।

शंकर ने मनुस्मृति पोषित धर्मशास्त्र का समर्थन किया। किन्तु अपने युग के तीखे साम्प्रदायिक (शैव-वैष्णव) संघर्ष, निम्नतर उपासना पद्धतियों और धार्मिक ह्रास के वातावरण में दार्शनिक स्तर पर 'तत्त्वमसि', 'अहं ब्रह्मास्मि' आदि का प्रवर्तन कर अखंड मानवीय आत्मा के आध्यात्मिक उत्थान का सन्देश भी दिया। उन्होंने आत्माओं की एकता की बात कही और कहा कि हर मनुष्य में ईश्वर है। क्या किसी शूद्र या मुसलमान में ईश्वर नहीं है ? अद्वैत वेदान्त कहेगा, उसमें भी है। यह ईश्वर की एक नयी धारणा थी, भले इसका पर्याप्त तार्किक विकास शंकर के युग में नहीं हो पाया। ईश्वर की इसी धारणा ने संसार में सबसे पहले हिन्दुओं को धर्मनिरपेक्ष बनाया। भारत में शक, हूण, यवन, पारसी, तुर्क, अंग्रेज सभी बसे। हिन्दुओं ने सांस्कृतिक भिन्नताओं के बावजूद उन सभी के साथ आध्यात्मिक एकता और समता का अनुभव किया। मनुष्य के स्तर पर उन्हें कभी शत्रु नहीं माना। इन्हीं संस्कारों के कारण गाँवों में रहनेवाले भारत के आम लोगों ने कभी धार्मिक हिंसा नहीं की। भारत ने बाहर के दूसरे देशों पर हमला या साम्राज्यवाद का स्वप्न नहीं देखा। अपने घर में शान्ति और आनन्द से जियें, बस यही लक्ष्य हर युग में प्रधान था। यही वैचारिक तत्व गीता में है, 'एक ही ईश्वर को समान भाव से सब में देखो और आत्मा से आत्मा की हिंसा न करो, तभी परम गति या उच्च स्थान प्राप्त

करोगे।' (13,18)। यह ईश्वर को सम्प्रदायमुक्त करने का आह्वान है। चारों तरफ भेदभाव, हिंसा, स्वार्थपरता, विलासिता, दुःख, मृत्यु तथा पदार्थों में विविधता थी, तब वेदान्त ने कहा, 'सब माया, भ्रान्ति और प्रपंच है।' जब एक खास दौर के भारतीय समाज में भौतिक स्तर पर अद्वैत साम्य और पूर्णता सम्भव नहीं थी, वेदान्त ने आध्यात्मिक स्तर पर उसका कल्पलोक तैयार किया। अद्वैत वेदान्त एक आध्यात्मिक कल्पलोक है।

निश्चय ही शंकर ने अपने समाज की सभी निम्नतर प्रवृत्तियों से संघर्ष नहीं किया और सभी उच्चतर प्रवृत्तियों से सामंजस्य नहीं किया। फिर भी हिन्दू समाज में उनकी भूमिका ऐतिहासिक महत्व की है। उनके समय में हिन्दू समाज वैदिक दर्शनों की उच्चतर चेतना से विच्छिन्न हो कर पंचमकारी वामाचार, तन्त्र-मन्त्र, भैरव के लिए नरबलि, कुत्ते के रूप में शिव की भ्रष्ट पूजा, विष्णु के चिह्नों शंख, चक्र, गदा और पद्म से शरीर को दागने की प्रथा तथा अन्य तुच्छ सांप्रदायिक उपासना पद्धतियों से बहुविभाजित हो कर ह्रासोन्मुख हो चुका था। शंकर ने अपने युग के इन मतवादों को पराजित करने के लिए बहस की और जनता को अद्वैत वेदान्त की परम्परा से पुनः जोड़ने की कोशिश की। प्राचीन समाज में शास्त्रार्थ और बहस की एक अच्छी परम्परा थी। यह परम्परा उसी समाज में सुरक्षित रह सकती है, जिसे लोकतांत्रिक मूल्यों में आस्था हो। शंकर ने पौराणिक विकृतियों और पाखंडों से संघर्ष किया और साफ कहा कि धर्म को धंधा मत बनाओ। क्या आज के शंकराचार्यों और धर्माचार्यों को उनकी यह आवाज सुनाई देती है ?

हिन्दू समाज में वैचारिक संघर्ष की एक महान परम्परा है। वेदान्त में ही सामाजिक विकास से तालमेल रखते हुए अनेक मोड़ आये। रामानुज ने (11वीं सदी) बादरायण की परम्परा को पुनर्जीवित करते हुए शंकर की 'मिथ्या जगत' की धारणा का यह कह कर जवाब दिया, 'सर्वोपरि मैं यथार्थ सत्ता हूँ।' उन्होंने मनुष्य, ईश्वर और इस संसार को अभिन्न बताया। भारतीय समाज के बहुलतावादी परिदृश्य तथा आलवारों के भक्ति आंदोलन के परिप्रेक्ष्य में वह एक नये अद्वैतवाद की प्रतिष्ठा करना चाहते थे। उन्होंने शरणागत भाववाली श्रेष्ठ भक्ति का पक्ष लिया तथा धर्मानुष्ठान देवोपासना तक सीमित वैधी भक्ति की उपेक्षा की। आधुनिक समाज में प्रातःकालीन बुदबुदाहट, महँगे धर्मानुष्ठान, कर्णभेदी चीत्कार और रैलियों तक ही ईश्वर भक्ति सीमित हो चुकी है। ये बीसवीं सदी में धर्म के विलुप्त होने के क्षण हैं। हिन्दू औपचारिक प्रार्थना, धर्मानुष्ठान और मन्दिर जा कर घंटा बजाये बिना भी अपने को हिन्दू समझता रहा है, क्योंकि उसके मन में भक्ति है।

रामानुज की ही परम्परा में रामानन्द ने आज से लगभग छह सौ साल पहले हिन्दू समाज में एक पवित्र क्रांति ला दी। वह दक्षिण से उत्तर आये। मुसलमान तब तक भारतीय समाज का अंग बन चुके थे। रामानन्द ने कहा, 'जात-पाँत पूछे नहिं कोई, हरि को भजे सो हरि का होई।' उन्होंने रामानुज से भी दो कदम आगे बढ़ कर साथ-साथ भजन के अलावा साथ-साथ भोजन की परम्परा भी शुरू की। कृष्ण ने विदुर के घर भोजन किया था—भारतीय जनता की यह महाभारतकालीन मिथकीय आकांक्षा रामानन्द के युग में जा कर यथार्थ में परिणत हुई। फिर भी आकांक्षा और यथार्थ के बीच दूरी व्यापक सामाजिक स्तर पर कभी खत्म नहीं हुई। दोनों

के बीच की त्रासद टकराहटों ने दुःख, अपमान और हताशा को चिर काल तक हिन्दुओं के एक व्यापक वर्ग की नियति बना कर रखा। इस परम्परा में फिर गाँधी ने ही एक नयी राष्ट्रीय आशा पैदा की।

रामानन्द के शिष्य कबीर हुए। उनके अलावा ब्राह्मण, राजपूत, चमार, नाई तथा एक स्त्री सहित लगभग बारह व्यक्तियों को उनके शिष्यों में गिना जाता है। दलितों और स्त्रियों का भक्ति आन्दोलन के प्रति बढ़ता आकर्षण उनकी सामाजिक मुक्ति की छटपटाहट को ही व्यक्त करता है। यह हिन्दू समाज की आंतरिक कशमकश है—अबौद्धिक वर्ण विभाजन और पुरोहित वर्ग के अत्याचारों से बाहर निकलने की, साथ ही भारतीय समाज के मानवतावादी पुनर्गठन की भी। भक्त कवियों ने जातीय हृदय के बिछड़े और नये हिस्सों को जोड़ने के लिए प्रचंड संघर्ष किया। भक्ति आन्दोलन वेदान्त और जैन-बौद्ध धर्मों के बाद भारतीय सामाजिक चेतना का तीसरा क्रांतिकारी उन्मेष है। यह धर्म और मानवता का एक नया संकल्प है। इस आंदोलन में सगुण और निर्गुण ही नहीं, ईश्वर और मनुष्य, आध्यात्मिकता और भौतिकता, पारलौकिकता और इहलौकिकता, शास्त्र और लोक, द्विज और दलित, हिन्दू और मुसलमान, स्थावर और भ्रमणशील लम्बी आपसी टकराहट के बाद अंतर्मिश्रित हो रहे थे। भारतीय सामाजिक विकास का यह स्वभाव उल्लेखनीय है कि कोई बड़ी खाई हो भी, तो दो विरोधी तत्व टकराते-टकराते परिस्थितिवश अंतर्मिश्रित हो जाते हैं, भले विकास-विरोधी ताकतें उनमें दुबारा भेद पैदा करने में सफल हो जायें। भक्ति की लहरों ने पढ़े-लिखों और निरक्षरों के बीच दूरी कम की। काव्यभाषा और जनभाषा का भेद मिटाया। यह भक्ति आन्दोलन का असर था कि कबीर राम और कृष्ण के प्रति भी आकर्षित होते हैं और तुलसी 'ब्रह्म राम ते नाम बड़' कह कर अपने युग के विशेषाधिकारप्राप्त पुरोहित वर्ग की खाट खड़ा कर देते हैं। यह अलग बात है कि भक्ति के आनन्द में डूब कर भी हिन्दू समाज सामन्ती जड़ता पर औपनिवेशिक गुलामी के बढ़ते दवाब के कारण रूढ़ियों और संकीर्णताओं से बाहर नहीं निकल पाया। कबीर के एक पद में कहा गया है कि गंगा नहाने से ही यदि आदमी स्वर्ग चला जाता, तो मेढक रात-दिन गंगा किनारे टर्र-टर्र करते हैं—वे पहले स्वर्ग पहुँचते। औरतें यह पद गाते हुए कितने निश्चिंत भाव से अलस्सुबह गंगा की ओर प्रस्थान करती हैं, कइयों ने देखा होगा। हिन्दू समाज की यह चरम विडम्बना है।

गौर करने की बात है कि हिन्दू समाज में द्वंद्वात्मक बौद्धिक विकास की गति इतनी धीमी रही है कि दो-दो, ढाई-ढाई सौ सालों बाद कभी-कभार कोई नयी चेतना उभरी, कोई नया दार्शनिक, संत-महात्मा या सुधारक आया। कितनी मुश्किल से वे आते थे, समाज को नयी दिशा देते थे और जब चले जाते थे तो फिर वैसा ही अंधकार छा जाता था। दो-दो, ढाई-ढाई सौ सालों तक छाया रहता था। धार्मिक लुटेरे, मक्कार और पाखंडी फिर समाज पर हावी हो जाते थे। फिर भी विचार करने की बात यह है कि जब समाज बहुत पिछड़ा था, तब भी उसका काव्य, दर्शन, कला और मानवता का बोध बहुत उन्नत था। इनमें पिछड़ेपन की कोई प्रतिध्वनि नहीं थी, यह कहना उतना ही गलत होगा, जितना यह कहना कि पिछड़े समाज में महान काव्य, दर्शन, कला और मानवता का अभ्युदय सम्भव नहीं है।

भारतीय जीवन में नवजागरण किसी गहन अँधेरी रात के बाद सुबह की तरह आया। उसने बुद्धिवादी उथल-पुथल ही नहीं पैदा की, भारतीय राष्ट्र की महान धारण भी प्रस्तुत की और सांप्रदायिक संकीर्णता से ऊपर उठ कर धर्म को मनुष्य की उच्चतर आध्यात्मिक अनुभूति का रूप दिया। हालाँकि भक्ति आन्दोलन और नवजागरण में कोई सीधा सम्बन्ध नहीं है, नवजागरण के शिखर-पुरुषों का मुख्य प्रेरणास्रोत प्राचीन वैदिक साहित्य था या आधुनिक पश्चिमी समाज या एक साथ दोनों, फिर भी नवजागरण काल में भक्ति आन्दोलन के कई आदर्श एक नये बौद्धिक विन्यास में पुनर्प्रतिष्ठित हुए। निर्भयता, सदाचरण, सामासिकता, निर्वैर, सामाजिक बराबरी, सादगी जैसे कई भक्तिकालीन आदर्श पतनशील सामन्ती समाज में विरूपित या विघटित कर दिये गये थे। नवजागरण काल में उपर्युक्त विरूपित या विघटित आदर्शों का पुनर्प्रस्फुटन हुआ और धार्मिक पाखंडों का विरोध फिर शुरू हो गया। नवजागरण ने एक दूसरा महत्वपूर्ण काम किया कि मनुष्य को धर्म के चौखटे में बन्द नहीं रख कर नये लौकिक विषयों की ओर मोड़ा, जैसे आधुनिक शिक्षा, विज्ञान, इतिहास, उद्योग, देशभक्ति, राष्ट्रीय स्वाधीनता संग्राम, लोकतन्त्र, कला, भाषा और साहित्य के जातीय विकास, विश्वबंधुत्व आदि। धर्म के ढाँचे में अब न शिक्षा को सीमित करना सम्भव था, न इतिहास, विज्ञान, साहित्य, राष्ट्रीयता, लोकतन्त्र या अन्य किसी सामाजिक विषय को। अतः नवजागरण ने उत्प्रेरित किया कि लोग अब बहुत-से मामलों में धर्म से ऊपर उठने की आदत डालें।

कुछ चिंतक भारतीय नवजागरण को आवेश में बहुत घटा या बढ़ा कर देखते हैं। जो घटा कर देखते हैं, उनको नवजागरण को पुनरुत्थानवाद कहने में कोई दिक्कत नहीं होती और जो बढ़ा कर देखते हैं, उनको नवजागरण का स्तर इतना विकसित नजर आता है कि उसमें कोई कमी दिखाई नहीं देती। कुछ ऐसे भी हैं, जो नवजागरण को एक ऐतिहासिक घटना मानते ही नहीं। ऐसे चिंतकों की छिपी सहानुभूति धार्मिक रूढ़ियों और संकीर्णताओं के पोषक उस पुरोहित वर्ग से होती है, जिसने देशवासियों को सैकड़ों सालों तक कूपमंडूक बना कर रखा था। पूरा समाज सदियों से उनका धार्मिक उपनिवेश था। अंग्रेजों के राजनैतिक उपनिवेश से धर्माचार्यों का धार्मिक उपनिवेश कम मजबूत नहीं था। नवजागरण के शिखर पुरुषों के सांस्कृतिक संघर्ष की ऐतिहासिक महत्ता इसी धार्मिक उपनिवेशवाद के खिलाफ उनके महान संघर्ष के सन्दर्भ में है।

भारतीय नवजागरण के साम्राज्यवादी झुकावों से राष्ट्रवादी मोड़ तक ऊर्ध्वमुखी विकास की एक लम्बी कहानी है, जिसके फिलहाल उतने विस्तार में जाने की जरूरत नहीं है। फिर भी यह देखना होगा कि उसने धर्म की कोई एक रेखा खींच देने की जगह 'जितने मत उतने पथ' की आजादी किस तरह दी। इस युग की धार्मिक आस्था बड़े विलक्षण अन्दाज में राष्ट्रीय एकता और आधुनिक भौतिक प्रगति का मार्ग भी साफ कर रही थी। एक खास लम्बे ऐतिहासिक दौर से नवजागरण (1801-1920) के लहरमानों को आन्दोलित करनेवालों में राजा राममोहन राय, डिरोजियो, देवेन्द्र नाथ टैगोर, दयानन्द सरस्वती, भारतेंदु हरिश्चन्द्र, ईश्वरचन्द्र विद्यासागर, केशव चन्द्र सेन, रामकृष्ण परमहंस, विवेकानन्द, रवीन्द्रनाथ ठाकुर, महात्मा गाँधी, प्रेमचन्द और कुछ

अन्य इतने ही या इनसे भी अधिक महत्वपूर्ण लोग हैं। इन्होंने धर्म और राष्ट्रीय अखंडता में कभी अन्तर्विरोध पैदा नहीं होने दिया। धर्म सांप्रदायिक विद्वेष का हथियार नहीं बना, हालाँकि उसकी कुछ पुरानी रूढ़ियाँ नवजागरण में चिपकी हुई थीं। कुछ दूसरी विडम्बनाएँ भी घटित हुईं, जिनके कारण भारतीय नवजागरण की मुख्य अंतर्धारा बाधित हुई। भयावह पृथकता, पिछड़ेपन और कट्टरता के कारण यह एक अधूरा नवजागरण था। औपनिवेशिक वातावरण का दबाव भी इतना ज्यादा था कि यह आगे नहीं बढ़ सका और साधारणतः शहर-केंद्रित हो गया।

रामकृष्ण परमहंस की काली के प्रति भक्ति इतनी गहरी होती गयी—उसके भयंकर हिंसक बिंब से नहीं, मातृरूप से इतना प्रबल तादात्म्य स्थापित होता गया कि भावोन्मत्त अवस्था में सिर्फ काली के ही साथ उनकी भावात्मक घनिष्ठता नहीं पैदा हुई, उन्होंने हजरत मुहम्मद और ईसा मसीह को भी अपनी आँखों से देखा। एक सूफी फकीर गोबिंद राय से इस्लाम की दीक्षाले कर 'अल्लाह' मंत्र जपना आरम्भ कर दिया। वह दिन में पाँच बार नमाज पढ़ने लगे। भावोन्मत्त अवस्था में जैसे वह काली का साक्षात दर्शन करते थे, वैसे ही उन्हें हजरत मुहम्मद दिखे। इस घटना के डेढ़ साल बाद उन्होंने यदु मल्लिक के बैठक खाने में 'मरियम की गोद में शिशु ईसा' का एक सुन्दर चित्र देखा। ईसा मसीह के ध्यान में ऐसा लीन हुए कि उन्होंने एक दिन देखा कि ईसा मसीह ने उन्हें अपने आलिंगन में बाँध लिया है। वे अपने आसपास के मनुष्यों में देवता का दर्शन करने लगे। एक वेश्या में उन्होंने सीता को देखा। एक अंग्रेज में श्रीकृष्ण को। लगभग छह महीने तक वह राधा बने रहे और 'कृष्ण-कृष्ण' भजते रहे। हनुमान से आरम्भ कर धीरे-धीरे कुछ समय तक अपने को राम तक समझते रहे। रामकृष्ण परमहंस को हिन्दू, मुस्लिम, ईसाई सभी ईश्वरों से प्रबल तादात्म्य भाव के दौरे आते थे, जिनमें न जाने कितने सौ सालों के साम्प्रदायिक संघर्ष मानो अपनी चरम विश्रांति ढूँढ़ रहे हों। यह भारतीय अखंडता की ही प्रसव पीड़ा थी।

विवेकानन्द में रामकृष्ण परमहंस के उपर्युक्त प्रखर आयाम की कमी थी। फिर भी वह ऐसे नहीं थे कि सांप्रदायिक हिन्दुत्व के हाथ में 'गीली मिट्टी की तरह हाँ-हाँ' करते दिखें। विवेकानन्द ने धार्मिक उत्पीड़न का विरोध किया था। धार्मिक विचारों की स्वतन्त्रता और विविधता का समर्थन किया था। हर मनुष्य में ईश्वर को देख कर, अस्तित्ववादियों से भिन्न आध्यात्मिक स्तर पर ही सही, वैयक्तिक मानवीय गरिमा का उद्घोष किया था, वर्ण व्यवस्था और स्त्री-दमन का विरोध किया था। क्या सांप्रदायिक हिन्दुत्व अपनी शाखाओं, जमावड़ों और सभाओं में कभी खुल कर विवेकानन्द की इन शिक्षाओं के प्रचार का साहस दिखाता है ? वह स्त्रियों को शाखा में घुसने नहीं देता और दलितों को गिरी नजर से देखता है।

विवेकानन्द ने कहा था, हिन्दुत्व की परम्परा में कोई धर्मगुरु नहीं होता, जबकि सांप्रदायिक हिन्दुत्व हिन्दुओं को स्वघोषित धर्मगुरुओं, धर्माचार्यों, मंडलेश्वरों, महंतों और साध्वियों के रैकेट में फँसाना चाहता है। जो शंकराचार्य अपनी-अपनी श्रेष्ठता के दम्भ में साथ बैठते तक नहीं थे, आपस में किसी-किसी को मान्यता तक नहीं देते थे,वे साथ बैठ कर फैसला लेते हैं कि राजनीति पर धर्म का अंकुश लगा कर सतयुग लाना होगा। पुरी के शंकराचार्य कहते हैं, 'जो जातपाँत को नहीं मानता, वह हिन्दू नही है।' और द्वारका शारदा पीठ के शंकराचार्य 1993 में हास्यास्पद

घोषणा करते हैं कि 'मैं जहाँ-जहाँ जा सकता हूँ, कोई भी हिन्दू जा सकता है, जाति प्रथा उसमें बाधक नहीं होगी।' वे जातिवाद का छद्म विरोध कर यह कहना भी नहीं भूलते कि 'देश को अगड़ी और पिछड़ी जातियों में बाँट कर आरक्षण में कुछ जातियों को प्रमुखता देना गलत है।'(कलकत्ता चातुर्मास में वक्तव्य, जनसत्ता, 2 अगस्त '93)। देश के पुराने मन्दिरों के पंडे-पुजारी अपने मन्दिर की गन्दगी कभी दूर नहीं करते, लेकिन हिन्दू होने के दंडस्वरूप दर्शनार्थियों से औरंगजेब के जजिया से भी कठोर दर्शन शुल्क या दक्षिणा जरूर वसूलते हैं। इन्हें ही साम्प्रदायिक हिन्दुत्व लोकनेता बनाना चाहता है। उसका सारा हिन्दुत्व मस्जिद के ढाँचे तोड़ कर मन्दिर बनाने, यज्ञ करने और स्वघोषित धर्म-गुरुओं को अनावश्यक महत्व दे कर उनकी राजनैतिक बैठकें कराने तक सीमित है। क्या विवेकानन्द ने इन स्वघोषित धर्मगुरुओं और पुरोहितों को कभी मान्यता दी थी ? उनका कहना था, 'पुरोहित भारतवर्ष के लिए अभिशाप स्वरूप हैं।' (जाति, संस्कृति और समाजवाद, पृ॰ 42) साम्प्रदायिक हिन्दुत्व विवेकानन्द के नाम का खूब इस्तेमाल करता है। पर उनको वहाँ से नहीं उठाता,जहाँ वह पहुँचे। वहाँ से उठाता है, जहाँ से उन्होंने चलना शुरू किया।

गाँधी का 'राम-राज्य' भी मध्ययुग की वापसी नहीं है। वह अंग्रेज शासन के अत्याचारों से पीड़ित भारतीय जनता को गाँधी का दिखाया एक स्वप्न था। यह झूठा साबित हुआ, यह उतना महत्वपूर्ण नहीं है। महत्वपूर्ण बात यह है कि उस स्वप्न में वाल्मीकि या तुलसी के युग के पौराणिक तत्व न हो कर आधुनिक लोकतंत्र के स्वतंत्रता, सामाजिक बराबरी और धर्मनिरपेक्षता जैसे आधुनिक तत्व थे। जनमानस में राम-राज्य का जो स्वप्न बिल्कुल बेजान-सा कहीं धँसा-खोया पड़ा था, गाँधी उसे खड़ा कर नये युग के स्वाधीनता संग्राम की प्रेरणा बना रहे थे। साधारण जनता बौद्धिक स्तर पर इतनी पिछड़ी थी कि आधुनिक आकांक्षाएँ उसमें कहाँ से पैदा होतीं, वह तो अपनी विगत आकांक्षाएँ भी भूल चुकी थी। गाँधी उस विशाल वर्ग की स्मृति को उकसा कर उसे अपने आंदोलन में एक बड़ी ऐतिहासिक जगह देना चाहते थे। उन्होंने विष्णु के चक्र, शंख, कमल, गदा या शंकर के त्रिशूल को राष्ट्रीय प्रतीक नहीं बनाया। चरखे को बनाया, जो श्रम संस्कृति का प्रतीक था। गाँधी के 'रामराज्य' को जो लोग राम का राजनीतिकीकरण कहते हैं और उसकी आड़ में यह साबित करना चाहते हैं कि जब गाँधी की राजनीति धर्म से जुड़ी हुई थी, तो आज इसमें क्या हर्ज है, वे शायद गाँधी के युग को जरा भी समझना नहीं चाहते। गाँधी ने बताया, 'हम किसी देहधारी राम की पूजा नहीं करते हैं। हम तो अपने निरंजन निराकार राम को पूजते हैं।' परंपरागतधार्मिक व्यवस्था से भिन्न थी गाँधी की गतिशील आस्था। उसमें जितना खुलापन था, लोक पीड़ा भी उससे कम नहीं थी। गाँधी ने अपने राम की प्रेरणा से देश को जोड़ा था, उसे तोड़ा नहीं था। तोड़ा था उन्होंने अपने अंदर की जड़ीभूत धार्मिक व्यवस्था को, जिससे आस्था के राजनैतिक इस्तेमाल का अवसर मिलता है। उसे तोड़ा था और गोली खायी थी।

हिन्दू पहले भी थे। मदनमोहन मालवीय हिन्दू ही थे। उनका हिन्दुत्व उनके मानवीय अन्तःकरण को सकारात्मक परम्पराओं से जोड़ता था, वह आत्मभक्षी हिन्दुत्व नहीं था। आत्मभक्षी हिन्दुत्व सबसे पहले किसी हिन्दू के आत्मजगत को परम्पराविहीन और खोखला करता है। इसके

बाद धार्मिक साम्राज्यवाद का रास्ता खोलते हुए सर्वभक्षी हिन्दुत्व की ओर बढ़ जाता है। साम्प्रदायिक हिन्दुत्व आत्मभक्षण से सर्वभक्षण तक अपनी परम्पराओं को तहस-नहस करते हुए, राष्ट्रीयता की विकासशील भारतीय धारणा को रौंदते हुए अन्ततः सभी पंथों, धर्मों, संस्कृतियों, वर्गीय चेतनाओं और लोकतांत्रिक संस्थानों का भक्षण कर जाना चाहता है—हिन्दुत्व के बाहर जो कुछ है उसे मिटा देना चाहता है। एक राक्षस की कल्पना कर लीजिए। वह बाहर जिसे देखता है खा जाना चाहता है, क्योंकि उसके अन्दर जो कुछ था, वह पहले खा चुका है।

आज कौन है, जो अपने को मदनमोहन मालवीय से बढ़ कर हिन्दू कह सकता है ? उन्होंने हिन्दुओं का उत्थान करना चाहा, तो सबसे पहले छुआछूत, अशिक्षा, स्त्री-पुरुष के बीच भेदभाव और दहेज प्रथा मिटानी चाही। उनके हिन्दुत्व का पहला लक्ष्य था सामाजिक उत्थान, जो साम्प्रदायिक हिन्दुत्व के लिए कोई समस्या ही नहीं है। साम्प्रदायिक हिन्दुत्व के मुँह में जाति प्रथा, अंग्रेजी माध्यम से शिक्षा की बढ़ती भूख, स्त्री की गुलामी और दहेज प्रथा के खिलाफ कोई आवाज नहीं है। कुछ तोड़ना ही है तो कार सेवक साबल-कुदाली ले कर नवजागरण के इन मोर्चों पर क्यों नहीं पहुँचे ? मदनमोहन मालवीय हिन्दुओं को उनकी धार्मिक रूढ़ियों और संकीर्णताओं से ऊपर उठाना चाहते थे। उनका दूसरा लक्ष्य था राष्ट्रीयता की सच्ची भारतीय धारणा का प्रचार, जो धार्मिक सहिष्णुता और धर्मनिरपेक्षता के बिना सम्भव नहीं थी। वह साम्प्रदायिक हिन्दुत्व की जगह धर्मनिरपेक्ष हिन्दुत्व के पक्षधर थे। हिन्दू महासभा का नेता होने के बावजूद उनकी राष्ट्रीयता हिन्दू राष्ट्रीयता नहीं थी। उन्होंने 1931 में कानपुर में हुए दंगे के अवसर पर कहा था, 'मैं मनुष्यता का पूजक हूँ, मनुष्यता के आगे जातपाँत नहीं मानता। कानपुर में जो दंगा हुआ, उसके लिए हिन्दू-मुसलमान में से केवल एक ही जवाबदेह नहीं है। मेरा आप सबसे आग्रहपूर्वक कहना है कि भविष्य में आप अपने भाइयों से ऐसा युद्ध नहीं करेंगे। वृद्ध, बालक एवं स्त्रियों पर हाथ नहीं छोड़ेंगे। मन्दिर या मस्जिद नष्ट करने से धर्म की प्रतिष्ठा नहीं बढ़ेगी।'

स्वाधीनता संग्राम जैसे-जैसे तेज हो रहा था, पुनरुत्थानवाद न केवल भारतीय राष्ट्रीयता की मूल धारा में मिश्रित हो रहा था, बल्कि अपने धर्मनिरपेक्ष विकास में बुद्धिवाद एवं आधुनिकीकरण की ओर उन्मुख हो रहा था। तिलक, लाजपत राय और मदनमोहन मालवीय ही नहीं, माखनलाल चतुर्वेदी, मैथिलीशरण गुप्त जैसे व्यक्ति प्रबल हिन्दू होते हुए भी सम्प्रदायवादी नहीं थे। इन्होंने अपने को हिन्दू राष्ट्रीयता में सीमित न कर नवजागरण के एक विराट उद्देश्य को पूरा किया।

हिन्दू समाज विडम्बनाओं से भरा हुआ है तो इसमें पर्याप्त गहराई भी है। विभिन्न राजनीतिक निराशाओं के कारण फिलहाल उसका विवेक सो गया है। इसका यह अर्थ नहीं है कि हिन्दू समाज पूरा-का-पूरा लकवाग्रस्त किया जा चुका है और उसमें आस्था की बहुलता और स्वायत्तता की कोई चेतना नहीं बची है। या, आत्मसंघर्ष नहीं बचा है। निःसंदेह निराश राजनीतिज्ञों ने सत्ता-संघर्ष में राजनीति को वहाँ पहुँचा दिया, जहाँ मनुष्य के अपने कुछ बहुत निश्छल सम्बन्ध होते हैं। धर्म भी ऐसे ही निश्छल सम्बन्धों में एक है। इस पर संघवादी राजनीति अपना कब्जा जमाना चाहती है, जिससे हिन्दू समाज में धर्मोन्माद के समानान्तर

एक उदासी, उद्विग्नता और निस्सहायता भी दिखाई दे रही है। हिंदू समाज में हिंदू बेगाने हो रहे हैं। धर्मोन्मादी उल्लसित हैं कि उन्होंने धर्म को मुद्दा बना दिया है। उन्हें यह पता नहीं कि यही वह अवसर है, जब जनता को धर्म और धर्म की जहरीली राजनीति की वास्तविकता का एहसास होगा। वह एक बड़े अंधकार से बाहर आयेगी। धर्म को घेर कर हजारों साल से बढ़े शोषणमूलक प्रपंचों और मिथकों पर से रहस्य का पर्दा उठेगा। इस 'एक्सपोजर' में धर्म और आदर्शवाद की महान सांस्कृतिक परम्परा तो एक प्रेरणा बनेगी ही, पर अन्ततः बहुत कुछ इस पर निर्भर करता है कि लोकतांत्रिक-वामपंथी राजनीति अपने आत्मसंघर्ष और पुनर्गठन की प्रक्रिया से कितना गुजरती है।

हिन्दुत्व : आदर्श और यथार्थ

रमेशचन्द्र शाह

आदर्श और यथार्थ के बीच एक फाँक तो होगी ही। वह आदर्श ही क्या, जो औसत आदमी के जीवन में भी सौ फीसदी चरितार्थ हो जाये। एकाएक याद नहीं पड़ता कि 'इस्लाम : आदर्श और यथार्थ' अथवा 'ईसाइयत : आदर्श और यथार्थ' जैसे शीर्षक कभी देखने में आये हों। ऐसे में हिन्दुत्व के आदर्श और यथार्थ की चिंता का एकाएक देशव्यापी ही नहीं, बल्कि विश्वव्यापी बन जाना बिला वजह तो हो नहीं सकता। तो आखिर बात क्या है ? इसी से लगा-लिपटा एक और सवाल : सामान्य हिन्दू जनता तो नहीं, मगर औसत हिन्दू बुद्धिजीवी अपने हिन्दू होने को ले कर काफी परेशान और लगभग शाश्वत क्षमायाचना की मुद्रा में पाया जाता है, इसका क्या रहस्य है ? इसका भी क्या रहस्य है कि प्राचीन भारत पर, उसके कला, साहित्य, तंत्र-मंत्र को ले कर लिखी गयी रद्दी से रद्दी किताबें भी धड़ल्ले से छप और बिक जाती हैं, जबकि समकालीन भारतीय कला और साहित्य को दुनिया की हाट में अच्छी बिक्री की तो कौन कहे, मामूली-से-मामूली समर्थन मूल्य तक के लाले पड़े रहते हैं ? यानी 'ऐंशेंट इंडिया' की तो पूछ है, मगर 'यंग इंडिया' की नहीं। क्या सचमुच इस कदर अपाट्य खाई है भारत के अतीत और भारत के वर्तमान के बीच कि हम या तो उसे केवल अनुवादजीवी लटकों से सहमत हो कर ही भर सकते हैं या फिर गोरी दुनिया के लिए खुद को नृतत्व के नमूनों की एक कभी न चुकनेवाली खदान की तरह पेश करते रह कर ही ?

वास्तव में हम देखते हैं कि इंडिया, दैट इज भारत, न केवल इण्डोलॉजिस्टों का, बल्कि नेतृत्वशास्त्रियों और समाजशास्त्रियों का भी स्वर्ग है। अभी ही की तो बात है, किसी विख्यात अमेरिकी नेतृत्वशास्त्री के अभिनन्दन ग्रंथ की समीक्षा करते हुए हमारे एक दार्शनिक बुद्धिजीवी ने पाश्चात्य विद्वानों की मंडली में खासी खलबली मचा दी थी। उनका यही कहना था कि भई, हिंदुस्तानी समाजों का नृतात्विक विश्लेषण तुमने खूब कर लिया, अब जरा इस रिसर्च का मुँह अपनी तरफ तो करो, अपने सामाजिक समूहों को भी तो नृतात्विक विश्लेषण का विषय बनाओ। बस सुना इतने से ही लेवी स्त्राउस सरीखे विख्यात विद्वज्जन तिलमिला गये। उन्हें यह सख्त नागवार गुजरा कि एक ऐसे समाज का आदमी उनके द्वारा आविष्कृत शास्त्र और उस शास्त्र की पूर्वमान्यताओं को ले कर ऐसी बुनियादी किस्म की शंकाएँ और सवाल खड़े करने का

दुस्साहस करे, जो समाज अभी तक महज उनका 'ऑब्जेक्ट' रहा है। भला यह भी कोई बात हुई कि 'ऑब्जेक्ट' उठ कर 'सब्जेक्ट' से यह माँग करे कि अब मैं 'सब्जेक्ट' बनता हूँ, तुम मेरे 'ऑब्जेक्ट बनो', तभी तुम्हारे शास्त्र की मर्यादाएँ संतुलित होंगी। अरे, ये होते कौन हैं हमीं को हमारी मर्यादाएँ बतानेवाले। जो सदैव हमारे द्वारा परिभाषित होता रहा, वह अब क्या हमीं को परिभाषित और वर्गीकृत करने चलेगा !

यहाँ पर मुझे हिन्दी के यशस्वी कृतिकार स्व॰ अज्ञेय की कही एक बात याद आ रही है। किसी सवाल का जवाब देते हुए उन्होंने लिखा है, 'मैं अपने को हिन्दू कहना आवश्यक नहीं मानता, क्योंकि यह नाम मध्य काल में दूसरों के द्वारा अवज्ञा के भाव से दिया गया।...लेकिन जिसे धर्म कहा गया, उसकी परिधि में रह सका हूँ तो अपने को धन्य ही मानता हूँ।' इस पर किसी के भी मन में दो सवाल उठेंगे : पहला सवाल तो यही कि यह धर्म है क्या ? और दूसरा यह कि यदि वह मनुष्य जाति के लिए सचमुच सार्थक-उपकारक है, तो फिर उसकी पहचान के लिए उसका कोई नाम होना क्यों आवश्यक है ? नामांकित होना या स्पष्ट परिभाषित होना क्या अनिवार्यतः एक सँकरी गली में फँस जाना है ? यदि नहीं, तो फिर नाम तो नाम ही है; जिस किसी भी कारण से जो भी नाम आपके साथ चिपक गया है, अगर उसी नाम से दुनिया आपको और आपके उस 'धर्म' को भी पहचानने की आदी हो चुकी है, तो उसे स्वीकार कर लेने में ऐसा हर्ज क्या है ?

अज्ञेय ने अपने ढंग से दोनों सवालों के जवाब दिये हैं। जिस धर्म की परिधि में रह कर उन्हें धन्यता की अनुभूति होती है, वह क्या है, इस सिलसिले में उनका कहना है कि 'किसी मतवादी रूढ़ि से अलग धर्म की उद्‌भावना को मैं संसार को भारतीय चिंतन की बहुत बड़ी देन मानता हूँ। यह इसके बावजूद कि आज मेरे समकालीन इसकी उपेक्षा करते हैं और धर्म ने जिस संकीर्णता को सम्पूर्णतया अस्वीकार किया था, उसी संकीर्णता के सहारे अपनी धार्मिकता की कसौटी करते हैं। संसार के किसी धर्म ने मनुष्य के मानस को उतनी स्वाधीनता का वातावरण नहीं दिया जितना भारतीय धर्म ने, किसी ने स्वस्थ जीवन की इतनी गहरी नींव नहीं डाली जितनी भारतीय धर्म ने।' इस कथन में पहले सवाल का जवाब तो है ही, दूसरे सवाल का भी जवाब निहित हो आया है। तो क्या जिसे सामान्यतः हिन्दू धर्म कहा जाता है, उसी को अज्ञेय भारतीय धर्म का नाम दे रहे हैं ? प्रस्तुत लेख के शीर्षक की शब्दावली में क्या यह कहना उचित होगा कि अज्ञेय का यह 'भारतीय धर्म' ही हिन्दुत्व का आदर्श है, हिन्दुत्व का यथार्थ वह भले न हो ? तो फिर हिन्दुत्व का यथार्थ क्या है ? क्या वह स्वाधीनता और उदारता के इस आदर्श की सरासर अवहेलना या कि अस्वीकार है ? या कि वह एक लम्बी राजनीतिक पराधीनता के दौर में उत्पन्न हुए गतिरोध और आत्मविश्वासहीनता का परिणाम है, जिससे हम धीरे-धीरे उबर रहे हैं !

मेरा खयाल है कि वर्तमान राजनीतिक परिदृश्य में दिखाई देनेवाले कुछ लक्षण भले ही इनमें से पहली बात को सही साबित करते प्रतीत हों, व्यापक हिंदू समाज का सत्य वह नहीं है। न वह हमारे सबसे संवेदनशील और जागरूक बुद्धिजीवियों द्वारा अनुभव किया जानेवाला यथार्थ कहा जा सकता है। ऐसे बुद्धिजीवियों का प्रतिनिधित्व करनेवालों में ही एक की तरह ऊपर अज्ञेय का मंतव्य उद्धृत किया गया है। वे अपने को हिंदू कहना आवश्यक क्यों नहीं मानते,

इसी का खुलासा मानो आगे उनकी इस स्पष्ट स्वीकारोक्ति में मिलता है कि 'मैं अपने को भारतीय मानता और पहचानता हूँ और इसमें मुझे एक गौरव का भी बोध होता है जो ऐसा नहीं है कि उदारता का शत्रु हो या कि दूसरी संस्कृतियों के वृत्त में रहनेवालों के प्रति मुझे असहिष्णु बनाये।'

किन्तु अज्ञेय सरीखे कृतिकारों को उद्धृत करते हुए मैं बुद्धिजीवियों के उस वर्ग को कतई अनदेखा नहीं कर रहा हूँ जो हिन्दुत्व के यथार्थ को एकेश्वरवादी सांप्रदायिक धर्मोन्माद के वजन पर उसी की शब्दावली में परिभाषित करते रहे हैं। इनमें से ज्यादातर लोग वही हैं जो हिन्दीभाषी प्रदेश को अँधेरे का क्षेत्र मानते हुए हिन्दुत्व की ही तरह उसे भी सांप्रदायिक कट्टरता और पिछड़ेपन का प्रतीक (यानी काउ बेल्ट) प्रचारित करते नहीं थकते। उनके लिए हिन्दुत्व का यथार्थ उनकी उसी परोपजीवी समझ के 'काउ बेल्ट' का यथार्थ है। कहना न होगा कि यह वर्ग खुद अपने आपमें हिन्दुत्व का वह यथार्थ है, जो सचमुच चिंताजनक है और जिसके प्रति हमें उतना ही सशंक और सावधान रहना होगा, जितना इधर प्रगट हो रही तथाकथित हिन्दुत्व की राजनीति के लक्षणों से। यहाँ मुझे हिंदी के ही एक दूसरे विख्यात लेखक धर्मवीर भारती का स्मरण हो आता है, जिन्होंने 'काउबेल्ट की उपकथा' शीर्षक अपने एक लेख में इसी भितरघाती पुण्यात्मापन की पोल खोली है। धर्मवीर भारती के शब्दों में 'यह धर्मान्धता का जहर हिन्दीभाषी प्रदेश की प्रकृति में नहीं था, इसे अंग्रेजों ने चंद अंग्रेजीपरस्तों का सहारा ले कर बोया।...इसी अंग्रेजीपरस्ती ने राजनीति, समाज, शिक्षा और प्रशासन के क्षेत्र में हमारे असली चेहरे पर नफरत, संकीर्णता, सांप्रदायिकता और मनोमालिन्य के मुखौटे चढ़ाने शुरू कर दिये और जब वे सफल हो गये तो इन्हीं मुखौटों को दिखा-दिखा कर अंग्रेजीपरस्त लोग हिन्दी प्रदेश को 'काउ बेल्ट' का खिताब देने लगे।' भारती ने इस विचित्र विडम्बना को भी रेखांकित किया है कि 'जो इस पट्टी को जड़ता, पिछड़ेपन और सांप्रदायिक कट्टरता का प्रतीक मानते हुए इसका मखौल उड़ाते हैं, वे या तो इसी पट्टी से निकल कर आये हैं या अपने अस्तित्व के लिए इसी पट्टी के समर्थन पर पूरी तरह निर्भर होते हैं।' मेरा खयाल है, यदि हम पिछले दिनों की कुछ घटनाओं पर, मसलन दिल्ली के कांस्टीट्यूशन क्लब में जमायते इस्लामी के आह्वान पर हिन्दू फासिज्म से लड़ने के लिए बुलायी गयी बैठक में शामिल बुद्धिजीवियों के आचरण पर अथवा सी॰ पी॰ एम॰ की अगुआई में हमारे शिक्षा मंत्री की शह और संरक्षण पर चलाये गये 'हम सब अजुध्या' अभियान पर थोड़ा गौर फरमायें तो धर्मवीर भारती की उक्त टिप्पणी आज भी उतनी ही संगत लगेगी।

लगभग सारे ही विश्व धर्म कुछ मतवादों को प्रश्न से परे रख कर उन पर विश्वास करना अनिवार्य बना देते हैं। उन मतवादों पर विश्वास करनेवाला—यानी उनके घेरे में रहनेवाला—ही धर्मवान माना जाता है और बाकी सारे लोग 'इनफिडल' या काफिर। धर्म की भारतीय परिकल्पना के केन्द्र में ऐसे कोई डॉग्मा या धर्मबीज नहीं हैं। कुछ प्रयोगसिद्ध जीवन मूल्य हैं, विराट या कि दिव्य सत्ता को चेतना के सूक्ष्म स्तरों पर अनुभव करने और उस अनुभव के आधार पर बिना प्रकृति से द्रोह ठाने, प्रकृति के ही सहयोग से मनुष्य के प्राकृतिक जीवन को सांस्कृतिक और आध्यात्मिक जीवन में रूपांतरित करनेवाली पुरुषार्थ संकल्पनाएँ हैं। प्रमाण भी मानवीय चेतना के ही सूक्ष्म स्तरों पर सिद्ध किये जा सकनेवाले ये साक्षात्कार और साक्षात्कारी प्रज्ञा-विभूतियाँ ही हैं। शास्त्र हैं, पर एक नहीं, अनेक। यों यह मानवीय चेतना के सूक्ष्म स्तरों से उपजा हुआ

और मानवीय चेतना से ही सत्यापनीय आध्यात्मिकता मानववादी भी है और तथाकथित मानववाद की सीमाओं को लाँघ कर चराचर से तादात्म्य स्थापित करनेवाला चराचरवाद भी।

तो, हिन्दुत्व माने क्या ? भारतीय धर्म चेतना का वेदों से ले कर लोक गीतों तक रूप, जिसमें विकास का मतलब पहले के अनुभवों का एकदम खारिज हो जाना या 'सुपरसीड' हो जाना नहीं है। दरअसल, नृतत्व की खदान भी यह हिंदुस्तान इसलिए है कि यहाँ मनुष्य के सांस्कृतिक-धार्मिक अनुभव के सारे रूप, सारे स्तर महज ऐतिहासिक पुरातात्विक रूप में नहीं, बल्कि जीवन्त विश्वासों, अनुष्ठानों, जीवन विधियों के रूप में प्रत्यक्ष देखे जा सकते हैं। आदिम लिंग पूजा, नाग पूजा, देवी पूजा से ले कर दार्शनिक अद्वैत, यहाँ तक कि बौद्ध शून्यवाद तक सभी कुछ इसमें समाहित हो आया है और यह सब पोथियों में नहीं, बल्कि सामान्य गृहस्थों की जीवन चर्या का अंग बन कर। हममें से कोई भी अपने बचपन में झाँक कर देवी-देवताओं के इस विराट प्रजातन्त्र में अपने ऐन्द्रिक, भावनात्मक और बौद्धिक साझेदारी के अनुभव को प्रत्यक्ष कर सकता है और अपनी आज की वयस्क मानसिकता के स्तर पर उनका मतलब जब मेरा कोई ईसाई दोस्त पूछता है कि 'तुम शाक्त या वैष्णव या शैव (या बौद्ध या जैन) क्या हो', तो मैं पाता हूँ कि ईमानदारी का जवाब यही हो सकता है कि 'मैं यह सब हूँ', क्योंकि यह सब मेरे घरेलू अनुभव और स्मृति का हिस्सा है। घरेलू और घर जैसे पड़ोस की भी जीवन चर्या में साझेदारी का जीवंत अनुभव। जब मुझे किसी भी प्रकार की धार्मिकता या धर्मविश्वास से अलगाये जाने का, या उसे झूठा और तिरस्करणीय बताये जाने का कभी कोई तजुर्बा ही नहीं हुआ अपने समूचे लड़कपन में, तो मैं कैसे किसी एक के साथ अपना 'कमिटमेंट' घोषित कर उसी को सर्वोच्च और बाकी को हेय बता दूँ ?

निश्चय ही इस सर्वस्वीकारी खुलेपन की अपनी समस्याएँ हैं, अपने खतरे हैं और मैं क्या, कोई भी उनकी अनदेखी नहीं कर सकता। क्या हम नहीं देखते कि जहाँ बहुत ज्यादा छूट होती है, वहाँ नियमबद्धता, अनुशासन और एकता जैसे गुणों का लोप हो जाने की गुंजाइश भी सबसे ज्यादा होती है ? इसलिए कि सारा जोर व्यक्ति के अपने विवेक पर, चरित्र पर आ जाता है और सामूहिक जिम्मेदारी, सामूहिक कर्म का महत्व घट जाता है। हिन्दुत्व अधिकार भेद के यथार्थ को आँखों से कभी ओझल नहीं करता, मगर विश्वास की रूढ़ि पर बल न दे कर आचरण पर बल देता है। अब विश्वास की रूढ़ि न होना यों बड़ी अच्छी बात है। इससे असहिष्णुता और परद्रोही वृत्ति से उपजनेवाले खतरों से तो आपने अपने को सुरक्षित कर लिया, लेकिन आचरण की रूढ़ियाँ तो मनुष्य स्वभाव को देखते हुए बहुत आसानी से बन जाया करती हैं : खासकर पराधीनता और धर्मग्लानि के दौर में, जब हम उन्हीं रूढ़ियों का शिकंजा कस कर अपनी सुरक्षा करने के आदी हो जाते हैं, तब ऐसे में क्या पाखण्ड नहीं पनपेगा ? विकृतियों का अम्बार नहीं लग जायेगा ? वर्णाश्रम की संकल्पता अपने उद्गम पर और काफी दूर तक क्या थी और कालान्तर में वह क्या हो गयी अपनी विडम्बनात्मक परिणति में !अनासक्ति के उच्चतम आदर्श का आज हम व्यवहार में कैसा वैपरीत्य देख रहे हैं ! वास्तव में अनासक्ति का ढोंग, उसका भ्रम खड़ा कर देना बहुत आसान है। अहिंसा और करुणा के आदर्श का चेतना के उच्चतम सूक्ष्मतम स्तरों पर ऐसा साक्षात्कार और ऐसी चरितार्थता भी भला किस दूसरी धार्मिक संस्कृति में संभव हुई है ? किन्तु जिसे हम सामाजिक संवेदन—सोशल कांशेंस—कहते हैं, वह

क्या अनासक्ति के इस अत्युच्च आदर्श के चलते भी हमारी सभ्यता की एक साफ दिखाई देनेवाली कमी या दुर्बलता के रूप में प्रकट नहीं हो गयी ? गीता की उस स्पष्ट चेतावनी को याद करते हुए (यद्यदाचरित श्रेष्ठः तत्तदेवेतरोजनः) कभी-कभी क्या ऐसा नहीं लग उठता कि जिस धर्म या संस्कृति के आदर्श जितने ही ऊँचे और सूक्ष्म-परिष्कृत होते हैं, उसके अनुयायियों के लिए यथार्थ में उनका पालन कर सकना उतना ही दुःसाध्य हो जाता है और इसलिए पाखण्ड तथा गिरावट की संभावना भी उतनी ही प्रबल हो जाती है ?

इतना जरूर है कि प्रयोगजन्य और अनुभवाश्रित होने के कारण ऐसी संस्कृति में उच्चतम धरातल पर जीनेवाले महापुरुषों की एक निरंतरता अवश्य सुनिश्चित हो जाती है। चूँकि मूल प्रेरक आदर्श मानव चेतना के सूक्ष्मतम स्तरों पर आविष्कृत किये गये थे और चूँकि वह प्रक्रिया और वह वागर्थ बारम्बार पुनराविष्कृत किये जा सकते हैं, इसलिए यज्ञ, अनुष्ठान, पर्व आदि के साधनों से जितनी और जैसी भी उनकी स्मृति व्यापक लोकजीवन में जिस स्तर पर भी विद्यमान रहे, वह सामूहिक ह्रास और विघटन के बावजूद समय-समय पर किसी न किसी व्यास, कबीर, नानक, तुलसी, चैतन्य, रामकृष्ण, अरविन्द या गाँधी के माध्यम से प्रकट हुए बिना नहीं रह सकती, भले ही व्यापक धर्मग्लानि और कालगति के प्रभाववश सामूहिक जीवन को अनुप्राणित कर सकने की उसकी क्षमता कितनी भी क्यों न छीज गयी हो। कारण यही है कि यह धार्मिक संस्कृति किसी एकमात्र उद्धारक और एकमात्र आसमानी किताब और उसी के गिर्द एक खास ऐतिहासिक मुहूर्त के दौरान संगठित जातीय इतिहास चेतना पर निर्भर न हो कर ऐसे जीवित व्यक्तियों-आत्मकेन्द्रों के निरन्तर प्रकट होते रहने की वास्तविक संभावना और तथ्यता पर टिकी हुई है, जो बारम्बार उन्हीं-उन्हीं सनातन जीवन मूल्यों को मानव चेतना के उन्हीं सूक्ष्म स्तरों पर पुनः उद्घाटित और साबित करते रह सकते हैं।

ऐसी संस्कृति के साथ जो दिक्कत या खतरा है, वह यही कि वह महापुरुष-निर्भर हो जा सकती है, जोड़नेवाली केन्द्रीय भाव-धारा के कमजोर पड़ जाने के कारण बिखराव और ढुलमुलपन का शिकार बन सकती है। बाहरी शक्तियों से आत्म-रक्षा में असफल होने पर चेतना के स्थूलतर स्तरों पर उन्हीं अपनों के प्रति ही संवेदनहीन-क्रूर हो जा सकती है जिन्हें वह येनकेन प्रकारेण अपने वृत्त में रखना चाहती है। सत्य और तप और अनासक्ति सरीखे मूल्यों के लिए जोखम उठाने का साहस खो कर महज इनके आनुष्ठानिक अभिनयों से काम चलाने की यानी आचरण की जगह आचरण की रूढ़ियों के खोल में दुबक रहने की आदी बन जा सकती है। पराजय की आत्मग्लानि अहिंसा के मूल्य को भी भीतर ही भीतर संचित होती जाती मानसिक हिंसा में बदल देती है। एक ऐसी भयग्रंथि में, जो अवचेतन में जड़ पकड़ लेने के कारण हमारे चेतन नियंत्रण से भी बाहर हो जाती है। भय के व्यक्त कारणों का शमन हो जाने के बाद भी वह अव्यक्त रूप में भीतर सक्रिय रही आती है और तरह-तरह की विकृतियों में अपना निकास ढूँढ़ती रहती है। बाल विवाह, सती प्रथा, विधवा दुर्दशा, छुआछूत इत्यादि के मूल में यही है : एक श्रीहत, कुंठित जातीय चेतना का रचनात्मक आत्माभिव्यक्ति के धरातल से मात्र 'सर्वाइवल' के तर्क में स्खलित हो जाना।

इसके विपरीत जो सभ्यताएँ अपने प्रेरक आदर्श चेतना के अपेक्षाकृत स्थूलतर स्तरों पर भूगोल और इतिहास की प्रत्यक्ष वास्तविकताओं से एक समूह के रूप में जूझते हुए सचमुच

सामूहिक रूप में उपलब्ध करती हैं और किसी एक के वचन और जीवन-कार्य को ही सत्य का अंतिम प्रमाण मान कर उसके प्रति सम्पूर्ण समर्पण और वफादारी पर ही अपनी सामूहिक इकाई की पहचान को प्रतिष्ठित कर लेती हैं, उनका काम अपेक्षाकृत आसान हो जाता है। उनके आदर्श अपने मूलोद्गम में ही लगभग सामूहिक धर्मादेश की तरह प्रकट होते हैं और उनकी भावी प्रभावशालिता और पकड़ भी इसी से सुनिश्चित हो जाती है। ये आदर्श उस समूह की, उस बिरादरी की ऐतिहासिक नियति तय कर देते हैं। समूचा समूह एक ही लक्ष्य को समर्पित और एक कठोर अनुशासन में संघबद्ध हो कर एक व्यक्ति की तरह आचरण करने लगता है। इस सोद्देश्य और संघबद्ध अभियान के पीछे उस धर्मविश्वास की तर्कातीत अकाट्यता और चरमता पर अखंड विश्वास और उस विश्वास के प्रति वफादारी की अटूट प्रेरणा-शक्ति काम करती है। मानो सामान्य मानव स्वभाव का, सामाजिक अनुभवों का यथार्थ ही उन आदर्शों को जन्म देता है और वही उनकी सीमा रेखाओं को भी सुनिश्चित कर देता हो। दूसरे शब्दों में कहें तो इन आदर्शों का अतिक्रामी आयाम अपेक्षाकृत ओझल रहता है—वह स्वर्ग और नरक से आगे जाने का उपक्रम कम ही करता है, उनका ऐहिक-पारलौकिक आयाम ही अधिक मुखर और प्रभावशाली हो जाता है। ये 'यथार्थवादी' आदर्श मानव-चेतना के अपेक्षाकृत स्थूलतर स्तरों (प्राणमय+मनोमय) पर रचे जा कर उन्हीं को बड़ी मजबूती से थामे रहते हैं और चेतना के सूक्ष्मतर स्तरों की व्याख्या भी उन्हीं की शब्दावली में करते हैं। आध्यात्मिक संस्कृतियों को वे स्वयं उनके अपने तर्क से नहीं, बल्कि खुद अपनी धार्मिकता के तर्क से ही ग्रहण करते हैं और इस चक्कर में उन संस्कृतियों का उन्मूलन नहीं तो अवमूल्यन और अपचयन तो पक्का हो ही जाता है। इसमें अपने धर्म को ही एकमात्र धर्म और दूसरों के धर्म को अधर्म मान कर चलने की मजहबी पूर्वमान्यता भी हिस्सा बँटायेगी ही। वेदों-पुराणों के उद्धारक सरीखी कीर्ति पानेवाले अनेक पश्चिमी विद्वानों के तत्सम्बन्धी वक्तव्य इस मजहबी और सांस्कृतिक पूर्वग्रह के अकाट्य प्रमाण हैं। लेकिन उनके उत्साह, अध्यवसाय और अपनी तरह की शोधनिष्ठा को भला कौन नकार सकता है ! कृतघ्नता निश्चय ही हिंदुओं के जातीय अवगुणों में शामिल नहीं, तभी तो मैक्समुलर को हमारे संस्कृत पंडितों ने मोक्षमुलर की पदवी दे डालने में जरा भी कोताही नहीं की।

जो भी हो, ज्ञान, इच्छा और क्रिया का आदर्श संतुलन साध पाना मानव मात्र के लिए दुःसाध्य है और धार्मिक संस्कृतियाँ भी इसका अपवाद नहीं। जहाँ ज्ञान विषय-प्रधान न हो कर आत्म-प्रधान है और इसी कारण अधिक सूक्ष्म और परिष्कृत है, वहाँ सामूहिक इच्छाशक्ति और क्रियाशीलता को सुनिश्चित करने की चुनौती विकट सिद्ध हुई है और जहाँ इच्छा और क्रिया का योग ज्ञान के साथ बिठाना आसान बना लिया जा सका है, वहाँ ज्ञान स्वयं या तो असाक्तिमूलक और स्थूल स्तरों का ज्ञान साबित हुआ है या फिर विश्व के अवधारणात्मक वशीकरण द्वारा दिव्य और पावन के बोध को ही खत्म कर देनेवाला। जयशंकर प्रसाद ने ठीक ही कहा था, 'ज्ञान दूर कुछ क्रिया भिन्न है/इच्छा क्यों पूरी हो मन की/एक दूसरे से न मिल सके/यह विडम्बना है जीवन की।' प्रसिद्ध विचारक हार्टमान कहता है कि 'चेतना के सूक्ष्म स्तरों में स्थायित्व अधिक होता है, किन्तु चेतना के स्थूलतर स्तर अधिक ताकतवर होते हैं।' तो वह लगभग इसी विडम्बना को एक दूसरी तरह से परिभाषित करता है। सचमुच इस डरावने निष्कर्ष से बचा नहीं जा

सकता : मानव सभ्यताओं का, सामान्यतः, और किसी भी मानव समुदाय का ऐतिहासिक अनुभव इसे सही साबित करता है। दरअसल, सारी समस्या की जड़ ही यही है—संस्कृति और राजनीति, धर्म और राजनीति, धर्म और धर्मतंत्र, मानववाद और तथाकथित धार्मिक साम्राज्यवाद के बीच के सारे बखेड़े भी यहीं से उपजते हैं। चेतना के सूक्ष्म और स्थूल स्तरों के बीच उपयुक्त सामंजस्य और संवाद की खोज ही धर्म की भी प्रमुख प्रेरणा रही है। अब यह एक खुले शास्त्रार्थ का—विश्वस्तरीय सामूहिक आत्म-मंथन का—विषय है कि इस चुनौती का उत्तर देने में विभिन्न धर्मों को कितनी कैसी सफलता मिली है। हिंदू या भारतीय धर्म की उपलब्धियों और संभावनाओं से तुलनात्मक दृष्टिकोण से इसी प्रश्न के परिप्रेक्ष्य में परखा जाना बाकी है।

हमारे एक प्रमुख समाजवादी चिंतक वि॰ दे॰ ना॰ साही ने नैतिक और शाक्त के भारतीय द्वंद्व की चर्चा के सिलसिले में कालिदासीय पावनताजनित बोध की बात उठायी थी। इस सचाई को किसी और ने नहीं, स्वयं कालिदास ने अपने काव्य तर्क से साफ-साफ झलकाया है कि तपस्या के द्वारा परिशोधित हुए बिना शक्ति वास्तव में आत्मशक्ति या न्यायकारी राजशक्ति भी नहीं बन सकती। न ही वह सच्चे अर्थों में राष्ट्र के या दिव्य शक्तियों के नेता को जन्म दे सकती है। डॉ॰ गोविन्दचन्द्र पाण्डे ने कालिदास के इस आशय पर बहुत सटीक टिप्पणी की है, यह कहते हुए कि 'कौटिल्योत्तर भारतीय संस्कृति का आध्यात्मिक आदर्श और राजनीतिक विफलता दोनों ही इसमें संकेतित हैं।' इसी सिलसिले में आगे उन्होंने भारतीय इतिहास की एक दर्दनाक सचाई पर सही जगह उँगली रखते हुए एक और बहुत विचारोत्तेजक और बेहद प्रासंगिक बात कही है और वह यह है कि 'राष्ट्रीय सफलता शिव और शक्ति के मिलन के बिना संभव नहीं है।' यह भी कि 'आचार और व्यवहार में इसका अर्थ होता है प्रवृत्ति और निवृत्ति का कर्मयोग के रूप में समन्वय।' सच पूछा जाये तो इस समन्वय को उपलब्ध न कर पाना ही कालान्तर में हिंदुओं की राजनैतिक दुर्दशा और सांस्कृतिक अधोगति का सबसे बड़ा कारण माना जा सकता है। यह अकारण नहीं कि उन्नीसवीं सदी के अधूरे पुनर्जागरण के बाद राष्ट्रीय स्वाधीनता संग्राम के लगभग हर प्रमुख नेता ने गीता पर ध्यान देने और उसका नया भाष्य करने की अनिवार्यता अनुभव की—चाहे अरविन्द हों, चाहे तिलक हों, चाहे महात्मा गाँधी। यह तथ्य एक दूसरे और अपने आपमें अत्यन्त दुर्भाग्यपूर्ण तथ्य की क्षतिपूर्ति की तरह देखा जा सकता है। वह यह कि न केवल गीता की, बल्कि गीता जिसका अंग है, उस महाभारत की भी एक लम्बे समय तक अपने यहाँ घोर उपेक्षा हुई। हिंदू घरों में महाभारत का पढ़ा जाना ही एक तरह से निषिद्ध-सा हो गया। यह तथ्य अपने आपमें किस भय ग्रंथि का, किस असुरक्षा-ग्रंथि का लक्षण है, कहने की जरूरत नहीं। साथ ही यह इस सचाई का भी सूचक है कि अपनी सबसे बड़ी दुर्बलता को भी यथावत देखने और उसका सामना कर उससे उबरने की इच्छाशक्ति ही नहीं रह गयी है। अनेकता के बीच एकता का जाप तो बहुत किया जाता है, मगर जिस केन्द्रवर्ती समग्र भावधारा में योग देते रहने के कारण वह एकता संभव होती रही थी, उस शक्ति-स्रोत का वर्तमान में आवाहन करना ही हम भूल जायेंगे तो एकता आयेगी कहाँ से ? आखिर अत्यन्त प्राचीन काल से ही अनेक संस्कृतियाँ इस देश में अपनी-अपनी प्रादेशिक स्वायत्तता में फलती-फूलती रहीं तो इसी कारण न कि वे एक बृहत्तर इकाई के जीवन में अपना योगदान भी साथ-साथ करती रहीं ? इस बृहत्तर इकाई या कि समग्र भारतीय अस्मिता की सुस्पष्ट पहचान

भी उन्हें बराबर बनी रही। कोई देख सकता है कि एक सुदीर्घ कालावधि तक यदि इस समग्र भारतीय अस्मिता की प्राणभाषा संस्कृत रही तो कलान्तर में वह 'भाषा' हो गयी और उन्नीसवीं सदी में ठीक वही दायित्व हिन्दी पर आ गया। मगर क्या हमारे वर्तमान आचरण में इस तथ्य का स्वीकार दीखता है ? ऊपर जिस राजनीतिक विफलता की, आध्यात्मिक आदर्श और राजनीतिक संकल्पविहीनता के जिस लम्बे दुर्भाग्यपूर्ण सिलसिले की बात कालिदास के हवाले से कही गयी है, उसे क्या हम दास्योत्तर यानी स्वातंत्र्योत्तर भारत में भी उसी तरह घिसटते नहीं देख रहे हैं ? हिन्दी और उसके साथ सभी भारतीय भाषाओं की अभी तक चली आ रही अप्रतिष्ठा भी क्या प्रकारान्तर से हिन्दुत्व के इस दुर्भाग्यपूर्ण यथार्थ के ही खाते में नहीं जायेगी ? हिन्दुत्व का वह यथार्थ, जो उसे सही समय पर सही राजनैतिक संकल्प और कदम उठाने से रोकता है और हर समस्या को अपनी भयग्रस्त मानसिकता में तदर्थवाद और तुष्टिकरण के सहारे टालता रहता है।

कितना हिन्दू, कितना आधुनिक

अरुण कुमार त्रिपाठी

आधुनिक हिन्दू कैसा हो ? इस सवाल के संज्ञा और विशेषण दोनों पद विरोधाभासों से भरे हुए हैं। फिर दोनों का मेल और बड़ा विरोधाभास पैदा करता है। जब इन दोनों शब्दों को परिभाषित करना और उनकी सीमाएँ तय करना कठिन है, तो उनके बारे में एक आदर्श स्थिति की कल्पना कितनी मुश्किल होगी। ऐसी स्थिति में जवाब ढूँढ़ने का प्रयास अगर सुसंगत न लगे तो भी लेखक को यह कृपांक अवश्य मिलना चाहिए कि वह सरलीकरण के खतरनाक रास्ते से बच रहा है।

अगर हम आधुनिकता को बुद्धिवाद और वैज्ञानिकता की कसौटी पर देखते हैं तो आधुनिक होने के साथ हिन्दू, मुसलमान या ईसाई होने का बोध अपने आप क्षीण होता जाता है। आधुनिक व्यक्ति को 'गर्व से कहो हम हिन्दू हैं' का नारा लगाने की जरूरत नहीं है। लेकिन आज यूरोप में भी बुद्धिवाद और वैज्ञानिक सोच का वैसा जोर नहीं है जो पुनर्जागरण के दौरान पैदा हुआ था। अब उत्तर-आधुनिकता का दौर शुरू हो चुका है। बुद्धिवाद की प्रतिक्रिया में जहाँ दार्शनिक स्तर पर अस्तित्ववाद का उदय हुआ वहीं पंथ के स्तर पर हिप्पी, बीटल, रॉक, पॉप, जाज और कई छोटे-मोटे पलायनवादी समूह निकले। टी॰ एस॰ इलियट जैसे लोग धर्म की परिधि में लौट आये तो आधुनिकता से असहमति के तौर पर नारीवाद और पर्यावरणवाद भी प्रकट हुए।

अब मार्क्सवाद की यात्रा पूरी कर यूरोप फिर अनुदारवाद की ओर लौट रहा है। ऐसी स्थिति में आधुनिक होने का क्या अर्थ लिया जाये, यह कहना बहुत मुश्किल है। विशेषकर वैचारिक स्तर पर आधुनिकता की कोई स्पष्ट प्रेरणा नहीं है। अपने यहाँ देखें तो पायेंगे कि जो वैचारिक हैं, उनमें आधुनिकता के नकार और भारत की प्राचीन विद्याओं के प्रशंसा की प्रवृत्ति फैल रही है (धर्मपाल और आशीष नंदी जैसे भारतविद) और जो विचारहीन हैं, वे पश्चिमी प्रौद्योगिकी और उपभोक्तावाद पर जान न्यौछावर कर रहे हैं (संघ परिवार से जुड़ा मध्य वर्ग)। इसलिए दिक्कत यह है कि जो लोग हिन्दू धर्म के सनातन मूल्यों का आग्रह कर रहे हैं, वे आधुनिक नहीं हैं और जो हिन्दू धर्म का झंडा उठा कर आधुनिकता का मजा लूट रहे हैं, वे हिन्दू नहीं हैं (आध्यात्मिक अर्थों में)। फिर हम किसे अपने अध्ययन का विषय बनायें ? रही हिन्दू की बात, तो संघ परिवार के इतने उपद्रव के बावजूद इसकी स्पष्ट परिभाषा नहीं बन सकी है। क्या हरिजन हिन्दू परिवार की देहरी पार सके हैं या आदिवासी गोमांस छोड़ कर हिन्दू

धर्म में दीक्षित हो गये हैं ? सकारात्मक जवाब देना संभव नहीं।

वस्तुतः एक दौर में पूरे समाज में एक ही प्रवृत्ति पायी जाये, ऐसा नहीं है। फिर हिन्दू तो परत-दर-परत और खानों-दर-खानों में बँटा हुआ है। इसके बावजूद इस दौर की सबसे उग्र हिन्दू धारा भारतीय जनता पार्टी के 'अयोध्या आंदोलन' को हिन्दू प्रवृत्तियों की झलक और राममोहन राय से शुरू हो कर राममनोहर लोहिया तक आनेवाली विचार यात्रा को आधुनिकता के आंदोलन के रूप में स्वीकार कर चर्चा की जा सकती है। विशेषकर राष्ट्रनिर्माण, आधुनिकीकरण और हिन्दू जातीय चेतना के संदर्भ में हम हिन्दू के चरित्र को व्यापक रूप में देख सकते हैं।

आजादी के बाद जिन दो व्यक्तियों ने भारतीय समाज को सबसे ज्यादा प्रभावित किया, वे थे जवाहरलाल नेहरू और डॉ॰ राममनोहर लोहिया। वे दोनों हिन्दूवादी धारा के नेता व चिंतक नहीं थे, जबकि हिन्दूवादी धारा से जुड़े वीर सावरकर, गुरु गोलवलकर, और डॉ॰ के॰ एस॰ हेडगेवार या पं॰ दीनदयाल उपाध्याय हाशिये से हस्तक्षेप करते रहे। इस दौरान हिन्दू समाज की वर्ण-व्यवस्था में या तो लोहियावादी राजनीति के कभी-कभार आनेवाले झोंकों से परिवर्तन हुआ या फिर उद्योगीकरण व आधुनिकता के प्रभाव में सहज रूप से होनेवाले संस्कृतिकरण से। इस मामले में महाराष्ट्र का दलित व तमिलनाडु का द्रमुक आंदोलन अपवाद कहे जा सकते हैं। इसके अलावा वर्ण व्यवस्था पर किसी बड़े राजनैतिक और सामाजिक संगठन ने प्रहार नहीं किया। बल्कि प्रहार करने को कौन कहे, कांग्रेस व नेहरू ने उसका जम कर फायदा उठाया।

लेकिन चुनाव में बहुजन समाज पार्टी के बढ़ते हस्तक्षेप और पिछड़ी जातियों के उभार के बाद जब राष्ट्रीय मोर्चा सरकार ने मंडल आयोग की सिफारिशें लागू कीं, तो हिन्दू समाज में उथल-पुथल मच गयी। सत्तारूढ़ उच्च जातियों का सिंहासन हिल उठा। इसी पृष्ठभूमि में तेज हुए अयोध्या आन्दोलन ने ऊँची जातियों को हिन्दू राष्ट्रवाद से जुड़ कर अपनी सत्ता बनाये रखने का नया मौका दिया।

इन दोनों घटनाओं ने एक तरफ नेहरू प्रेरित उदारवादियों को पूरी तरह से ग्रसित कर सांप्रदायिक या फिर उदासीन बना दिया, दूसरी तरफ लोहियावादी उदारपंथियों को जातिवादी वना दिया। उदारवादियों की घटती जमात और मंडल व मंदिर के मुद्दों पर बढ़ते ध्रुवीकरण में हिन्दू समाज उलझ गया। ब्राह्मणवाद फिर वैताल की तरह डाल पर लटक गया और शूद्रवाद उसे कंधे पर ढोने को मजबूर हो गया।

इस मामले में नेहरू व उनके संरक्षण में फैले मध्य वर्ग का चरित्र गौर करने लायक है। नेहरू ने राष्ट्रीय एकता का जो दर्शन विकसित किया था, उसे पाश्चात्य कहने के बजाय आधुनिकतावादी कहना ज्यादा उचित होगा। राष्ट्रीय एकता, संसदीय लोकतंत्र, उद्योगीकरण, समाजवाद, वैज्ञानिक चिंतन और धर्मनिरपेक्षता—ये सब आधुनिकतावादी मूल्य थे, भले ही इनका उदय पश्चिम में हुआ था। नेहरू ने इनमें गुटनिरपेक्षता भी जोड़ा। वे इन्हीं में भारतीय समाज का भविष्य देखते थे। देश के पहले प्रधानमंत्री होने के नाते उन्हें इनका प्रयोग करने का पूरा मौका मिला। लेकिन वे इन मूल्यों को ले कर भारतीय समाज के भीतर तक नहीं जा पाये। उन्होंने इन मूल्यों को या तो राष्ट्र-राज्य की मीनारों पर झंडे की तरह लहरा दिया या भारतीय समाज की देह पर चाँदी के वर्क की तरह चस्पाँ कर दिया।

लोहिया इन आधुनिकतावादी मूल्यों की क्षणभंगुरता को समझ रहे थे। वे भारतीय समाज

को छेड़ते, झकझोरते और उसके शाश्वत को परिवर्तन के साथ बुनते हुए एक नयी सभ्यता का सपना देख रहे थे। वे परंपरा की जड़ता और सुस्ती के निंदक थे, पर आधुनिकता के तनाव और नीरसता को भी स्वीकार नहीं करते थे। वे लगातार कह रहे थे कि पश्चिमी सभ्यता विकास के ऐसे मुकाम पर पहुँच गयी है जहाँ वह अपने ही बोझ से दब जायेगी।

विडंबना यह है कि गाँधी के इन दोनों अनुयायियों में व्यावहारिक दृढ़ता का अभाव था। इसी वजह से न लोहिया के अनुयायी लोहियावादी निकले, न नेहरू के अनुयायी नेहरूवादी। अनुयायियों के लिए ये नेता राष्ट्रनिर्माण व समाज परिवर्तन नहीं, लूटने-खाने के माध्यम बन गये। नेहरू के 17 साल के शासन के दौरान कांग्रेस एक थुलथुल और भ्रष्ट संगठन बना और एक खाऊ मध्य वर्ग का उदय शुरू हुआ, जिसकी परिणति संसदीय लोकतंत्र के बहाने राजवंशीय प्रणाली कायम करने और 19 महीने के आपातकाल में हुई। कांग्रेस के भ्रष्ट और पतित होने की कहानी को दोहराने की जरूरत नहीं है, लेकिन इस बात की तरफ संकेत करना जरूरी है कि कांग्रेस के इस 40 साल के शासन में फलने-फूलनेवाले मध्य वर्ग का चरित्र क्या है, क्योंकि वही आज के भारतीय और विशेषकर हिंदू समाज का प्रतिनिधि है। उसमें आधुनिक हिन्दू प्रवृत्तियाँ साफ देखी जा सकती हैं। उसी ने कांग्रेस का बंटाधार किया और हिन्दू उग्रवाद (भाजपा) को जन्म दिया है। 20 से 25 करोड़ की आबादी वाला यह हाहाहूती साधन सम्पन्न वर्ग राजनीति की दिशा बदल देने को काफी है। वह कभी कांग्रेस की रीढ़ हुआ करता था, पर आज भाजपा की ठठरी बन गया है। इस वर्ग ने नेहरू के साथ वही किया जो नेहरू ने गाँधी के साथ किया था। नेहरू गाँधी को सिर्फ 2 अक्तूबर को याद करते थे, वह गाँधी को अग्रसेन जयंती पर याद करने लगा। इस मध्य वर्ग ने गाँधी की रचनाओं में से व्यापार करने की सूक्तियाँ निकाल लीं और उनके बाकी दर्शन को खारिज कर दिया। उसने नेहरू से उद्योगीकरण का उद्देश्य ले लिया और उनके समाजवाद व धर्मनिरपेक्षता को कोसता हुआ निकल गया। धीरे-धीरे वह गोपाल गोडसे को माला पहनाने और नाथूराम की पूजा करने लगा। जो वर्ग नेहरू की शेरवानी के गुलाब पर सम्मोहित रहता था, वह उनके समाजवाद और धर्मनिरपेक्षता को हिंदू विरोधी मानने लगा। उसने पहले नेहरू के नियोजित आर्थिक विकास व मिश्रित अर्थव्यवस्था का जम कर फायदा उठाया। बाद में उसे कोटा-परमिट राज बता कर ठुकरा दिया। भाजपा या हिंदू उग्रवाद की प्रवृत्तियों को जन्म देनेवाला यही वर्ग है। वह नियोजित अर्थव्यवस्था का रस चूस चुका तो छटपटाने लगा। उसकी और कमाने, और खाने और बटोरने की इच्छा पूरी नहीं हो रही थी। लिहाजा सरकार को आर्थिक सुधार करना पड़ा और बाजार अर्थव्यवस्था लानी पड़ी। अगर कांग्रेस यह सुधार न करती, तो भारतीय जनता पार्टी को इसके लिए आंदोलन चलाना पड़ता।

इस उभरते मध्य वर्ग की लूट और नेहरू द्वारा उस पर ध्यान न देने की प्रवृत्ति आजादी के पहले से ही थी। मशहूर इतिहासकार डी॰ डी॰ कोशाम्बी 1946 में न्यू यॉर्क की पत्रिका 'साइंस एंड सोसाइटी' में नेहरू की किताब 'डिस्कवरी ऑफ इंडिया' की समीक्षा करते हुए मध्य वर्ग के बारे में लिखते हैं :"…नेहरू की इस किताब में इस असंदिग्ध तथ्य की खोज व्यर्थ है कि 1942 में जब मेहनतकश जनता भयानक अभावों और अपमानों का स्वाद चख रही थी, तब मध्य वर्ग पहले के किसी भी समय की तुलना में ज्यादा फल-फूल रहा था। लकड़ी के ठेकों,

ऊँची कीमतें, खुल कर काला बाजारी करने की योग्यता ने उद्योगपतियों व पूँजीपतियों को वह सब दे दिया जो वे चाहते थे।''क्या नेहरू का मार्क्सवाद के प्रति रुझान उस समय बदल जायेगा जब उस वर्ग का हित निर्धन तबके के एकदम खिलाफ चला जायेगा ?''लेकिन भारत में कोई भी अन्य वर्ग नहीं है सिवाय इस नये उभरे मध्य वर्ग के जो इतना शक्तिशाली, इतना सुसंगठित और इतना चालाक हो कि अपने हित के लिए महात्मा गाँधी की शिक्षाओं में से जो भी उसके लिए लाभदायक है उसका दोहन कर सके और जो भी कथन उसके लिए खतरा पैदा करें, उनको नकारात्मक दार्शनिक बिंदुओं तक पहुँचा सके। यह वर्ग नेहरू के नेतृत्व की जरूरत है, ठीक उसी तरह जैसे स्वयं भारत के लिए यह वर्ग जरूरी हो गया था। जैसा कि मैं संकेत पढ़ रहा हूँ, रास्तों का अलग होना एकदम स्पष्ट है।'

यही वह मध्य वर्ग है, जिसके आँगन में भाजपा का पीपल उग आया है और वह उसे काटने के बजाय पूजने लगा है। यह नव-धनाढ्य वर्ग है, जो किसी तरह से अपनी समृद्धि का विस्तार करना चाहता है। उसके लिए सफलता जरूरी है, साधन की पवित्रता नहीं। उसके पास सोचने के लिए समय नहीं है, इसलिए वह विचारधारा-विहीन है। वह दर्शन, चिंतन और विश्लेषण के आधार पर नहीं, सरल समीकरणों और सरल प्रतीकों के आधार पर चीजों को समझना चाहता है। वह या तो लेन-देन की भाषा समझता है या नफरत और हिंसा की। वह 'मालिक का गौरव और पड़ोसी की आँख की किरकिरी' वाली चीजें रखने में यकीन करता है। वह संचयवादी नहीं, प्रदर्शनवादी है। इसलिए मंदिर में उपासना करने नहीं, पाँच सौ रुपये का लड्डू चढ़ाने जाता है।

यही आज का हिंदू है और भाजपा का हरावल दस्ता। भाजपा उसका अंतरिक्षयान है और हिन्दूवाद लांचिंग पैड। इसी के सहारे वह सत्ता और श्रेष्ठता की भूमंडलीय कक्षा में पहुँचना चाहता है। इसी मध्य वर्ग के लिए मुक्तिबोध ने कहा था :

उदरंभरि बनि अनात्म बन गये,
भूतों की शादी में कनात-से तन गये
किसी व्यभिचारी के बन गये बिस्तर
लिया बहुत ज्यादा दिया बहुत कम।

ऐसा नहीं है कि मध्य वर्ग में सदैव यही स्वार्थी व उथली प्रवृत्तियाँ रही हैं, क्योंकि चाहे नक्सली आन्दोलन देखें या जेपी आन्दोलन, मध्य वर्ग में व्यापक समाज के हित को ले कर कशमकश साफ दिखाई पड़ती है। उसने अपने भीतर से कुर्बानियाँ भी दीं। लेकिन आज वह जिस स्थिति में है, उसमें ज्यादातर सिद्धान्तहीनता, स्वार्थपरता और उपभोक्तावाद ही हावी हैं।

6 दिसम्बर 1992 को जब अयोध्या में नेहरू का धर्मनिरपेक्षता और संविधानवाद का मॉडल ध्वस्त किया गया तो यह मध्य वर्ग सकपकाया जरूर, पर बाद में वह विजय के विश्वास में था। गौरतलब है कि यह खुशी सिर्फ मुसलमानों को नीचा दिखाने की नहीं थी, क्योंकि उसके कुछ दिन बाद वामदेव महाराज ने भारतीय संविधान को 'गुलामी का दस्तावेज' कहा और उसमें प्रदत्त आरक्षण व अल्पसंख्यकों के अधिकारों का कड़ा विरोध किया। दरअसल, सिर्फ मुसलमान विरोध के संदर्भ में अयोध्या आन्दोलन यानी उग्र हिन्दूवाद को समझा नहीं जा सकता। जिस व्यापक रूप में हिन्दू इस आन्दोलन का समर्थक या उसके प्रति नरम रुख रखनेवाला हो गया

है, उसके पीछे दूसरे कारण भी हैं। हम जिस आधुनिक हिन्दू की चर्चा कर रहे हैं, वह भौतिक रूप से तो आधुनिकता के साथ है, पर वैचारिक रूप से इसे जज्ब नहीं कर सका है। इसलिए इस आंदोलन में इस्लाम के विरोध के साथ-साथ आधुनिकता के खिलाफ एक प्रतिक्रिया भी है, हालाँकि अयोध्या आन्दोलन में यह प्रतिक्रिया बहुत भोंडे रूप में प्रकट हुई है।

इस सिलसिले में यह ध्यान देने लायक है कि विश्व हिन्दू परिषद अक्सर अयोध्या पर ऐतिहासिक बहस से भागती रही है। राम की ऐतिहासिकता की तो बात छोड़िए, वह विवादित जगह पर राम मंदिर तक साबित करने के पचड़े में नहीं पड़ना चाहती थी। इसीलिए वह इस मामले पर अदालत का फैसला भी मानने को तैयार नहीं थी। जब कई प्रमुख मुसलमान नेताओं ने यह कहना शुरू किया कि अगर यह साबित हो जाये कि बाबरी मस्जिद की जगह पर मंदिर था, तो वे मस्जिद हिंदुओं को सौंप देंगे, तो विश्व हिन्दू परिषद व भाजपा ने मस्जिद गिरवा दी। गिरवायी ही नहीं, उसके कार्यकर्ता ईंट-पत्थर तक अपने-अपने घर उठा ले गये।

यह इतिहास की अवधारणा का विवाद है। हिन्दू चिंतन परंपरा में इतिहास का महत्व नहीं है। वहाँ इतिहास से ज्यादा मिथकों का स्थान है। इसीलिए रोमिला थापर, आर. एस. शर्मा व इरफान हबीब जैसे प्रतिष्ठित इतिहासकारों के लाख कहने के बावजूद विहिप या भाजपा ही नहीं, आम हिन्दू मानस राम और अयोध्या के बारे में कोई इतिहासपरक बहस सुनने को तैयार नहीं है। इसके विपरीत ईसाइयों और मुसलमानों के लिए इतिहास का महत्व है। समाजशास्त्री विलफ्रेड कैंटवेल स्मिथ के अनुसार 'हिन्दुओं के लिए आखिरकार इतिहास का कोई महत्त्व नहीं है, ईसाइयों के लिए यह महत्वपूर्ण है, पर निर्णायक नहीं; मुसलमानों के लिए यह निर्णायक है, पर अंतिम नहीं, जबकि मार्क्सवादियों के लिए यह सब कुछ है।'

इस्लाम ऐतिहासिक समय और परंपराओं की ऐतिहासिकता पर जोर देता है। लेकिन हिन्दू विचार काल के चक्रीय सिद्धान्त को मानता है। इसलिए इस मामले में हिन्दुओं ने मुसलमानों ही नहीं, ईसाइयत और आधुनिकतावाद से भी टकराव मोल ले लिया है। इतिहास एक आधुनिक अवधारणा है और विशिष्ट हिन्दू चिंतन परंपरा को समझे या उसे नये रूप में व्याख्यायित किये बिना इस संघर्ष में हिन्दुओं के मुँह की खाने या फिर फासीवाद का खतरा है। हिन्दू आधुनिक युग में अपनी जिस अस्मिता के लिए छटपटा रहा है, उसे वह सैकड़ों मस्जिदें गिरा कर भी नहीं हासिल कर सकता। इसके लिए उसे अपनी संपूर्ण चिंतन परंपरा को खँगालना पड़ेगा और उसे आधुनिकता की रोशनी में देखना होगा। इसी तरह आधुनिक व मार्क्सवादी इतिहासकार जब तक हिन्दू चिंतन परंपरा को नहीं समझेंगे तब तक व्यापक जनता उनके इतिहास को पूर्वग्रहग्रस्त मानती रहेगी। लेकिन यह सारी बहस पूरी सच्चाई व ईमानदारी से होनी चाहिए। इसी संदर्भ में समाजशास्त्री श्यामाचरण दुबे कहते हैं कि उन्हें हिन्दू नवजागरण से कोई आपत्ति नहीं है, अगर वह सही परिप्रेक्ष्य में हो।

हो सकता है अयोध्या में 'सहमत' ने अपनी पोस्टर प्रदर्शनी रामकथा का वैविध्य दिखाने के इरादे से ही लगायी हो, पर उससे जनता को सद्भाव या बहुलवाद का संदेश नहीं मिला। उसे यह मार्क्सवादियों द्वारा राम को अपमानित करने का ही प्रयास लगा। अगर आप मिथकों की ही चर्चा करना चाहते हैं, तो अच्छे मिथक क्यों नहीं उठाते ? ऐसे मिथक क्यों उठाते हैं जो समाज में किसी श्रेष्ठ भाव को जन्म नहीं दे सकते ? लेकिन अगर इतिहास के मिथकों और

तथ्यों, सातत्व और परिवर्तन, बौद्ध और सनातन की बहस को उठाना है तो उसे पूरी गंभीरता से उठाइए, चुटकी काट कर मत भागिए। यह निष्ठा, ईमानदारी और दर्शन की सामर्थ्य पर निर्भर करता है कि जनता आपकी बात सुनती है या नहीं। अगर जनता आपकी बात सुनने को तैयार नहीं है, तो प्रयास और सतत प्रयास ही एकमात्र रास्ता है। आप यह कह कर नहीं बच सकते कि सारी जनता सांप्रदायिक हो गयी है और हमें पुलिस की सुरक्षा में अपनी बात कहने दी जाये। दोहरे मानदंड छोड़ने होंगे और दोहरापन सबसे बुनियादी हिन्दू चरित्र है। अगर रामबहादुर (सफदर हाशमी के साथ मारा गया नेपाली मजदूर) का नाम लेने से आप मार करने पर आमादा हो जाते हैं, तो राम और सीता को भाई-बहन बतानेवाले पोस्टर लगाने का आपको क्या हक है ? इस पर कोई दो राय नहीं कि भाजपा ने राम का वस्तुकरण कर दिया है, लेकिन इस बात पर वे कैसे आपत्ति कर सकते हैं जो सफदर छाप टोपी, सफदर छाप बनियान व टी-शर्ट बेच रहे हैं ?

यह कहने से काम नहीं चलेगा कि हिन्दू तो स्वभाव से ही उदार, सहिष्णु और धर्मनिरपेक्ष होता है और उसे सच्चा धार्मिक बना दिया जाये तो सांप्रदायिकता की समस्या हल हो जायेगी। या हिन्दू को बहुलतावादी बना कर उसे कई खेमों में बाँट दिया जाये तो सामीकरण की समस्या खत्म हो जायेगी। सवाल आधुनिकता के विरोध में पारंपरिक समाजों की प्रतिक्रिया का है। यह प्रतिक्रिया हिन्दू ही नहीं, मुसलमान भी कर रहा है। कहीं यह खुमैनीवाद के रूप में प्रकट हो रही है तो कहीं आडवाणीवाद के रूप में। जरूरत हिन्दू समाज के आत्ममंथन की और इस प्रतिक्रिया को रचनात्मक दिशा देने की है। हिन्दू को यह बताने की जरूरत है कि अगर वह द्वैतवादी है तो क्यों है ? उसके द्वैतवाद की आज के युग में क्या सार्थकता है ? अगर वह अद्वैतवादी है तो उसे यह बताना पड़ेगा कि आज के युग में उसकी क्या प्रासंगिकता है। अगर अद्वैतवाद में संपत्ति से पैदा होनेवाली बुराइयों को आत्मगत (भावना के) स्तर पर रोकने की क्षमता है, तो उसे यह सिद्ध करना पड़ेगा। संपूर्ण भारतीय दर्शन में वैराग्य की प्रधानता है। जैन और बौद्ध धर्मों में आजीवन वैराग्य का प्रतिपादन है, तो वर्णाश्रम धर्म में जीवन की एक विशेष अवस्था में। भारतीय जनता पार्टी, विश्व हिन्दू परिषद और राष्ट्रीय स्वयंसेवक संघ जैसे संस्थानों से यह सवाल जगह-जगह पूछा जाना चाहिए कि वे किस हिन्दू परंपरा को ले कर चल रहे हैं—प्रवृत्ति मार्ग या निवृत्ति मार्ग ? अगर वे प्रवृत्ति मार्ग को ले कर चल रहे हैं, तो उनमें और पश्चिमी सभ्यता में फर्क क्या है ? संपत्ति से पैदा होनेवाली बुराई और विकास की आधुनिक अवधारणा का क्या इन हिन्दूवादियों के पास कोई विकल्प है ? नहीं। वे आर्थिक उदारीकरण और भूमंडलीकरण के प्रबल समर्थक हैं। कभी-कभी उनमें स्वदेशी स्फुलिंग दिखाई पड़ता है, पर वह बहुत जल्द बुझ जाता है। वे विकास की रैखिक और अनंत तक जानेवाली अवधारणा में उसी तरह यकीन करते हैं जैसे यहूदी, ईसाई और आधुनिकतावादी।

लोहिया हिन्दूवादी नहीं थे, पर संपत्ति से पैदा होनेवाली बुराई पर उन्होंने गंभीरता से विचार किया था। वे कहते थे कि मार्क्स ने संपत्ति पर संस्थागत हमला किया था और आदि शंकराचार्य ने भावनात्मक। हम इन दोनों को मिला कर संपत्ति से पैदा होनेवाली बुराई को नियंत्रित कर सकते हैं। लेकिन इसका मतलब कतई नहीं कि लोहिया पुनरुत्थानवादी थे। वे इसके साथ ही पूर्ण मानव और विश्व समाज की भी कल्पना करते थे।

इसी तरह आज धरती और पर्यावरण बचाने का सवाल पूरी दुनिया में अहम बन गया है। हिन्दू परंपरा में सभी जीवों को बराबर मानने, प्रकृति और पुरुष में तादात्म्य कायम करने और महत्त्वपूर्ण प्राकृतिक संसाधनों की पूजा होती रही है। हिन्दू प्रकृति और पर्यावरण के बारे में फैल रही नयी विश्व चेतना से अपने इन पारंपरिक मूल्यों को जोड़ कर आधुनिक हो सकता है, हालाँकि आज की उग्र हिन्दू धारा में इस तरह के कोई तत्व नहीं हैं।

लेकिन हिन्दू की विडंबना यह है कि वह विचार के स्तर पर तो बहुत ऊँची-ऊँची बातें करता है, पर व्यवहार के स्तर पर एकदम विपरीत और घटिया आचरण करता है। अगर घटियापन नहीं तो वह दोहरेपन में जरूर फँस जाता है। अंग्रेजों के आगमन के साथ उसकी दुविधा यह शुरू हो गयी थी कि वह आधुनिकता से क्या चुने और परंपरा में क्या छोड़े। इस दुविधा में ज्यादातर लोग आधुनिकता के चमक-दमकवाले पक्ष को तो चुन लेते हैं, पर विचारवाले पक्ष को छोड़ देते हैं। विचार और व्यवहार के स्तर पर राजा राममोहन राय में यह दुविधा गजब की थी।

बंगाल पुनर्जागरण के संस्थापक राममोहन राय विचार के स्तर पर तो विज्ञान और वेदांत के मेल की बात करते थे और व्यवहार के स्तर पर भारतीय और यूरोपीय दोनों जीवन शैलियों में रहते थे। कलकत्ता में उनके दो घर थे। एक भारतीय शैली का और दूसरा यूरोपीय शैली का। जब वे भारतीय घर में रहते थे तो भद्र लोक की वेशभूषा में होते थे और जमीन पर बैठ कर माछ-भात खाते थे। जब यूरोपीय घर में होते तो शर्ट व टाई पहनते और कुर्सी-मेज पर छुरी-काँटा व चम्मच से लंच या डिनर लेते थे। उनके एक मित्र ने इस पर चुटकी लेते हुए कहा कि वे जब यूरोपीय शैली के आवास में होते हैं तो यूरोपीय नहीं लगते और जब भारतीय शैली के आवास में होते हैं तो भारतीय नहीं। यह आम भारतीय, विशेषकर मध्य वर्गीय, हिन्दू की दुविधा है। बहुत कम ही लोग इससे मुक्त हो पाते हैं। यहाँ तक कि नेहरू जैसे बड़े व्यक्तित्व भी नहीं।

सामाजिक न्याय और देसी शैली के करिश्माई नेता लालू यादव को भी अंग्रेजी का 'नारद मोह' हो गया है। किसी लोहियावादी में इस तरह का मोह पैदा होना यह साबित करता है कि उसकी शिक्षा अपूर्ण थी। यानी विचार और व्यवहार की खाई उसमें उतनी ही चौड़ी है जो आम हिन्दू में होती है। अगर भाजपा नेताओं पर गौर करें तो यह खाई समुद्र से भी बड़ी लगती है।

इस सदी में कथनी और करनी की एकरूपता के सबसे बड़े साधक गाँधी हुए हैं। गाँधी ने विचार और व्यवहार की इस खाई को अपने स्तर पर बहुत कम कर दिया था। वे अगर अहिंसा में विश्वास करते थे तो उसका उल्लंघन होने पर बड़ा-से-बड़ा आन्दोलन भी खत्म करने को तैयार रहते थे। जब से उन्होंने लँगोटी और चादर धारण किया तब से इसे उतारा नहीं—चाहे वह इंग्लैंड की पसलियों को पार करनेवाली ठंड ही क्यों न हो। ऐसा नहीं कि यूरोप जाने लगें तो थ्री-पीस सूट पहन लें और भारत लौटें तो चादर ओढ़ लें। अगर वे प्राकृतिक चिकित्सा में विश्वास करते थे तो गंभीर स्थिति में चल रहे अपने बेटे पर भी उसका प्रयोग करने से हिचकिचाते नहीं थे। वे ऐसे नहीं थे कि एक तरफ हिन्दी समर्थक होने का दावा करें और दूसरी तरफ अपने बच्चों को अंग्रेजी स्कूलों में पढ़ायें। या राजनैतिक मंचों से निजी संपत्ति खत्म करने का भाषण दें और उससे उतरने के बाद धन संचय के कार्य में जुट जायें, हालाँकि वे कहीं पुरातनपंथी और कहीं आधुनिकतावादियों से भी ज्यादा आधुनिक लगते हैं।

आज सवाल यह है कि क्या हिन्दू इस दोहरेपन से उबरेगा ? कहीं संस्कृतिकरण और पश्चिमीकरण (आधुनिकीकरण) की प्रक्रियाओं में ही तो दोहरापन नहीं छिपा है ? छोटी जातियाँ जिस रहन-सहन और आचरण के लिए बड़ी जातियों को कोसती हैं, धीरे-धीरे उसी का अनुसरण करती हैं। पर भारतीय समाज व वर्ण व्यवस्था को सबसे ज्यादा परिवर्तित धीरे-धीरे चलनेवाली इसी प्रक्रिया ने किया है। जब देश में जाति के आधार पर जनगणना होती थी तो सबसे ज्यादा आवेदन ऊँची जाति में नाम दर्ज कराने के लिए आते थे। दरअसल, भारत में संस्कृतिकरण की प्रक्रिया की शुरुआत ही जनगणना के साथ हुई। समाजशास्त्री एम॰ एन॰ श्रीनिवास ओ. मैली की 1911 की बंगाल जनगणना के बारे में दी गयी रपट के आधार पर लिखते हैं : 'उस वक्त लोगों को लगता था कि जनगणना का मकसद जातियों की संख्या जानना नहीं, उनकी सामाजिक हैसियत तय करना है। इसलिए कई छोटी जातियों ने अपने को क्षत्रिय और वैश्य के रूप में दर्ज करने के लिए जो आवेदन भेजे, उनका वजन करीब डेढ़ मन था।'

डॉ॰ श्रीनिवास के एक अध्ययन के मुताबिक 1911 से 1931 के बीच 13 जातियों ने ऊँची जातियों में नाम दर्ज कराने की कोशिश की। पर धीरे-धीरे इस पर इतना विवाद बढ़ा कि 1941 में जाति के आधार पर जनगणना खत्म कर देनी पड़ी। लेकिन संस्कृतिकरण की प्रक्रिया आजादी के बाद भी जारी है। अगर यह प्रक्रिया न चल रही होती, तो हिन्दू समाज कब का जाति युद्ध में फँस गया होता। मंडल आयोग के उथल-पुथल मचानेवाले झटके के बावजूद जाति युद्ध की कोई बड़ी घटना न होना यह साबित करता है।

दूसरी तरफ पश्चिमीकरण की प्रक्रिया भी धीमी नहीं है। बल्कि स्वतंत्र भारत में यह और तेज हुई है। पश्चिमी संगीत, नृत्य, फास्ट फूड और रहन-सहन उच्च वर्ग ने तेजी से आत्मसात किया है। महानगरों का युवा रॉक, पॉप, डिस्को और वीक-एंड पार्टियों में ज्यादा अपनापा महसूस करता है। लेकिन यह पश्चिमी सभ्यता के वे मूल्य नहीं हैं जो सार्वजनीय और सार्वदेशिक महत्व के हैं। यह तो 'सार' को छोड़ कर 'थोथा' गहनेवाली बात हुई। यही वजह है कि आधुनिकता के साथ पश्चिमी संस्कृति का 'थोथा' चला आ रहा है और एशिया, अफ्रीका और लातिन अमेरिकी देशों में उसके खिलाफ प्रतिक्रिया भी हो रही है। इस दौरान थोथे पर हमला करनेवाले कम और सार पर हमला करनेवाले ज्यादा हो गये हैं। स्वतंत्रता, समता और भ्रातृत्व जैसे सार्वदेशिक मूल्य भुला दिये गये और एटम बम का दर्शन स्वीकार कर लिया गया। विज्ञान और वैज्ञानिक सोच का विकास करने के बजाय प्रौद्योगिकी हथियाने पर ज्यादा जोर हो गया है। यानी हमारा हिन्दुत्व और हमारी आधुनिकता दोनों दूसरे या तीसरे दरजे के हैं।

पश्चिमी देश भी बाकी दुनिया को यह नहीं समझा रहे कि आधुनिकतावादी मूल्य संयोग से पश्चिम में पैदा हो गये, कि वे पूर्व में भी पैदा हो सकते थे। बल्कि वे इनका साम्राज्यवादी इस्तेमाल कर रहे हैं। वे दुनिया को किराया ले कर सभ्य होना सिखा रहे हैं। इसीलिए यह संभावना कम है कि दुनिया के सभी देश औद्योगिक विकास के साथ समान रूप से आधुनिक हो जायेंगे। न ही आधुनिकता के सिद्धांत शाश्वत हैं। राष्ट्रीयता और जातीयता के सवालों को हल करने का दावा करनेवाला मार्क्सवाद इसी में फँस कर समाप्त हो गया। लेकिन आधुनिकता अगर परिवर्तनशील है, तो वह मानव समाजों को चलाने के लिए नयी विचारधारा जरूर फेंकेगा।

इसी संदर्भ में आज की हिन्दू सांप्रदायिकता का भी अंत अवश्यंभावी माना जा सकता है और समाज आधुनिकता के नये लक्ष्य पाने में जुट सकता है। सांप्रदायिकता ने समाज का घोर अहित तो किया, पर सुस्त होते बौद्धिकों को विचारमंथन के लिए बाध्य भी कर दिया। अगर यह अप्रासंगिक होते धर्म की आखिरी छटपटाहट का दौर है, तो दिशाहीन राजनीति की आत्महीनता का भी। क्या धर्म समाप्त हो जायेंगे ? यह सवाल कुछ वैसा ही लगता है कि क्या गाँव समाप्त हो जायेंगे ? धर्म तो अपूर्ण है, पर राजनीति भी कम उथली नहीं साबित हुई है। अगर राजनीति चाहती है कि मानव समाज धर्म की गुफाओं से निकल कर व्यापक राजनैतिक प्रक्रिया में शामिल हो, तो उसे धर्म के श्रेष्ठ मानवीय मूल्यों को आत्मसात करना पड़ेगा। लेकिन मानव को श्रेष्ठ और संपूर्ण बनाने की यह प्रक्रिया धर्म और राजनीति दोनों स्तरों पर चले तो कोई हर्ज नहीं। सामाजिक, राजनैतिक और धार्मिक—सभी स्तरों पर समाज में आत्ममंथन चले तो झूठ पर आधारित सांप्रदायिकता और नफरत वगैरह अपने आप समाप्त होंगे और जो शिकायतें झूठ पर आधारित नहीं हैं, उन्हें हल करने का कोई रास्ता भी निकलेगा। सत्य के इस आग्रह के साथ शिव की भी जरूरत है, क्योंकि इस मंथन में निकलनेवाले विष को पीनेवाला तो कोई होना चाहिए। तभी सत्यम् शिवम् सुंदरम् की अवधारणा साकार होगी, जो मूलतः हिन्दुत्व का सूत्र तो नहीं है, पर हिन्दुत्व के मूल के सबसे करीब लगता है।

अच्छा हिन्दू कौन है

राजमोहन गाँधी

हालाँकि पश्चिमी देशों में धार्मिक नजरिया आज उस तरह नहीं दिखाई देता जिस तरह वह एक दशक पहले था, फिर भी इंग्लैंड, अमेरिका या जर्मनी में यह आम तौर पर सुनाई पड़ता है कि फलाँ आदमी एक ईसाई व्यापारी है, फलाँ आदमी एक ईसाई राजनीतिज्ञ है या फलाँ आदमी एक ईसाई ट्रेड यूनियन नेता है। 'ईसाई' विशेषण का मतलब यह नहीं कि वह यहूदी या मुस्लिम या संशयवादी या मार्क्सवादी खेमे के बजाय ईसाई खेमे का है। बल्कि इस तरह से 'ईसाई' विशेषण के इस्तेमाल का अर्थ दयालु या अच्छा या शालीन या ईमानदार या भद्रपुरुष या उसूलवाले आदमी से लिया जाता है। इसका सशक्त नैतिक निहितार्थ है और यह व्यक्ति के चरित्र को व्याख्यायित करता है न कि उसके समुदाय को।

उदाहरण के लिए वायसराय लॉर्ड इरविन के बारे में कहा जाता था कि वे सभी अंग्रेज वायसरायों में सबसे ज्यादा सच्चे ईसाई हैं। वही इरविन, जिनके साथ 1931 में गाँधी जी ने समझौता किया था। राजा जी और दूसरे लोग उनके लिए यह बात कहते थे। पर लॉर्ड इरविन को ईसाई कहे जाने का मतलब यह नहीं कि दूसरे वायसराय गैर-ईसाई समुदाय के थे, हालाँकि उनमें से एक-दो जरूर अलग समुदाय से थे, जैसे लॉर्ड रीडिंग यहूदी थे। लेकिन भारत के ज्यादातर वायसराय ईसाई ही थे। इस परिस्थिति में इरविन को 'ईसाई वायसराय' कहने का मतलब यह है कि वह अपनी बात के पक्के थे। इसलिए यह उनके चरित्र के प्रति एक तरह का सम्मान था न कि दूसरे धर्म के लोगों से उनको अलग करनेवाला लांछन।

हिन्दू होने का मतलब क्या है ? निःसन्देह यह मतलब एक लंबे दौर में विकसित हुआ है और संभवतः इससे दुनिया के अलग-अलग हिस्सों में अलग-अलग अर्थ लिया जाता है। पश्चिम के कुछ हिस्सों में हिन्दू होने का मतलब साधुओं और साध्वियों का भक्त होने से लिया जाता है जिन्होंने प्रमुख जगहों पर मठ बना लिये हैं, जबकि कुछ लोगों के लिए हिंदू वह है जो योगाभ्यास करता है या शाकाहारी है या 'हरे राम हरे कृष्ण' का जाप करता है। इस मायने में हिन्दू होने का तात्पर्य चरित्र के बजाय आदत, आचरण और प्रवृत्तियों से है।

कुछ दशक पहले एक सनातनी या कट्टर हिन्दू होने का मतलब था कि आप जाति और प्रथाओं का गंभीरता से पालन करते हैं। आप जनेऊ पहनते हैं। आप भोजन और स्पर्श को ले कर सतर्क रहते हैं। आप धार्मिक दिवसों का विधिवत पालन करते हैं और हर साल तीर्थयात्रा

पर जाते हैं। करोड़ों लोगों के लिए मंदिर जाना हिंदू जीवन पद्धति का अंग था। फिर भी तमाम लोग घर पर ही प्रथाओं का पालन करते हुए हिन्दू रह सकते थे।

आज आम तौर पर अच्छे हिन्दू या बुरे हिन्दू का फर्क नहीं किया जाता। अगर हम किसी को अच्छा हिन्दू कहते हैं, तो इसका मतलब है कि वह एक हिन्दू है और एक अच्छा आदमी है। इसका मतलब यह नहीं है कि वह हिन्दू सिद्धान्तों के प्रति सच्चा आदमी है। अगर हम किसी को बुरा हिन्दू कहते हैं तो इसका मतलब यह है कि वह हिन्दू तो है, पर उसका चरित्र अच्छा नहीं है। यानी 'हिन्दू' शब्द का तात्पर्य उस व्यक्ति के पंथ या समुदाय से है न कि उसके जीवन की गुणवत्ता से।

'हिन्दू' शब्द के साथ दो विशेषण अक्सर इस्तेमाल किये जाते हैं। एक 'सख्त' और दूसरा 'पक्का'। पहले शब्द का मतलब है कि वह व्यक्ति कुछ नियमों जैसे भोजन, मंत्र-जाप या कुछ मामलों में छुआछूत के नियमों का गंभीरता से पालन करता है, जबकि 'पक्का' हिन्दू होने के राजनैतिक निहितार्थ हैं। इसका मतलब उस हिन्दू से है जो हिन्दू और गैर-हिन्दू के बीच किसी भी विवाद में हिन्दू पक्ष पर पूरा जोर देता है। 'पक्के हिन्दू' शब्द का प्रयोग हिन्दू और गैर-हिन्दू का आमना-सामना होने या उनके संबंधों का सवाल उठने पर किया जाता है। अगर गैर-हिन्दू का सवाल न हो, तो पक्के हिन्दू जैसी अभिव्यक्ति का प्रयोग न होता। हाल के वर्षों में 'पक्का हिन्दू' अभिव्यक्ति ने एक विशेष अर्थ ग्रहण कर लिया है। हाल के एक अनुभव का जिक्र करने से इस विशेष अर्थ को ले कर मेरी टिप्पणी स्पष्ट हो जायेगी।

देश के आधा दर्जन शहरों (विशेषकर दक्षिण के) से छपनेवाले अंग्रेजी दैनिक 'द हिन्दू' ने 'आडवाणी और 1946 का विद्रोह' शीर्षक से 24 अगस्त 1993 को मेरा एक लेख छापा। इस लेख में अंग्रेजी पाक्षिक 'फ्रंटलाइन' में छपे श्री आडवाणी की एक भेंटवार्ता पर टिप्पणियाँ थीं। यह पत्रिका भी 'हिंदू' के ही प्रकाशक निकालते हैं। अपनी भेंटवार्ता में श्री आडवाणी ने राष्ट्रवादी आंदोलन की दो धाराएँ बतायी थीं। एक धारा धर्म समर्थक और दूसरी धर्म के प्रति उदासीन रवैया रखनेवाली। पहली धारा का प्रतिनिधित्व गाँधी जी, सरदार पटेल और दूसरे लोग और दूसरी धारा का प्रतिनिधित्व जवाहरलाल नेहरू करते थे। श्री आडवाणी ने दावा किया था कि भाजपा पहली धारा की परंपरा में है। श्री आडवाणी ने 1946 में रायल इंडियन नेवी के नाविक विद्रोह को 6 दिसम्बर 1992 के अयोध्या विध्वंस के समरूप बताया। उन्होंने कहा कि कभी-कभी ऐसे मौके आते हैं जब अनुशासन में यकीन करनेवाले और किसी घटना की अराजकता से दुःखी लोग भी उसके मर्म का स्वागत करते हैं।

मैंने अपने लेख में कहा था कि हालाँकि नेहरू अपने को संशयवादी (एग्नॉस्टिक) कहते थे, पर उन्हें गाँधी के विरोधवाली श्रेणी में रखना ठीक नहीं। मैं समझता हूँ कि नेहरू का यह कहना कि दूसरों की भावनाओं को चोट न पहुँचायें और कोई लक्ष्य हासिल करने के लिए सही तरीका ही अपनायें, धार्मिक गुण थे। मैंने 8 अगस्त 1993 को 'टाइम्स ऑफ इंडिया' में छपे अशोक सिंघल के बयान का भी हवाला दिया। इस बयान में अशोक सिंघल ने कहा था कि भारतीय मुसलमानों और ईसाइयों को मानना पड़ेगा कि वे हिन्दू हैं। मैंने अपने लेख में पूछा था कि क्या श्री आडवाणी अशोक सिंघल को भी धर्म समर्थकों की गाँधीवाली श्रेणी में रखेंगे।

अंत में मैंने कहा था कि श्री आडवाणी 1946 के विद्रोह और गाँधी-पटेल दोनों का एक साथ अपने पक्ष में जिक्र नहीं कर सकते, क्योंकि गाँधी और पटेल ने विद्रोह का विरोध किया था और विद्रोहियों से समर्पण की अपील की थी। उन्होंने अपने इस नजरिये को कभी संशोधित नहीं किया।

विद्रोह के बाद पटेल ने गाँधी को लिखा था, 'अगर हमने विद्रोह का विरोध नहीं किया तो हम समाप्त हो जायेंगे और हमारे किये-धरे पर पानी फिर जायेगा।' पटेल की इस चिट्ठी का हवाला देते हुए मैंने कहा था कि श्री आडवाणी को 6 दिसम्बर के बाद भी यही नजरिया अपनाना था और उस पर कायम रहना था।

लेख छपने के बाद एक दक्षिण भारतीय लेखक ने मुझे लंबा पत्र लिखा। मैं यहाँ उसके कुछ हिस्से दे रहा हूँ, 'मैंने आज के 'द हिन्दू' में आपका मूल्यवान धर्मनिरपेक्ष लेख पढ़ा...। लगता है आप इतिहास, समाजशास्त्र के अलावा राजनैतिक अवसरवादिता भी जानते हैं।

'क्या आप अपने नाम के साथ लगा भारी-भरकम नाम हटा कर भारत के किसी मुसलमान इलाके में सामान्य हिन्दू की तरह रहना पसंद करेंगे ? क्या इसी रूप में आप कराची, रावलपिंडी या बाँग्लादेश के किसी शहर में रह सकेंगे ? अगर आप सामान्य हिन्दू की तरह वहाँ रहें, तो पता चलेगा कि आपके भारतीय या पाकिस्तानी मुसलमान दोस्त कितने जहरीले हैं। या, आपको यह एहसास हो जायेगा कि कोई मुसलमान हिन्दू के साथ कैसा बरताव करता है। आपको ऐसा अनुभव नहीं है। आप ऊँचे स्तर पर हैं और सभी लोग (मुसलमान) आपका मुखमंडल और ऊँचा दर्जा देख कर मुस्कराते हैं।

'जब जिन्ना ने मातृभूमि के टुकड़े करने के लिए सीधी कार्रवाई का एलान किया था तब 1946 से 1948 तक हिन्दुओं का कत्लेआम और उनकी औरतों से बलात्कार क्या आपने देखे हैं ?

'अपने जन्म से आज तक मुझे एक भी ऐसा मुसलमान नहीं मिला, जिस पर भारत के नागरिक के रूप में यकीन किया जा सके।

'मुसलमान तो एक जासूस है जो किसी भी वक्त भारत में जहर घोल देगा।

'जब निजाम ने स्वतंत्र हैदराबाद घोषित किया था, तो क्या हुआ था ? कोई भी हिन्दू औरत नहीं बची थी, जिसके साथ बलात्कार न हुआ हो और न ही एक भी आदमी वहाँ हिन्दू के रूप में रह गया था। बस वही बचे, जो भाग निकले थे। उन्हें सिर्फ पुलिस कार्रवाई से बचाया जा सका था, न कि धर्मनिरपेक्ष संकेतों से।

'जब चारों तरफ जानवरों जैसे इंसान हों तो आपको उनके बीच चलने के लिए तलवार चाहिए, न कि धर्मनिरपेक्षता।

'भारतीय मुसलमान यहाँ इसलिए हैं, क्योंकि पाकिस्तान या किसी मुसलमान देश में उनके रहने भर को जगह नहीं है और न ही उन्हें समायोजित करने लायक दिमाग। अगर ऐसा मामला न होता और वहाँ जीने-खाने के पर्याप्त तरीके होते, तो कोई भी मुसलमान इस काफिर या हिन्दू-संक्रमित देश में नहीं रहता...।'

मुझे अपने लेखों की प्रतिक्रिया में अक्सर कड़ी चिट्ठियाँ व पोस्टकार्ड मिलते रहते हैं। उनमें मुझे गालियाँ भी लिखी होती हैं, पर भेजनेवाले का नाम व पता नहीं होता। लेकिन इस

बार नाम और पता साफ लिखा था। चूँकि यह पत्र निजी था, इसलिए मैं नाम नहीं दे सकता। पर मुझे खुशी है कि उन्होंने मुझे जवाब देने का मौका दिया। मुझे यह भी खुशी है कि उनके शब्दों के पीछे हिन्दू समुदाय के लिए अच्छी भावनाएँ हैं।

हालाँकि उन्होंने अपने दस्तखत करने से पहले 'सचाई से आपका' (योर्स ट्रूली) लिखा था, पर पत्र में सचाई का कोई खयाल नहीं रखा गया था। उनके फतवा देनेवाले बयान, जिसमें से कुछ का ही हमने हवाला दिया है, देख कर मैं हैरत में रह गया। फिर भी उन्होंने मेरे एक भी तथ्य या तर्क का खंडन नहीं किया था। उन्होंने लेख को संपूर्णता में लेते हुए तय कर लिया था कि मैं धर्मनिरपेक्ष हूँ और फिर उन्होंने मुझे यह बताना चाहा कि वे मेरे जैसे लोगों के बारे में क्या सोचते हैं। अपने हिसाब से वे एक पक्के हिन्दू हैं और मैं ऐसा धर्मनिरपेक्ष हूँ, जिसके ऊपर मुसलमानों द्वारा सामान्य हिन्दुओं के उत्पीड़न से कोई फर्क नहीं पड़ता।

पर यह भी महत्वपूर्ण मुद्दा नहीं है। महत्वपूर्ण बात तो यह है कि इस पक्के हिन्दू के लिए हिन्दू होने का मतलब मुसलमानों की गलतियों पर प्रतिक्रिया करना है। उसका हिन्दुत्व इस्लाम के जुल्म की प्रतिक्रिया है। जो धर्म (सभ्यता) काल के आरंभिक चरण में मानव जाति के लिए पैदा हुआ था, आज वह अपने से बाद में पैदा हुए धर्म के अत्याचारों की प्रतिक्रिया हो गया है। वह कुछ आधुनिक मुसलमानों की प्रतिक्रिया हो गया है। इस व्यक्ति के हिन्दुत्व का सार इस्लाम विरोध है।

मैं जानता हूँ कि यह व्यक्ति अकेला नहीं है। उत्तरी गुजरात में जून 1991 में कुछ युवकों ने मुझसे पूरी गंभीरता से कहा कि राम का अवतार मुसलमानों के जुल्म से लड़ने के लिए हुआ था। उन लोगों ने यह भी कहा कि मुलायम सिंह यादव ने अक्तूबर-नवंबर 1990 में अयोध्या में हजारों हिन्दुओं का कत्लेआम कराया (जबकि विश्व हिन्दू परिषद सिर्फ 16 मौतें स्वीकार करती है)। उन्होंने यह भी कहा कि उनके गाँव के एक हजार हिन्दुओं को वहाँ के चंद मुसलमानों से हिफाजत की जरूरत है, क्योंकि वे राक्षसी प्रवृत्ति के हैं।

स्पष्टतः बहुत-से लोगों के लिए हिन्दू होने का मतलब मुसलमानों से रक्षा के मामले में पक्का होने से है। तथ्यात्मक गलतियों, अज्ञान और अतिशयोक्तिपूर्ण बातों से उनका हिन्दुत्व घटता नहीं। बल्कि बढ़ता ही है।

मुझे इस अर्थ में हिन्दू होने से खौफ लगता है, बल्कि मैं हिन्दू का यह अर्थ सुनने से भी डरता हूँ। क्या हमें पत्र लिखनेवाले वे पक्के हिन्दू महोदय मेरी बात की तरफ ध्यान देंगे, अगर मैं उन्हें यह बताऊँ कि 1947 में सिर्फ हिन्दू और सिख ही नहीं मारे गये थे, बल्कि मुसलमान औरतों और बच्चों पर भी जुल्म हुआ था ? 1947 की घटनाओं के दो वर्णन नीचे दिये जाते हैं :

'(वे) हजारों की संख्या में मरने लगे। हजारों औरतों का अपहरण कर लिया गया। हजारों बच्चों के टुकड़े-टुकड़े कर दिये गये। करोड़ों शरणार्थी आ रहे थे। ऊपर आसमान और नीचे धरती के अलावा उनका कोई पुरसाहाल न था···भूखे, नंगे, बीमार, अशक्त। वे सैकड़ों मील पैदल चल कर आये थे। सीमा पर पहुँचते ही उनमें से कुछ लोगों ने 'ईश्वर को धन्यवाद' कहा और ऐसे गिरे कि फिर कभी न उठ सके।'

'जो चीज टपक रही थी, वही जल्द ही सैलाब बन गयी।···करोड़ों बेघर लोग भयावह

मनःस्थिति में थे। उन्हें जिस स्थिति में उनके घरों से निकाला गया था, उस दहशत का वर्णन नहीं किया जा सकता। उन्होंने अपने प्रिय जनों के टुकड़े-टुकड़े होते देखे थे। उनके पास भाग कर जान बचाने के अलावा कोई चारा नहीं था। उन्होंने जो कुछ देखा था, उसे ले कर वे रोष से भरे थे। उनमें गायब प्रियजनों और अगवा की गयी औरतों को ले कर आक्रोश था।'

इनमें पहला वर्णन हिन्दू और सिख शरणार्थियों का है, जो वी॰ पी॰ मेनन ने लिखा है। दूसरा वर्णन मुसलमान शरणार्थियों के बारे में है, जो लियाकत अली खाँ ने किया है। पर क्या दोनों में कोई अंतर दिखाई पड़ता है ? वैसे सच बता दूँ, दूसरा वर्णन मेनन का है और पहला लियाकत का। 1947 में दोनों तरफ समान रूप से आव्रजन और हत्याएँ हुई थीं। पर एक पक्का हिन्दू इसे कभी नहीं मानेगा। इसी तरह पाकिस्तान का एक पक्का मुसलमान भी कभी नहीं मानेगा।

आज पक्के हिन्दू के पास देशभक्ति की साफ परिभाषा है। उसके लिए देशभक्त वह है, जो भारत को गृहभूमि (मातृभूमि, पितृभूमि या जन्मभूमि) और पवित्र भूमि दोनों मानता हो। इस परिभाषा के अनुसार बौद्ध और जैन तो देशभक्त हो सकते हैं, पर मुसलमान और ईसाई देशभक्त नहीं हो सकते।

8 सितम्बर, 1993 को 'टाइम्स ऑफ इंडिया' में भारतीय जनता पार्टी के उपाध्यक्ष के॰ आर॰ मलकानी ने यही बात दुहरायी है। लेकिन यह दृष्टिकोण तर्कसंगत नहीं है, विशेषकर आज की दुनिया में। देशभक्ति का यह सिद्धान्त भारतीय कौम और हिन्दू धर्म के व्यक्ति को दक्षिण अफ्रीका, फीजी, अमेरिका, इंग्लैंड और भारत के अलावा किसी और मुल्क में देशभक्त नहीं रहने देगा। इस सिद्धान्त के तहत श्रीलंका का तमिल कभी भी श्रीलंका का बराबरी का नागरिक नहीं बन सकता। इस सिद्धान्त के अनुसार लिंकन पूरी तरह से देशभक्त नहीं रह जाते और न ही क्लिंटन, क्योंकि ईसा मसीह और उनके पवित्र स्थल अमेरिका में नहीं हैं। इस तरह तो फिलिस्तीन के बाहर का कोई भी ईसाई देशभक्त नहीं हो सकता। जब कोई जापानी बुद्ध में यकीन करता है, तो क्या वह देशभक्त नहीं रह जाता, क्योंकि बौद्ध धर्म तो दुनिया के गैर-जापानी इलाके में पैदा हुआ था ?

कुछ अपवादों को छोड़ कर दुनिया के ज्यादातर लोग अपने माँ-बाप के धर्म का पालन करते हैं। वे न तो अपने माँ-बाप का चुनाव करते हैं और न ही अपने धर्म का और उन्हें इनमें से किसी के भी लिए दोषी नहीं ठहराया जा सकता। लेकिन आज का पक्का हिन्दू (और मुसलमान) भी भावनात्मक रूप से उत्तेजित है और वह गृहभूमि-पवित्र भूमि के सिद्धान्त में अतार्किकता नहीं देखता। जो भी सिद्धान्त उसके गुस्से को सही ठहराये, वही सही है।

मैं प्रार्थना करता हूँ कि एक दिन हिन्दू होने से वही अर्थ लिया जायेगा जो हमारे प्राचीन ऋषियों के चिंतन में था। मैं प्रार्थना करता हूँ कि हिन्दू होने का नैतिक, आध्यात्मिक और सामाजिक निहितार्थ होगा। मैं उस दिन के लिए प्रार्थना करता हूँ जब यह कहा जायेगा कि फलाँ हिन्दू है, तो उसका मतलब इस बात से लगाया जायेगा कि उसका आचरण अच्छा है। वह चीजों का मर्म देखता है, न कि उसकी बाहरी तड़क-भड़क से विस्मित होता है। यानी वह अपने इर्द-गिर्द के समाज की चिंता करता है।

क्या मुसलमानों द्वारा अतीत में हिंदुओं पर की गयी ज्यादतियों को ठीक करना आज के हिन्दुओं का प्राथमिक दायित्व है ? क्या हिन्दू होने का यही मतलब है कि सिर्फ मुस्लिम ज्यादतियों के अलावा हम हर चीज के प्रति उदासीन रहें ? क्या इतना बड़ा वित्तीय घोटाला हमें परेशान नहीं करता ? क्या ऊँच-नीच, अमीर-गरीब और लाचार व ताकतवर के बीच की इतनी चौड़ी खाईवाला समाज हमें परेशान नहीं करता ? हिन्दूवाद को इस बात की कतई फिक्र नहीं है कि हमारे देश में स्कूल न जानेवाले और बाल मजदूरी करनेवाले सबसे ज्यादा बच्चे हैं। उन्हें यह भी परेशान नहीं करता कि भारत में सबसे ज्यादा अंधे और विकलांग और बेघर लोग हैं। जब तक मैं मुसलमानों की ज्यादातियों को याद करता रहूँगा और दूसरों को याद दिलाता रहूँगा, तब तक मैं इन सब चीजों से उदासीन रहते हुए भी हिन्दू होने पर गर्व कर सकता हूँ। आज की तस्वीर यही है, पर यह बदलेगी। हमेशा के लिए गुस्से में नहीं बना रहा जा सकता।

मुझे लगता है, भारतीयों के जीवन में सत्यम्, शिवम्, सुंदरम् का थोड़ा-थोड़ा अंश डालना ही हिन्दू होने का मतलब है। इसलिए एक अच्छा हिन्दू वही है जो इस काम में मदद करता है। जिस तरह रावण ने सीता का अपहरण किया था, उसी तरह आज क्रोध और राजनैतिक महत्त्वाकांक्षा ने हिन्दुओं की आत्मा को जकड़ रखा है। लेकिन उस आत्मा को मुक्त कराया जायेगा।

सच्चा हिन्दू हृदय हिन्दुओं पर लगे पुराने जख्म तो नहीं भूल पायेगा। लेकिन विवेकपूर्ण हिन्दू मानस हृदय से कहेगा कि बदले की अग्नि राख बना देती है और उसी तरह खालीपन लाती है, जिस तरह महाभारत के अन्त में हुआ था और न्यायसंगत हिन्दू अंतरात्मा ही हमसे भारतीय समाज की पीड़ा और कमजोरियों का सामना करने और उसे दूर करने को कहेगी। और, भारतीय समाज मुख्य रूप से हिन्दू समाज ही है। अगर रामजी की मर्जी रही, तो कुछ और नहीं हो सकता।

उन्हें कैसा हिन्दू चाहिए

पुरुषोत्तम अग्रवाल

इतना तो स्पष्ट है कि उन्हें 'धार्मिक हिन्दू' नहीं चाहिए—गाँधी जी सरीखा 'कोरा धार्मिक' हिन्दू तो हरगिज नहीं चाहिए। गाँधी जी के हिन्दू राष्ट्रवादी हत्यारे गोडसे का उन पर बुनियादी आरोप यही तो था कि गाँधी जी 'कोरे हिन्दू' थे, सो भी 'अतार्किक, अव्यावहारिक और अंधविश्वासी।' गाँधी जी की हत्या के पूरे तीस वर्ष पहले हिन्दू राष्ट्रवादी विचारक सावरकर ने यह सिद्ध करने के लिए पूरी किताब ही लिखी थी कि हिन्दू धर्म और चीज है, 'हिन्दुत्व' और चीज। गाँधी जी शब्द के प्रचलित अर्थ में 'कोरे धार्मिक' कतई नहीं थे, बेशक वे 'हिन्दुत्व' की आक्रामक राजनीति को अपने हिन्दू धर्म की स्वाभाविक परिणति मानने के लिए प्रस्तुत नहीं थे। बहरहाल, गाँधी जी के हिन्दू धर्म की चर्चा थोड़ी देर में फिर आयेगी।

तो हिन्दू धर्म में नहीं, 'हिन्दुत्व' में आस्था रखनेवाला हिन्दू उन्हें चाहिए। क्या ऐसी आस्था सहज ही हो सकती है ? स्वर्गीय राजेन्द्र माथुर कहा करते थे, 'मेरे लिए हिन्दू होना वैसा ही है, जैसा कि साँस लेना। क्या मैं अपने साँस लेने के नगाड़े बजाता हूँ जो अपने हिन्दू होने का ढोल पीटूँ ? मैं हिन्दू हूँ—सहज भाव से, अनायास रूप से, अपने जन्मजात संस्कार से।' जाहिर है कि उन्हें राजेन्द्र माथुर जैसा हिन्दू भी नहीं चलेगा, जिनका मूल मंत्र ही है—'गर्व से कहो हम हिन्दू हैं.।'

वे दावा करते हैं कि उपर्युक्त मंत्र उन्होंने स्वामी विवेकानंद से लिया है। अपने धार्मिक संस्कार और विश्वास के प्रति स्वामी जी की ममता अलग प्रकार की थी। उनके नाम का दुरुपयोग वैसे गर्व को उचित ठहराने के लिए करना जैसा धृतराष्ट्र को अपने पुत्रों पर था—यह भी आजकल के हिन्दुत्व प्रेमियों की कई विशेषताओं में से एक है। विवेकानंद के विचार और व्यवहार के अनेक उदाहरणों में से फिलहाल एक ही को लें। 10 जून 1898 को एक पत्र में स्वामी जी ने लिखा था, 'वेदांत के सिद्धांत कितने ही श्रेष्ठ और अद्भुत क्यों न हों, व्यावहारिक इस्लाम की सहायता के बिना विशाल मानवता के लिए सर्वथा व्यर्थ और अनुपयोगी हैं।'

तो विवेकानंद जैसा हिन्दू भी उन्हें कैसे रास आयेगा जिनके लिए हिन्दू होने की सबसे प्रमुख शर्त है इस्लाम और मुसलमान के प्रति स्थायी घृणा और आक्रामकता। यों भी इन्हें किसी दूसरे धर्म, सभ्यता या संस्कृति से कुछ नहीं सीखना है। यह तो अकल्पनीय है कि कोई वेदान्त को व्यावहारिक इस्लाम के बिना 'व्यर्थ और अनुपयोगी' बता दे, लेकिन विवेकानंद तो ऐन यही

कर बैठे। सो उनके नाम की माला चाहे जितनी फेर लें, भरे-पूरे विवेकानंद को भी आज के हिन्दुत्व प्रेमी पचा नहीं पायेंगे।

सवाल फिर वही है–उन्हें कैसा हिन्दू चाहिए ? उच्च कोटि के लेखों से ले कर सड़कों पर उछाले जा रहे नारों तक पर यदि विचार करें तो इसका जवाब किसी गुहा में निहित न हो कर एकदम आँख के सामने है। उन्हें चाहिए ऐसा हिन्दू, जिसका न विवेक से कोई वास्ता हो, न आस्था से। जो हिन्दू होने का अर्थ समझता हो एक तरह की मुस्लिम ग्रंथि से सदा बिंधे रहना और जिसके मन की वास्तविक काल्पनिक असुरक्षा ग्रंथियों को बदला जा सके असुर ग्रंथि में। ऐसा डरा हुआ, विवेक से छुट्टी पाया हुआ, आस्था को एक 'ब्रांड' में बदलता हुआ हिन्दू उन्हें आखिर क्यों चाहिए ?

गोडसे ने गाँधी जी को 'कोरा धार्मिक' हिन्दू कहा, जबकि कौन नहीं जानता कि गाँधी जी राजनीति से अलग रहने के अर्थ में 'धार्मिक' नहीं थे। उनकी धार्मिकता का मर्म भिन्न था। वे राजनीतिक लक्ष्यों के लिए लोगों की निम्नवृत्तियाँ उकसाने को धार्मिकता नहीं मानते थे। उनकी धार्मिकता में आस्था और विवेक का गहरा सह-संबंध था और आस्था भी उनके लिए नैतिकता से परे नहीं थी। गाँधी जी के लिए धार्मिक होने का अर्थ था व्यक्तिगत और सार्वजनिक दोनों धरातलों पर नैतिक विवेक के कठोर अनुशासन को स्वेच्छा से स्वीकार करना। वे नहीं मानते थे कि दूसरे का नैतिक विचलन आपको अनैतिक होने की छूट दे देता है। इसी कारण उनके हिसाब से मस्जिदों की धार्मिक पवित्रता बनाये रखना सरकार का कर्तव्य था, समाज का दायित्व था। इसी कारण वे कह सकते थे, 'जब तक मैं जिन्दा हूँ, मुसलमानों को दिल्ली की सड़कों पर रेंगने नहीं दूँगा।' और इसी कारण वे बेधड़क राजनीतिक हिंसा–चाहे वह साम्राज्यवाद विरोधियों की हिंसा क्यों न हो–की निन्दा कर सकते थे। उनके लिए अहिंसा केवल रणनीति नहीं, नैतिकता थी। गोडसे की चिढ़, दरअसल, गाँधी जी की नैतिकता से ही थी। 'कोरा धार्मिक' कहने से उसका आशय यही था कि गाँधी जी खामखाह के नैतिक व्यक्ति थे। नैतिकता को धार्मिकता का मर्म मानने के ही कारण गाँधी जी गोडसे सरीखे लोगों की 'हिन्दूडम' (डम याने सत्ता, जैसे पोपडम, किंगडम) के मार्ग में सबसे बड़ी बाधा थे।

गाँधी जी के लिए 'धर्म' नैतिकता का वाचक शब्द था और 'हिन्दू' एक विशेष आस्था और जीवन दृष्टि का। इसके बिल्कुल विपरीत हिन्दू राष्ट्रवादी सोच में 'धर्म' केवल एक बहाना है, जिसके लचीलेपन का लाभ उठा कर लोगों की भावनाओं को एक खतरनाक राजनीति के पक्ष में मोड़ दिया जाना है। उनके लिए 'हिन्दू' शब्द आस्था और धार्मिक जीवनदृष्टि का नहीं, नस्ल (रेस) का वाचक है। उन्हें ऐसा हिन्दू नहीं चाहिए जो आस्था के धरातल पर धार्मिक बोध और जीवनदृष्टि से जुड़ा हो, बल्कि ऐसा हिन्दू चाहिए जो स्वयं को एक नस्ल, प्रजाति या रेस से जुड़ा मानता हो। सावरकर ने 1923 में प्रकाशित 'हिन्दुत्व' में आस्था, धर्म और संस्कृति, सबसे ऊपर 'हिन्दू' शब्द के नस्लपरक अर्थ को ही महत्वपूर्ण माना था। उनके अपने शब्दों में, 'हिन्दुत्व से हमारा आशय किसी धर्मशास्त्रीय या धार्मिक आस्था अथवा विश्वास से निश्चय ही नहीं है। भाषागत प्रयोग की दिक्कत यदि न होती तो 'हिन्दूइज्म' की बजाय 'हिन्दूनेस' (हिन्दूपन) निश्चय ही हिन्दुत्व के निकटतर शब्द है। 'हिन्दुत्व' शब्द में हमारी हिन्दू नस्ल के समूचे अस्तित्व की सारी विचारणा और गतिविधि समाहित है।' (हिन्दुत्व, हू इज ए हिन्दू,

1989, पृ॰ 4)। स्वाभाविक ही था कि गोडसे 'हिन्दू धर्म' के बजाय 'हिन्दू जन या नस्ल का धर्म' कहना अधिक पसंद करता था। धार्मिक आस्था और विश्वास से कहीं अधिक 'नस्ल' की सूचना देता है हिन्दू राष्ट्रवादियों का 'हिन्दू' शब्द। सावरकर हों या गोलवलकर, उनका सरोकार धर्म से नहीं, नस्ल से है। शब्दावली वक्त के मुताबिक बदलती रहती है, लेकिन चाहे 'राष्ट्र' शब्द का प्रयोग करें चाहे 'धर्म' का—जब ये लोग 'हिन्दू' की बात करते हैं तो असल में वे एक नस्ल की बात कर रहे होते हैं। नस्ल के प्रस्थान बिन्दु से ही तथाकथित सांस्कृतिक राष्ट्रवाद और 'शुद्ध' रक्त की धारणाएँ पैदा होती हैं। नस्ल सिद्धांत 'सांस्कृतिक राष्ट्रवाद' का सम्मान प्राप्त करे, इसके लिए आवश्यक है कि 'नस्ल और मातृभूमि' का समीकरण येन केन प्रकारेण सिद्ध किया जाये। यहाँ आर्य भारत के मूल निवासी थे या नहीं—यह सवाल हिन्दू राष्ट्रवाद के लिए सिर्फ और सिर्फ राजनीतिक सवाल बन जाता है। 'आर्य' शब्द एक नस्ल का नहीं, एक भाषा समूह का वाचक है—इस लिहाज से देखने पर तो आर्यों के उद्‌गम की समस्या का ऐतिहासिक परिप्रेक्ष्य ही बदल जाता है। लेकिन आम तौर से अब तक यह बहस नस्ल के संदर्भ में ही होती रही है। नतीजा यह कि यदि मान लिया जाये कि आर्य बाहर से आये थे, तो हिन्दू राष्ट्रवाद का राजनीतिक 'प्रोजेक्ट' ही गड़बड़ा जाता है। इस बहस का लंबा इतिहास है और नस्लवादी हिन्दू राष्ट्रवाद के लिए एक बहुत बड़ी दिक्कत यह है कि लोकमान्य तिलक की भी यही मान्यता थी कि आर्य भारत के मूल निवासी नहीं थे, वे भारत में उत्तरी ध्रुव के आसपास के इलाके से आये थे।

किसी भी ऐतिहासिक निष्कर्ष की तरह उपर्युक्त मान्यताओं पर भी बहस की जा सकती है, लेकिन इस बहस नें जो तर्क नस्लवादी गोलवलकर ने दिया है, वह बेमिसाल है। तिलक के निष्कर्ष को गलत कहने का साहस नहीं है, आर्यों का उद्‌गम भारत से बाहर हुआ—यह मानने की इच्छा नहीं है। सो गोलवलकर फरमाते हैं, 'असल में उस वक्त उत्तरी ध्रुव वहाँ था, जहाँ आज बिहार और उड़ीसा हैं…आर्यों का उद्‌गम स्थल हिन्दुस्तान में ही था, हिन्दू भारत में बाहर से नहीं आये हैं, उत्तरी ध्रुव ही हिन्दुओं को यहाँ छोड़ कर बाहर चला गया है।' (वी ऑर अवर नेशनहुड डिफाइंड, पृ॰ 11-13, विपनचंद्रा द्वारा 'कम्युनलिज्म इन मॉडर्न इंडिया' में उद्धृत, पृ॰ 228)।

हिन्दू राष्ट्रवाद के नस्लवादी प्रोजेक्ट की मूल बुद्धिहीनता का ही परिणाम है कि कठिन ऐतिहासिक समस्याओं पर ऐसा उच्च कोटि (!) का विचार-विमर्श सामने आये। 'कोरे धार्मिक हिन्दू' गाँधी जी को भला ऐसा रंगीन इतिहास बोध कहाँ नसीब था ?

बहरहाल, सवाल यह है कि सहज धार्मिक आस्था की जगह नस्लवादी अहंकार को ले आने की जरूरत क्या है ? कोई भी नस्लवादी सिद्धांत एक साथ दो दिशाओं में काम करता है। एक तरफ वह अपने लक्ष्यीभूत समुदाय को यह विश्वास दिलाना चाहता है कि वह एक शुद्ध नस्ल है, जिसने दुनिया को सिर्फ दिया ही दिया है, उससे लिया कुछ नहीं है। लेकिन किसी भी सामाजिक व्यवस्था में सत्ता का एक ढाँचा होता है, कुछ समूहों के उत्पीड़न और शोषण की वास्तविकता और परंपरा होती है। सो, यदि हमारी नस्ल सर्वथा शुद्ध और निर्दोष है, तो सामाजिक विकृतियाँ कैसे उत्पन्न हुईं ? इस सवाल से कतराने और लोगों को भरमाने के लिए नस्लवाद एक 'शत्रु' की रचना करता है, जिसके मत्थे अपने समाज की हर विकृति या दोष मढ़ा जा

सके। पहले महायुद्ध के बाद जर्मनी का दुर्दशा का कारण ? और कुछ नहीं, यहूदियों का षड्यंत्र। जर्मन लोगों की बदहाली का कारण ? यहूदियों की आर्थिक समृद्धि ! हिन्दू समाज में छुआछूत का कारण ? मुस्लिम आक्रमण के कारण पैदा हुई रक्षणशीलता। हिन्दू स्त्री की दुर्दशा का कारण ? मुसलमानों के अत्याचार ! सांप्रदायिक दंगों का कारण ? मुसलमानों की स्वाभाविक आक्रामकता।

यह संयोग नहीं है कि जर्मन नाजियों, दक्षिण अफ्रीका के गोरे रंगभेदवादियों और हमारे हिन्दू राष्ट्रवादियों की विचार पद्धति और अपने-अपने समाज की समस्याओं की समझ मूलतः एक ही प्रकार की है। यह भी संयोग नहीं है कि बात-बात में गाँधी का मजाक उड़ानेवाले महानुभाव हिटलर के परम प्रशंसक रहे हैं—नस्ल शुद्धि के लिए उसके द्वारा अपनाये गये 'अंतिम समाधान' (अर्थात यहूदियों का सफाया) को हिन्दू राष्ट्र के लिए परम अनुकरणीय आदर्श गोलवलकर ने बताया ही था—यह एक तथ्य है, लीपा-पोती की सारी कोशिशों के बावजूद।

जाहिर है कि जैसा हिन्दू इन नस्लवादियों को चाहिए, वैसे हिन्दू की रचना करने के लिए जरूरी है कि सारा समाज मुस्लिम ग्रंथि से लगातार ग्रस्त रहे, ताकि स्वयं हिन्दू परंपरा और समाज के आलोचनात्मक परीक्षण की गुंजाइश कम से कमतर होती चली जाये और वर्चस्वशाली वर्गों को कोई चुनौती न दी जा सके। यह भी जाहिर है कि ऐसी ग्रंथियों से वे समाज ग्रस्त नहीं रह सकते जिन्हें अपने आप पर विश्वास हो और जिनका विवेक जाग्रत हो। इसीलिए उन्हें न केवल 'धार्मिक' हिन्दू नहीं चाहिए, बल्कि सच कहें तो राजनीतिक हिन्दू भी नहीं चाहिए। राजनीतिक होने का अर्थ ही है सामाजिक-राजनीतिक सत्तातंत्र की पड़ताल करना, संस्थाओं के लोकतंत्रीकरण का प्रयास करना। कहने की आवश्यकता नहीं कि ऐसी किसी भी पड़ताल का नस्लवादी विचार से छत्तीस का सम्बन्ध है—उसका नाम नाजीवाद हो या हिन्दू राष्ट्रवाद।

हमारे समाज के अनुभव तथा उसकी संचित स्मृतियाँ ही हिन्दू राष्ट्रवाद के 'प्रोजेक्ट' में सबसे बड़ी बाधा हैं। इसीलिए हिन्दू की परिभाषा का सवाल भाई परमानंद से ले कर आडवाणी तक हर हिन्दू राष्ट्रवादी को परेशान करता रहा है। आपका हिन्दू होना या स्वयं को सनातनी या सुधारवादी हिन्दू मानना उनके लिए कतई नाकाफी है। जरूरी है कि आप स्वयं को हिन्दू नस्ल और हिन्दू राष्ट्रवाद से जोड़ें। हिन्दू धर्म सहज है, हिन्दू राष्ट्रवाद बनावटी। सारी राजनीति धर्म से जुड़े आत्मबोध को अप्रासंगिक बनाते हुए नस्लवादी आत्मबोध को स्थापित कर देने के लिए ही की जा रही है। इस नस्लवादी राजनीति में धर्म सिर्फ एक जातीय पहचान है—ऐसी जातीय पहचान, जिसका नैतिकता से कोई वास्ता नहीं है और न ही इस पहचान में निहित सामाजिक द्वंद्वों से कोई सरोकार। यही कारण है कि हिन्दू राष्ट्रवाद की राजनीति न तो सामान्य स्थितियों में हिन्दू जनता को अपील कर पाती है और न ही ऐसी हालत में जबकि समाज में कोई सार्थक आन्दोलन चल रहा हो। हिन्दू ही क्यों, किसी भी प्रकार की सांप्रदायिकता सामाजिक दिशाहीनता और वैचारिक थकान की अवस्था में ही पनप सकती है। जब सामाजिक चेतना और सांस्कृतिक विमर्श की धारा किन्हीं कारणों से प्रवाहहीन हो कर जोहड़ के पानी की तरह सड़ने लगे तब सांप्रदायिकता का मलेरिया फैलानेवाले मच्छरों की उत्पत्ति होती है। हिन्दू सांप्रदायिकता के वर्तमान उभार की भी यही कहानी है। इस समझने के लिए उन बिंदुओं पर गौर करना जरूरी है, जिनका बहुत ही चतुर प्रयोग कर हिन्दू राष्ट्रवादियों ने पहले हिन्दू मानस

में असुरक्षा ग्रंथि पैदा की और अब उसे असुर ग्रंथि में बदल रहे हैं।

यह विचित्र, किन्तु सत्य है कि जो लोग स्वयं को देश की आबादी का पचासी फीसदी मानें, उन्हीं के बीच अल्पसंख्यकों जैसी असुरक्षा ग्रंथि इतनी गहरी पैठ जाये। बात कितनी भी विचित्र और अतार्किक लगे, लेकिन इसी का उपयोग कर हिन्दू राष्ट्रवाद ने हिन्दू चित्त का सांप्रदायिकीकरण करने में अभूतपूर्व सफलता हासिल की है। विडंबना यह है कि सांप्रदायिकता विरोधी विचारकों और राजनीतिकों ने अल्पसंख्यकों की असुरक्षा ग्रंथि को तो स्वाभाविक और इसीलिए अल्पसंख्यक सांप्रदायिकता को किसी हद तक काबिले बर्दाश्त मान लिया, लेकिन बहुसंख्यक समुदाय के मन में भी ऐसी असुरक्षा ग्रंथि जड़ जमा सकती है—यह उन्हें नहीं सूझा। इसी के साथ सांप्रदायिकता को धार्मिक कट्टरता की राजनीतिक फलश्रुति मानने की आदत को जोड़ कर देखें तो सांप्रदायिकता विरोधियों की असफलता समझ में आने लगती है। पिछले दशक में हिन्दू सांप्रदायिकता तेजी से बढ़ी है, क्योंकि इस दशक में हिन्दू असुरक्षा ग्रंथि को पुष्ट करनेवाली कई घटनाएँ हुईं और वामंपथियों-जनवादियों द्वारा उपेक्षित ही रहीं। मीनाक्षीपुरम में दलितों के धर्मपरिवर्तन की घटना ने हिन्दू सांप्रदायिकता को फिर एक बार मौका दिया कि हिन्दुओं के मन में हर तरह से अपना संख्याबल बढ़ाने को तत्पर मुसलमान का डर बैठाया जाये। पंजाब समस्या ने अपनी पहचान के प्रति सहज भाव से उदासीन हिन्दुओं के मन में भी अस्मिता का संकट उत्पन्न कर दिया और कश्मीर मसले को तो हमारे सत्ता प्रतिष्ठान ने जिस तरह 'हैंडल' किया है, उसने इस असुरक्षा ग्रंथि को सहज चेतना की हैसियत प्रदान कर दी है।

सत्ता की दिनोंदिन बढ़ती अमानवीयता, परिवर्तन के स्वप्नों का लगातार विखंडन, सामाजिक दिशाहीनता से उत्पन्न हताशा—ये वे घटक हैं, जिन्होंने उपर्युक्त घटनाक्रम के सांप्रदायिक दोहन की पृष्ठभूमि तैयार की। हिन्दू राष्ट्रवाद का लक्ष्य केवल चुनाव जीतना नहीं, अपना वैचारिक सांस्कृतिक वर्चस्व कायम करना है। वर्चस्व की लड़ाई कोरे अमूर्त तर्कों के सहारे नहीं लड़ी जाती, उसके लिए सामाजिक मानस की भावनात्मक उथल-पुथल से संवेदना का रिश्ता बनाना जरूरी है। इस मामले में चूक का नतीजा सामने है।

नस्लवादियों, फासिस्टों को अपना मनचाहा हिन्दू गढ़ने में जो कामयाबी मिली है, वह ऐसी नहीं कि अब कुछ किया ही न जा सके। लेकिन कुछ भी करने के लिए ऐसे 'बुद्धिवाद' (!) से मुक्ति जरूरी है जो हिन्दू मन की चोट और असुरक्षा ग्रंथियों के उल्लेख तक से बिदक जाता हो। इन ग्रंथियों के तात्कालिक राजनीतिक कारण तो खैर हैं ही, इन्हें स्वीकार्य बनानेवाला पूरा एक ऐतिहासिक परिप्रेक्ष्य लोगों को विरासत में मिला है और ऐसा नहीं है कि उस ऐतिहासिक परिप्रेक्ष्य में सब कुछ मिथ्या ही मिथ्या है। मध्यकालीन भारत में अंतर्विरोध का वास्तविक सार भले ही गैर-धार्मिक रहा हो, लेकिन उसका एक पहलू वर्चस्व का संघर्ष भी जरूर था। वर्चस्व का यह संघर्ष तत्कालीन आत्मबोध 'हिन्दू' और 'मुसलमान' से सर्वथा निर्लिप्त नहीं था। 'आपस में दोऊ लड़त मरत हैं, मरम न काहू जाना' कहनेवाले कबीर का समकालीन समाज, जाहिर है कि, ऐसा समाज था जिसमें लोग अन्य पहचानों के अलावा बगैर हिन्दू और बतौर मुसलमान के भी आपस में लड़ते थे। इस वास्तविकता से मुँह चुराने से क्या फायदा ? वर्चस्व के इस संघर्ष ने साझा संस्कृति की विरासत में ही एक फाँक बो रखी है। समझदारी इस फाँक को पहचान कर उससे लोहा लेने में है। यह इच्छा-चिन्तन किस काम का कि फाँक है ही नहीं !

1857 की राज्यक्रांति की असफलता के बाद यह फाँक और गहरी हुई। इस हद तक कि उन्नीसवीं सदी के पंजाब के संदर्भ में समकालीन स्रोतों के हवाले से केनेथ जोन्स ने बताया है कि 'ब्रह्म समाज की बैठकों में ईसा और मुहम्मद का आदरपूर्वक नामोल्लेख मात्र ही सभाकक्ष को खाली करा देता था। सभी पैगंबरों का सम्मान लोगों के लिए असंभव था।' (आर्यधर्म 1976, पृ॰ 41-42) पंजाब ही क्यों, सारे देश में स्थितियाँ ऐसी बनती चली गयीं कि एक, संख्या बल का अभूतपूर्व महत्व हो गया। जब आपके अधिकार और आपका महत्व इस बात पर निर्भर हों कि आप हैं कितने, तो यह स्वाभाविक ही है। इसीलिए धर्मान्तरण और शुद्धि दोनों समुदायों के लिए धार्मिक शांति की खोज के नहीं, राजनीतिक ताकत की उपलब्धि के सवाल बन गये। दो, दोनों ही समुदाय स्वयं को 'उत्पीड़ित अल्पसंख्यक' के रूप में देखने और दिखाने के आदी हो गये। हम उत्पीड़ित हैं—इस भावना से असुरक्षा और फिर आक्रामकता का उदय स्वाभाविक ही है। यह उत्पीड़न ग्रंथि सांप्रदायिक राजनीति से उपजती भी है, उसे उपजाती भी है। जब स्थितियाँ अनुकूल हों, तो यह उत्पीड़न ग्रंथि पूर्णरूपेण सांप्रदायिकता में बदलने लगती है, अन्यथा अवचेतन में आशंका और अविश्वास का रूप धारे बैठी रहती है। इस ग्रंथि को मूर्त रूप देनेवाले अनुभवों, स्मृतियों और तर्क को आप औपचारिक इतिहास में कितना ही 'अंडरप्ले' कर लें (हालांकि हमारी शिक्षा पद्धति में तो ऐन उलटा ही किया जाता है), लेकिन ये चीजें पारिवारिक स्मृतियों, संस्मरणों, सामूहिक श्रुति परंपरा, किंवदंतियों सरीखे अधिक आत्मीय माध्यमों के जरिये पीढ़ी-दर-पीढ़ी चली आती हैं—ऐन आज की चेतना तक, सांप्रदायिक विचार के लिए उर्बर भूमि बनाते हुए। दार्शनिक 'बुद्धिवाद' के बरक्स यह अनुभवसम्मत और व्यावहारिक बुद्धिवाद लोगों को अधिक ग्राह्य प्रतीत होता है, और ऐसे 'स्टीरियोटाइप' बने रहते हैं कि 'हिन्दू बेईमान है' या 'मुसलमान हिंसक हैं।'

उत्पीड़न ग्रंथि और तज्जनित पूर्वग्रहों के फलस्वरूप धार्मिक प्रतीक वर्चस्व की प्रतिद्वंद्विता के राजनीतिक प्रतीक बन जाते हैं। सड़कों पर नमाज पढ़ना या महाआरती आयोजित करना 'कोरा धार्मिक' कर्म नहीं है, वह 'शत्रु' के साथ शक्ति परीक्षण का माध्यम है। गोरक्षा या गोकुशी धार्मिक कर्तव्य नहीं है, वह राजनीतिक चुनौती है। सांप्रदायिक विचार का प्रयत्न धार्मिक प्रतीकों और उनमें व्यक्त आस्था को शुद्ध, श्रेष्ठ नस्ल की अपराजेय शक्ति का प्रतीक बना देने का ही है। यही कारण है कि नर्मदा के बाँधों की डूब में एक नहीं, दस मंदिर आ जायें, लेकिन अयोध्या में मस्जिद तोड़ कर ही मंदिर बनाया जा सकता है।

सांप्रदायिक विचार का इतिहास बोध तथ्यहीन होने के अर्थ में मिथ्या नहीं है, वह तथ्यों की मानवद्रोही और न्यायविरोधी व्याख्या प्रचारित करने के कारण असत्य है। इसी कारण इसका प्रतिवाद केवल तथ्यों पर बल दे कर नहीं, बल्कि व्याख्या का विकल्प दे कर ही किया जा सकता है। अमूर्त तर्क और बुद्धिवाद को किसी भी सामाजिक स्मृति पर जबरन थोपा नहीं जा सकता। सामाजिक मानस में हस्तक्षेप करने के लिए उसकी तर्केतर आस्थाओं और आशंकाओं को सहानुभूतिपूर्वक समझना जरूरी है। मुद्दा यह नहीं है कि आप बुरे हिन्दू के बरक्स खुद को अच्छा हिन्दू साबित कर दिखायें, बल्कि यह है कि जो स्वयं को सहज रूप से हिन्दू मानते हैं, आप उनकी ग्रंथियों और आशंकाओं को समझने का प्रयत्न करें—बजाय उन्हें हँसी में उड़ा देने के।

हिन्दू राष्ट्रवादी बहुत अच्छी तरह जानते हैं कि उन्हें कैसा हिन्दू चाहिए। वे यह भी बहुत

अच्छी तरह जानते हैं कि जैसा उन्हें चाहिए, वैसा आशंकाग्रस्त, अधार्मिक, विवेकहीन हिन्दू उन्हें अनायास नहीं मिलेगा, बल्कि गढ़ना पड़ेगा। उन्हें यह भी मालूम है कि मनुष्य के आत्मबोध को बदलने के लिए खासकर उसे अविवेक की दिशा में ले जाने के लिए उसकी स्मृतियों तथा भाषा को विकृत करना आवश्यक है। एक बार मस्जिद तोड़नेवाले उन्मादियों को रामभक्त, देश की संस्कृति और सामाजिक न्याय के दुश्मनों को राष्ट्रवादी और तरह-तरह के मठाधीशों को संत का दरजा मिल गया, तो समझिए कि विवेकहीन उन्माद की राक्षसी संस्कृति गढ़ने का 'प्रोजेक्ट' बहुत दूर तक कामयाब हो गया। वजह स्पष्ट है। भाषा यथार्थ को, उसके साथ मनुष्य के रिश्ते को केवल प्रतिबिंबित नहीं करती, वह उसे रचती भी है। जीवन से टकराते हुए मनुष्य को जो शब्दावली प्राप्त होती है, वह स्वयं के तथा औरों के नये मूल्यांकन को भी सूचित करती है। यह शब्दावली यदि विकृत हो, इसमें निहित मूल्यांकन यदि हिंसा और घृणा पर आधारित हों तो वैसा ही मनुष्य बनेगा, जैसा कि भाँति-भाँति के सांप्रदायिक तत्व अपने-अपने संपद्राय के मनुष्यों को बनाना चाहते हैं—असुरक्षित, अविवेकी, आक्रामक और आत्मविश्वासविहीन।

ऐसा मनुष्य पलट कर देख सकता है, लेकिन बदले हुए ढंग से ही। और फिर सक्रिय हो न हो, ऐसा मनुष्य अविवेक और आक्रामकता के जड़ीभूत संस्कारों का पुंज अवश्य बन जाता है।

असली चुनौती इस जड़ीभूत संस्कार से समाज के विवेक की रक्षा करने की ही है। गाँधी की नैतिक धर्मबुद्धि को सावरकर, गोलवलकर और गोडसे के नस्लवादी हिन्दू राष्ट्रवाद से बचाने की है।

यह आक्रामकता कहाँ से आती है

सच्चिदानन्द सिन्हा

हिन्दू, हिन्दुत्व आदि से जुड़े जो अनेक प्रश्न आज देश में उठने लगे हैं, वे वास्तव में तथ्यात्मक प्रश्न नहीं हैं। वे एक विशेष मनोवैज्ञानिक स्थिति की अभिव्यक्ति हैं। अन्य देशों की तरह भारत में भी ऐसे प्रश्न अभिव्यक्ति होते हैं असुरक्षा और हीन भावना से ग्रस्त कुछ व्यक्तियों और समूहों के अस्मिता के संकट की। इस संकट से उबरने के लिए उन्हें अपनी पहचान की ठोस जमीन की तलाश होती है। यह जमीन उन्हें नस्ल, धर्म, राष्ट्र आदि में दिखाई देती है जिन्हें वे अपनी मानसिक आवश्यकताओं के अनुरूप भावनाओं के प्रक्षेप से परिभाषित करते हैं। ऐसे व्यक्तियों और समूहों में अपनी धारणाओं को पूरे समाज पर आरोपित करने का अधिनायकवादी आग्रह भी होता है, क्योंकि जब तक उनकी परिभाषा दूसरों द्वारा मान नहीं ली जाती, असुरक्षा का भाव बना रहता है। विडम्बना यह है कि धर्म, नस्ल, राष्ट्र आदि के प्रवक्ता ऐसी स्थिति में अक्सर वही होते हैं जो इनके लिए तय की गयी क़सौटियों पर खरा नहीं उतरते। कारण ? यही उनकी असुरक्षा का स्रोत होता है।

कुछ उदाहरणों से ऊपर की बातें साफ हो जायेंगी। हिटलर आर्य (नॉर्डिक) गुणों और जर्मन राष्ट्र का सबसे शक्तिशाली प्रवक्ता बना था, लेकिन वह स्वयं आर्य होने की कसौटी—लम्बा शरीर, भव्य ललाट और दिव्य गौर वर्ण—किसी पर खरा नहीं उतरता था। वह ठिगना और कम गोरा था। वह जर्मनीवासी भी नहीं था और आस्ट्रिया का रहनेवाला था। इस बेगानेपन के बोझ से उबरने के दबाव में उसने 1938 में आस्ट्रिया को जबरदस्ती जर्मनी में मिला लिया। इसी तरह फ्रांस की राष्ट्रीयता का नायक नेपोलियन, जिसने फ्रांस के नाम पर अनेक युद्ध किये, स्वयं फ्रांस के बजाय कॉर्सिका का निवासी था। 'महान रूसी राष्ट्र' का उन्नायक स्तालिन खुद जॉर्जिया का रहनेवाला था और कम्युनिस्ट शासक की हैसियत से जॉर्जिया की राष्ट्रीयता को कुचलने में उसकी अहम भूमिका थी। यहाँ यह बतलाना अप्रासंगिक नहीं होगा कि हिन्दुत्व का अभियान चलानेवाले नेताओं में भी हिन्दुत्व के धार्मिक तत्वों से कोई खास लगाव नहीं है। बी.बी.सी. को दिये गये एक साक्षात्कार में इस सवाल के जवाब में कि क्या भाजपा का उद्देश्य एक धर्मराज्य (थियोक्रैसी) स्थापित करना है, उसके एक प्रवक्ता ने इस बात से इन्कार करते हुए अपनी बात की पुष्टि इस तथ्य से की कि सावरकर अनीश्वरवादी थे और आडवाणी को धर्म में कोई रुचि नहीं है।

जब भी समाज के किसी समूह में आर्थिक या अन्य कारणों से व्यापक असंतोष होता है तब किसी बड़ी हस्ती के साथ तादात्म्य स्थापित कर उसकी कल्पित गरिमा में वह निजी समस्याओं से उबरने की कोशिश करता है । इसी स्थिति से ऊपर वर्णित किस्म के नेताओं को जन समर्थन का आधार मिलता है। जर्मनी में 1930 के मंदी काल में बेरोजगार नौजवानों के असंतोष में जर्मनी की महानता स्थापित करने के नाम पर हिटलर को समर्थन का ऐसा ही आधार मिला। आज 'हिन्दुत्व' के उभार के पीछे भी नौजवानों के एक हिस्से के असन्तोष की अहम भूमिका है। इसी मानसिक स्थिति के परिप्रेक्ष्य में 'हिन्दू होने का मतलब' जैसे प्रश्न का उत्तर ढूँढ़ा जा सकता है।

'हिन्दुत्व' के वर्तमान कोलाहल के पहले एक हिन्दू होने के नाते मेरे सामने यह प्रश्न कभी उपस्थित नहीं हुआ कि हिन्दू होने का मतलब क्या है ? असल में इसके पहले हिन्दू होने का मतलब सिर्फ इतना ही रहा है कि कोई व्यक्ति किसी हिन्दू माँ-बाप की संतान है। उस पर कभी यह दबाव नहीं होता कि हिन्दू होने के नाते वह यह करे या वह करे। उससे यह भी अपेक्षा नहीं की जाती कि वह भगवान में या किसी दूसरे देवी, देवता या मुक्तिदाता में विश्वास करे। यह स्थिति ईसाई, इस्लाम, बौद्ध, जैन आदि दूसरे धर्मों से सर्वथा भिन्न है। षड् दर्शन, जो हिन्दुओं के बुनियादी दार्शनिक सिद्धान्त माने जाते हैं, अलग-अलग और कभी-कभी परस्पर विरोधी अवधारणाओं को ले कर चलते हैं। जहाँ वैशेषिक भौतिक पदार्थ परमाणु को सृष्टि का आदि तत्व मानता है, वहाँ वेदान्त चेतन ब्रह्म को एकमात्र सत्य। वैशेषिक चिंतन की परिणति अनिवार्य रूप से अनीश्वरवाद की ओर ले जानेवाली है। इसी तरह हिन्दू होने से किसी व्यक्ति पर किसी लौकिक क्रियाकलाप या कर्मकाण्ड का बन्धन नहीं होता। अनेक कर्मकाण्ड और अनुष्ठान विहित जरूर हैं, पर कुछ भी अनिवार्य नहीं है। चूँकि कुछ भी अनिवार्य नहीं है, इसलिए इनके विपरीत कोई भी व्यवहार दण्डनीय नहीं है। जातियों के नियम और बन्धन जरूर हैं और उनके उल्लंघन से जाति से निष्कासन या पाँत काटना हो सकता है, लेकिन कोई धर्म से निष्कासित नहीं होता। असल में जाति के बन्धन का हिन्दू धर्म से सीधा सम्बन्ध नहीं है। यह भारत की समाज व्यवस्था का अनिवार्य अंग रहा है, जिससे अर्थव्यवस्था और लोगों के सामाजिक संबंधों का नियमन होता रहा है। यह भारतवर्ष में गुलामी प्रथा अथवा सामंती प्रथा से भिन्न उत्पादन, विनिमय और अधिशेष के आवंटन की अलग तरह की व्यवस्था रही है। फिर भी हजारों वर्ष के सह-अस्तित्व के कारण जाति व्यवस्था और हिन्दू धर्म दोनों मिले-जुले या एक-दूसरे का अभिन्न अंग दिखाई देते हैं। यह बात इसी से सिद्ध होती है कि जातीय विभाजन सिर्फ हिन्दुओं में ही नहीं, जैनियों, सिखों तथा भारतवर्ष के ईसाइयों और मुसलमानों में भी है। हिन्दुओं में भी इस्लाम की तरह एकेश्वरवाद की एक बृहत धारा रही है और कुरान शरीफ की तरह गीता में भी व्यक्तियों के सभी कर्मों का आखिरी कर्ता भगवान को ही माना गया है। लेकिन इसके साथ-साथ एक हिन्दू के लिए इसकी भी छूट है कि वह अनेक देवी-देवताओं और यहाँ तक कि पेड़, पत्थर, साँप और भूत की भी पूजा करे। कुछ हिन्दू विविध पूजनों को श्रेष्ठ एवं निम्न श्रेणियों में जरूर रखते हैं, पर इनमें से कोई भी पूजन अहिन्दू नहीं है।

इस स्थिति का एक कारण तो यह मालूम पड़ता है कि भारतवर्ष में पिछले पाँच हजार

वर्षों से अधिक से विभिन्न मानव समूहों के आगमन और आपस में घुलने-मिलने एवं संश्लेषण की प्रक्रिया जारी रही है। इनमें कुछ समूह गहन दार्शनिक विवेचन और उस पर आधारित धार्मिक मान्यताओं की ओर बढ़ते रहे हैं। लेकिन बड़ी संख्या में ऐसे कबायली समूह भी रहे हैं जो जीवन और दर्शन दोनों के क्षेत्र में आदिम मान्यताओं से आगे नहीं बढ़े। सांस्कृतिक संश्लेषण की प्रक्रिया में नीचे के आदिम समूहों और अतिविकसित तर्कयुक्त दार्शनिकता से प्रेरित समूहों के बीच एक सातत्य बना रहा है। चूँकि इस प्रक्रिया में एक निरन्तरता रही है, कहीं कोई ऐसी विभाजन रेखा खींचने की जरूरत नहीं महसूस हुई जिससे कुछ समूहों को धर्म के भीतर और दूसरे को धर्म के बाहर करार दिया जाये। एक ही परिवार में नागपंचमी पर नाग देवता की पूजा और दूसरे अवसर पर अनन्त भगवान की पूजा समान श्रद्धा से होती है। सभी अनुष्ठानों के प्रारम्भ में गणपति के पूजन के साथ-साथ राहु, केतु और शनि की तुष्टि भी जरूरी मानी जाती है। शायद इसी स्थिति की प्रतिध्वनि हम गीता के इन श्लोकों में पाते हैं :

'हे कौन्तेय, जो लोग श्रद्धापूर्वक अन्य देवताओं के भक्त बन कर उनके लिए यज्ञ आदि करते हैं, वे भी पूजते तो मुझे ही हैं, हालाँकि उनकी यह पूजा विधान के अनुसार नहीं होती।'

(नौवाँ अध्याय, श्लोक 23, श्रीमद्‍भगवद्‍गीता)

'(लेकिन तू इस बात को याद रख) देवताओं की पूजा करनेवाले देवताओं के पास, पितरों का पूजन करनेवाले पितरों के पास, भिन्न-भिन्न प्रकार के भूतों को भजनेवाले उन-उन भूतों के पास जाते हैं और जो मेरी पूजा करते हैं, वे मेरे पास आते हैं।'

(नौवाँ अध्याय, श्लोक 25, श्रीमद्‍भगवद्‍गीता)

यहाँ ईश्वर की पूजा को श्रेष्ठ जरूर कहा गया है,लेकिन किसी दूसरे पूजन या पूजन विधि का निषेध नहीं है।

हर तरह के विश्वासों और पूजनविधियों एवं कर्मकाण्डों को अंगीकार करना उस धर्म की विशिष्टता कही जा सकती है, जिसे हिन्दू धर्म के नाम से जाना जाता है। इसमें कोई जीवन पद्धति या आचार संहिता विहित नहीं है, लेकिन कुछ नैतिक मूल्यों को सार रूप ग्रहण करने का आग्रह जरूर है। एक अति प्रचलित श्लोक में कहा गया है कि–'अठारह पुराणों का यही सार है कि परोपकार पुण्य है और परपीड़न पाप।' इसी बात को रामचरित मानस में यह कह कर दुहराया गया है कि दूसरों के हित के समान कोई धर्म नहीं है और न दूसरे को पीड़ा देने के समान कोई अधर्म। इसके अलावा सत्य और अहिंसा को आम तौर से नैतिक मूल्यों के रूप में मान्यता प्राप्त है। लेकिन ये नैतिक मूल्य असल में सार्विक हैं और इन्हें हिन्दू धर्म की विशिष्टता नहीं माना जा सकता। ईसाई, बौद्ध, एवं जैन जैसे दूसरे धर्मों में भी सत्य और अहिंसा को सर्वाधिक महत्व दिया जाता है। यहाँ यह बात ध्यान रखने की है कि ये मूल्य इन धर्मों के आदर्श हैं, पर न तो हिन्दुओं द्वारा और न ईसाई, बौद्ध या जैनियों द्वारा इन मूल्यों के आधार पर आचरण होता है। इस दृष्टि से हिन्दू दूसरों से भिन्न नहीं कहे जा सकते।

चूँकि हिन्दुओं में जीवन पद्धति और विश्वासों की कोई बाध्यता नहीं होती, इसलिए किसी को बहिष्कृत भी नहीं किया जा सकता। जैसा कि ऊपर कहा गया है, ईसाई या इस्लाम धर्म की स्थिति इससे बिलकुल भिन्न है। इसी से ऐसी विडम्बनापूर्ण स्थिति पैदा हुई

कि लेव टॉलस्टाय को 1901 में औथोंडॉक्स रूसी चर्च से उस समय निष्कासित किया गया, जब वे ईसा मसीह की शिक्षा के सबसे करीब थे। उन्होंने 1881 में सुसमाचार (ईसाई गॉस्पेल) पर एक टीका लिखी थी, जिसमें ईसाई प्रेम और बुराइयों का प्रतिरोध न करने के सिद्धान्त का प्रतिपादन किया गया था। इस विचार की परिणति के तौर पर वे हिंसा पर आधारित राज्य और चर्च दोनों के विरोधी थे। इस अर्थ में वे अराजकतावादी थे। इसी से उन्हें ईसाई धर्म से निष्कासित होना पड़ा। धर्म के संस्थागत बन्धनों के कारण अनेक ईसाइयों को अपने विश्वासों के लिए अपना सम्प्रदाय बदलना पड़ता है। अंग्रेजी कवि टी॰एस॰इलियट को मनुष्य की नैतिक दुविधाओं से भार न पाने का रास्ता ईसाई धर्म के एक खास सम्प्रदाय अंग्रेजी कैथोलिक चर्च में दीक्षित होने में दिखाई दिया। ईसाइयों में सम्प्रदाय बदलने के ऐसे अनेक उदाहरण मिलते हैं। इससे यह ज्ञात होता है कि इन धर्मों की संस्थागत मान्यताएँ कितने संकीर्ण दायरों में रहने को विवश कर सकती हैं। इस्लाम में जो कट्टरपंथ पैदा हो रहा है, वह किस हद तक अपने धर्म में समर्थन पा सकता है, उसका उदाहरण सलमान रुश्दी को उसके साहित्यिक लेखन के चलते दिया गया मौत का फतवा है। इसी तरह सिख पंथ में तनखैया घोषित कर दण्डित और निष्कासित करने का प्रावधान है।

इस पृष्ठभूमि में हिन्दू होने की विशिष्टता एक ही जान पड़ती है—आचार और विचार में अन्तरात्मा की आवाज या निजी विवेक को छोड़ बाकी सभी बन्धनों से मुक्त होना। लेकिन हिन्दुओं में भी जब सम्प्रदाय बन जाते हैं, तब उनके सदस्यों पर जरूर अनेक तरह के बन्धन लग जाते हैं और उनमें अन्य सम्प्रदायों के प्रति विरोध भाव भी पैदा होता है। वैष्णव, शैव, शाक्त, गोरखपंथी, औघरपंथी, कनफटा जैसे अनेक सम्प्रदाय भारत में रहे हैं। लेकिन हिन्दुओं की मुख्यधारा या तो इनसे बाहर रही या इन सबके कुछ तत्वों को ग्रहण कर इनके घालमेल से अपनी पूजा-अर्चना का नियमन करती रही। इस तरह सम्प्रदायवाद कभी भी हिन्दू धर्म का मूल चरित्र नहीं बन पाया, न तो हिन्दू धर्म का कोई ऐसा प्रतिष्ठान बना जो एक केन्द्र से इस धर्म की मूल रूपरेखा निर्धारित करे। किसी ऐसे प्रतिष्ठान की मान्यता को बंधनकारी बनाने के लिए राजदण्ड का सहारा अनिवार्य बन जाता है और फिर धर्मसत्ता का राजसत्ता से कोई रिश्ता बनाना अपरिहार्य हो जाता है। लेकिन यत्र-तत्र छोटे दायरों में ऐसे प्रयत्न भले ही हुए हों, हिन्दू कही जानेवाली आम जनता ने इसे कभी कबूल नहीं किया, क्योंकि यह उसे उस बौद्धिक और आध्यात्मिक आजादी से वंचित कर देती, जो उसे सदियों से प्राप्त रही है। जब भारत में अनेक सम्प्रदाय बनने लगे और इन पर संस्कृतज्ञ मठाधीशों का वर्चस्व स्थापित होने लगा, भक्ति आंदोलन की ऐसी लहर आयी कि देश के एक कोने से दूसरे कोने तक मठाधीशों का महत्व काफूर हो गया। ज्ञानेश्वर, नामदेव, तुकाराम, विद्यापति, तुलसीदास, सूरदास, मीरा, चैतन्य आदि भक्त कवियों ने हिन्दू धर्म को वह रूप दिया जो आज भी व्यापक है और जिसमें निजी पूजन और विश्वासों के क्षेत्र में हिन्दुओं को पूरी स्वायत्तता है। कुछ लोगों को यह स्थिति अराजक लगती है। लेकिन अराजक स्थिति स्वतन्त्रता के लिए सबसे आदर्श स्थिति भी होती है, जो हिन्दू समाज के मूल चरित्र के अनुकूल है।

होता यह है कि जब धर्मों को प्रतिष्ठानों पर आधारित कर किसी शक्ति केन्द्र की

स्थापना होती है, इस केन्द्र की मान्यताओं के अनुरूप लोगों की जिन्दगी को निर्धारित करने के प्रयास में धर्म की मूल मान्यताएँ ही लुप्त हो जाती हैं। उसका स्थान केन्द्र का संचालन करनेवाले समूहों की सुविधा के अनुसार प्रस्तुत की गयी व्याख्या ले लेती है।

रूसी उपन्यासकार दास्तोएव्स्की के उपन्यास 'ब्रदर्स क्रामाजोव' के एक चरित्र इवान का सपना इस स्थिति का बड़ा ही सटीक विवरण प्रस्तुत करता है। काल इंक्विजीशन(चर्च द्वारा चलाया गया धार्मिक अनुशासन का महाअभियान, जिसमें लोगों को धर्माचरण से भटकने के आरोप में यातनाएँ और मृत्युदण्ड दिया जाता था) का है। लोग भय से त्राहि-त्राहि कर रहे हैं। उसी समय अचानक ईसा मसीह लोगों के बीच स्वयं उपस्थित होते हैं और उन्हें अभय देते हैं। राहत की आशा से लोग भारी संख्या में ईसा मसीह के इर्द-गिर्द जमा होने लगते हैं। इस बात की सूचना ग्रैन्ड इंक्विजीटर (प्रधान पुरोहित, जो दंड विधान लागू कर रहा होता है) के पास पहुँचती है। ग्रैन्ड इंक्विजीटर की आज्ञा से ईसा मसीह को गिरफ्तार कर उसके सामने हाजिर किया जाता है। दोनों के बीच लम्बा वार्तालाप होता है। अन्त में ग्रैन्ड इंक्विजीटर ईसा मसीह से कहता है कि तुम्हें जो कहना था, तुमने अपने समय में कह दिया। अब तुम्हारी बातों की व्याख्या करना ईसा मसीह के चर्च का काम है। चूँकि तुमने चर्च के इस काम में बाधा पैदा करने की कोशिश की है, इसलिए तुम बागी हो। इसके बाद ईसा मसीह को गिरफ्तार कर बन्दी गृह में डाल दिया जाता है।

धार्मिक प्रतिष्ठानों के साथ-साथ स्थापित धर्म संस्था और धर्म की मूल आध्यात्मिक मान्यताओं के बीच इस तरह का द्वन्द्व भी पैदा होता रहता है। हिन्दू धर्म की विशिष्टता यही रही है कि यह कभी भी प्रतिष्ठानाधीन नहीं रहा। पिछली अर्धशताब्दी में पहली बार इसका प्रयास होने लगा है कि हिन्दू धर्म के इस चरित्र को नष्ट कर इसे एक निश्चित व्याख्या के तहत लाया जाये और इसे राजसत्ता के नजदीक ला राजसत्ता को धर्मसत्ता (थियोक्रैसी) का रूप दिया जाये। यह काम हिन्दू धर्म को एक साम्प्रदायिक चरित्र दे कर ही सम्भव है जिसमें अन्य धर्मों और सम्प्रदायों का विरोध निहित होता है।

देश का धर्म के आधार पर बँटवारा और परवर्ती काल में व्यापक बेरोजगारी और असुरक्षा के भाव ने हिन्दुओं को उनकी स्थिति के लिए 'इस्केप गोट' की तलाश की ओर मुखातिब कर दिया है। पारंपरिक समाज का ढाँचा टूटने और शहरीकरण की प्रक्रिया में अपने परिवेश से टूटे लोगों में अस्मिता का संकट भी पैदा होने लगा है। वैसे लोगों में 'गर्व से कहो हम हिन्दू हैं' जैसे नारों में खोयी अस्मिता पाने की आशा दिखाई देती है, भले ही इससे उनकी वास्तविक स्थिति में कोई फर्क नहीं हो पाता। मृगमरीचिका का आकर्षण अदमनीय होता है, भले ही इसकी परिणति मृत्यु हो। देश के अल्पसंख्यक सहज ही 'इस्केप गोट' बन जाते हैं। इस मानसिक स्थिति से राष्ट्रीय स्वयंसेवक संघ और उसके मोर्चा विश्व हिन्दू परिषद् के लिए यह सम्भव हो रहा है कि वह हिन्दू मानस को एक साम्प्रदायिक दिशा में मोड़ सके। इस प्रक्रिया में धर्म के आध्यात्मिक तत्वों और मूल्यों का नाश और अन्य धर्मों और सम्प्रदायों से वैर निहित है। हिन्दू धर्म को ऐसा साम्प्रदायिक और आक्रामक रूप देने के प्रयास का विरोध इसी पारम्परिक उदारता और मूल्य बोध से होना लाजिमी है। इसकी सबसे त्रासद परिणति महात्मा गाँधी की हत्या थी। भक्ति आंदोलन की परम्परा में

महात्मा गाँधी अन्तरात्मा की आवाज और विवेक पर आधारित धार्मिकता के उदाहरण थे। वे अपने को स्वाभाविक रूप से हिन्दू मानते थे। हिन्दू धर्म की श्रेष्ठतम परम्पराएँ उनके व्यक्तित्व का अंग बन गयी थीं। उनके लिए हिन्दू होना कोई गर्व की बात नहीं थी, क्योंकि वे सभी धर्मों के मूल में उन उदात्त मूल्यों की झाँकी पाते थे जो उनके अपने धर्म के अंग थे। उन्होंने मिस स्लाद (मीरा बेन) को, जो उनकी अनन्य भक्त थी, कभी ईसाई धर्म छोड़ हिन्दू धर्म अपनाने की प्रेरणा नहीं दी, जब कि यह धर्म परिवर्तन सहज था। थोड़े में संप्रदायवाद उनके स्वभाव के उतना ही विपरीत था, जितना यह हिन्दू धर्म की परम्पराओं के विपरीत था। इस प्राचीन धर्म को एक गैर-आध्यात्मिक राजनैतिक रूप देने का प्रयास उस पूरी धार्मिक परम्परा को चुनौती थी, जिसे महात्मा गाँधी आत्मसात कर चलते थे। यह कोई अचरज की बात नहीं थी कि हिन्दू धर्म की उदात्तता के प्रतीक महात्मा गाँधी को हिन्दुत्व को साम्प्रदायिक रूप देने के आग्रही अपने रास्ते का सबसे बड़ा अवरोध मान खत्म करने पर आमादा हो गये। नाथूराम गोडसे तो एक महज औजार था—उन साम्प्रदायिक शक्तियों का, जो हिन्दू धर्म की सबों को आत्मसात करनेवाली उदार परम्पराओं को नष्ट कर इसे एक नये धर्म का रूप देना चाहती हैं : वैसा ही रूप जैसा ईसाई धर्म और इस्लाम का इनकी विकृतियों में रहा है। इसमें न सिर्फ हिन्दू समाज के विघटन के तत्त्व हैं, बल्कि इस समाज के मूल्यबोध के क्षय के भी।

आक्रामक साम्प्रदायिकता का हिन्दू धर्म की पारम्परिक मान्यताओं से मेल हो ही नहीं सकता। हिन्दुओं की आम मान्यता रही है अबलाओं और निर्बलों की रक्षा करना, निहत्थे दुश्मनों को भी अभय प्रदान करना, निरपराध लोगों पर हाथ नहीं उठाना आदि। इन मान्यताओं का उस साम्प्रदायिकता से कौन-सा मेल बैठ सकता है, जो दंगों में निरपराध और निहत्थे बूढ़े, बच्चों और औरतों की हत्याएँ कराती है और अबलाओं के साथ बलात्कार कराती है। यह प्रतीकात्मक ही है कि महात्मा गाँधी की हत्या इस तरह के अत्याचारों के विरोध में उनके राष्ट्रीय अभियान के क्रम में होनेवाली प्रार्थना सभा में की गयी। असल में गाँधी जी पर किया गया प्रहार पारम्परिक हिन्दुत्व की उदात्त मान्यताओं के खिलाफ प्रहार था।

सम्प्रदायवाद, जैसा कि ऊपर कहा गया है, भारतीय समाज में पहले भी रहा है। सम्प्रदायों के आपसी झगड़े भी रहे हैं और इन झगड़ों के काल में समन्वय के प्रयास भी होते रहे हैं। सन्त तुलसीदास ने शैवों और वैष्णवों के ऐसे झगड़ों को मिटाने का प्रयास भी अपनी रचनाओं में किया था। लेकिन इन झगड़ों में राजाश्रय या संख्या के बल पर पूरे समाज पर किसी सम्प्रदाय विशेष की मान्यताओं को आरोपित करने का प्रयास कभी नहीं होता था। आम हिन्दू कभी इन सम्प्रदायों को अनदेखा करता और कभी उन्हें समेटते हुए धर्म का सुविधाजनक रूप अपना कर सदियों को पार करता रहा है। पहली बार अनेक धारणाओं, उप-धाराणाओं को धारण कर मंथर गति से चलनेवाली हिन्दू समुदाय की इस महानदी की धारा को बाँध कर एक संकीर्ण मार्ग से एक खास दिशा में चलाने की कोशिश हो रही है। अब एक खास तरह के सम्प्रदाय को हिन्दुत्व के नाम पर राजसत्ता बनाने का प्रयास हो रहा है। इसका सर्वसत्तावादी आग्रह स्पष्ट है। अयोध्या में राम मन्दिर बनाने के नाम पर कई छोटे मन्दिरों को इन हिन्दुत्ववादियों ने नष्ट कर दिया। सम्प्रदायवादियों के लिए उन मन्दिरों के 'लघु' देवताओं के अराधकों की श्रद्धा और

विश्वास का कोई महत्व नहीं था। आज राम के नाम पर यह सब हुआ है, कल किसी दूसरे देवता के नाम पर होगा और बाद में किसी एक महानतम देवता (सम्भवतः राष्ट्र-राज्य) के नाम पर पूजन की विविधता को नष्ट कर राजसत्ता की सुविधा के अनुसार सभी पूजा अनुष्ठान और विश्वास राजाज्ञा से निर्णीत होंगे। यह सब हिन्दुत्व के नाम पर होगा। जिस अर्थ में हिन्दू सदियों से हिन्दू रहे हैं, उस अर्थ में हिन्दू बने रहने की यह शर्त होगी कि इस सर्वग्रासी हिन्दुत्ववादी उन्माद को रोके रखा जाये।

हिन्दुत्व की जरूरत किसे है

उदयन वाजपेयी

हिन्दू होने का अर्थ पूछने के पीछे शायद यह विश्वास है कि ऐसा कोई अर्थ निश्चय ही होता होगा। इस प्रश्न को सामने रख कर विचारकों या लेखकों से यह अपेक्षा की जाती है कि वे इस निश्चित अर्थ को शब्दों में बाँध कर सबके सामने ला सकेंगे। या कि इसके पीछे यह उम्मीद है कि हिन्दू होने की कोई संवेदना होती है जिसे लेखक संज्ञापित कर देंगे। लेकिन हम अगर बात थोड़ा पीछे से शुरू कहें तो हमें पूछना होगा कि आखिर इस विश्वास का क्या आधार है कि हिन्दू होने का एक खास अर्थ हुआ करता है ? बल्कि इस उम्मीद का क्या आधार हो सकता है ? शायद यह कि जिन्हें हम हिन्दू नाम से पुकारना चाह रहे हैं, उनकी जीवन-पद्धतियाँ, उनकी आस्थाएँ, उनकी कलाएँ, उनके साहित्य आदि उन लोगों की जीवन पद्धतियों, आस्थाओं, कलाओं, साहित्य आदि से आत्यन्तिक रूप से अलग हैं जिन्हें हम हिन्दू नहीं कहना चाह रहे हैं। इस भिन्नता तक पहुँचने का आधार यह है कि जिन लोगों को हिन्दू कहा जा रहा है, उनकी जीवन-पद्धतियाँ आस्थाएँ-अनास्थाएँ या अगर एक शब्द में कहें तो उनका जीवन-बोध आपस में एक जैसा है। दूसरे शब्दों में, कश्मीर से कन्याकुमारी तक रहनेवाले वे लोग, जिन्हें तरह-तरह के विदेशी हिन्दू कहने से नहीं चूकते, एक तरह के जीवन बोध में साझा करते हैं। जीवन बोध की सामान्यता के लिए भूलोक और देवलोक, इहलोक और परलोक, मनुष्य और मनुष्य सम्बन्धी विचारों में सामान्यता होना आवश्यक है। हिन्दू होने का अर्थ पूछने और इसे दो टूक ढंग से निर्वचनीय माननेवालों के दुर्भाग्य से ऐसा कोई सामान्य जीवन बोध उन लोगों के जीवन में दिखाई नहीं देता, जिन्हें वे हिन्दू कह कर पुकारना चाहते हैं। देवी-देवता भिन्न हैं, रूपकात्मक तौर पर तैंतीस करोड़ हैं यानी अनन्त हैं, जन्म-मरण सम्बन्धी सैकड़ों परस्पर विरोधी विचार हैं, रीति-रिवाज एक-दूसरे से बेहद अलग हैं। चारों ओर सिर चकरा देनेवाली अनेकता नजर आती है। ऐसे-ऐसे देवी-देवता हैं, जिनका लोगों ने आपस तक में जिक्र नहीं सुना है । ऐसे-ऐसे रीति-रिवाज हैं, जो एक-दूसरे तक को विचित्र नजर आते हैं। ऐसे-ऐसे कलारूप हैं या कला के घराने हैं, जो एक-दूसरे को कला होने तक की मान्यता नहीं देते। यह सब अनेकता बिना किसी सर्वग्रासी नाम के यहाँ शताब्दियों से पुष्पित-पल्लवित होती रही है। अनेक नये सम्बन्ध बनते रहे हैं, भारत अपनी अपेक्षाकृत शान्त सतह के नीचे खासा गतिशील समाज

रहा है। यह सब बिना किसी सख्त अस्मिता के। फिर हिन्दू होने के अर्थ की जरूरत है किसको ? राजनेताओं को है, वोटों के लिए ! व्यापारियों को है हिन्दू नाम से सामान बेचने के लिए ! आलेख-वाचकों को है सेमिनारों में अपने प्रदर्शनों के लिए ! अखबारों को है, अपने पृष्ठों में जगह बचाने के लिए।

हिन्दू शब्द शायद अनुभव की नहीं, विनिमय की वस्तु है।

मैं गलत हो सकता हूँ, लेकिन मुझे लगने लगा है कि हिंदू शब्द का अस्तिपरक अर्थों में उपयोग करनेवालों से अधिक गुलाम मानसिकता किसी की नहीं। मुझे यह गुलामों का अपने मालिकों की तरह व्यवहार करने का भोंड़ा नाटक नजर आता है। चूँकि वे अपने को ईसाई कहते हैं, इसलिए चलो, हम भी अपने लिए एक ऐसा ही एकार्थी शब्द ढूँढ़ निकालें, फिर भले ही वह इस भूभाग के निवासियों के सन्दर्भ में सर्वथा अनुपयुक्त क्यों न हो। इसमें विडम्बना यह है कि यह शब्द भी देश की किसी भी प्राचीन भाषा का नहीं है।

इसका क्या कारण है कि इस भूभाग की तमाम भाषाओं में ऐसा कोई शब्द नहीं हैं ? शायद इसलिए कि भारत की विभिन्नि अंतश्चेतनाओं ने हमेशा ही आपसी विभिन्नता पर, आपसी अन्तर पर जोर दिया—'सम-चर्या' के स्थान पर 'सह-चर्या।' जिस देश में अनगिनत देवलोक हों, अनगिनत साधना-पद्धतियाँ हों, अनगिनत जीवन-पद्धतियाँ हों, अनगिनत भाषा और बोलियाँ हों, वहाँ तो वैसे भी सामान्यता का कोई विशेष स्थान नहीं बन सका होगा। 'मुख्य धारा' जैसा शब्द भारतवासियों के लिए नया है। मुख्य धारा मानवीय अद्वितीयता के साभ्यतिक तिरस्कार पर ही बहती है। जिस सभ्यता में अद्वितीयता का जितना कम स्थान होता है, वहाँ उतनी ही चौड़ी मुख्य धारा बहती नजर आती है। रूस के महान उपन्यासकार गोगोल अपने अंतिम दिनों में एक मठ की शरण में चले गये थे। उन दिनों वे अपना अन्तिम उपन्यास 'डेड सोल्स' (मृतात्माएँ) लिख रहे थे। जैसे ही उन्होंने मठ में दीक्षा ली, उन्हें अपने उपन्यास के अप्रकाशित अंश वहाँ के मठाधीश के कहने पर जला देने पड़े। वे अपनी अद्वितीयता को जला कर ही मठ की मुख्य धारा में शामिल हो सकते थे।

तमाम भारतीय भाषाओं में राम कथाओं की कहानी इससे बिल्कुल अलग जान पड़ेगी। अनेक भाषाओं में अनेक राम कथाएँ उपलब्ध हैं। हरेक राम कथा में राम, सीता, लक्ष्मण, रावण आदि का चित्रण होता है, लेकिन यह चित्रण हरेक कथा में अलग-अलग है। कई बार एक-दूसरे से बिल्कुल उलटा। यह इस हद तक है कि किसी एक कन्नड़ राम कथा में जब राम सीता को वन जाने से रोकते हुए यह कहते हैं कि सीता, शाप तो मुझ पर है, तुम क्यों वन जाती हो ? तब अपने तमाम तर्कों के अलावा सीता यह भी कहती है कि मैं इसलिए वन जाऊँगी कि 'सीता' हर राम कथा में वन जाती है। यानी इस सीता को अन्य राम कथाओं की सीताओं की जानकारी है। यानी सीता शब्द भले ही एक हो, लेकिन 'सीता-चरित्र' अनेक हैं और यही नहीं, उन्हें एक बनाने की कोई केन्द्रीय चेष्टा भी कभी नहीं की गयी।

दशरथ जातक के विषय में उठा हाल का ही विवाद भी यहाँ प्रासंगिक है। भारत भूमि पर ही ऐसा जातक लिखा गया है, जिसमें राम कथा के मुख्य पात्रों का सम्बन्ध अन्य राम कथाओं के ही इन्हीं पात्रों के सम्बन्ध में नितांत भिन्न है। यह भिन्नता इस हद तक है कि कुछ लोगों को चौंकानेवाली तक लग सकती है। लेकिन इसे सुन कर वे ही चौंकेंगे, जिन्होंने अपने

मन में भारतीय मनीषा की स्थावर अर्थात मृत मूर्ति बनी रखी है। इसके प्रकाशन का जो विरोध कर रहे हैं, वे चाहते हैं कि राम कथा अपने किसी एक संस्करण में कैद हो जाये और तब वे इस मरी हुई रामकथा को संग्रहालय में रख कर उसके नाम पर घीसू-माधव की तरह चन्दा उगाहने में जुट जायें। व्यापार के लिए यह जरूरी शर्त है कि कमोडिटी स्थिर (स्टैंडर्ड) होना चाहिए। स्टैंडर्ड राम कथा को अच्छा बाजार मिल सकता है। एक तरफ खुला बाजार चाहिए और दूसरी ओर स्टैंडर्ड अस्मिता, स्टैंडर्ड देवी-देवता, स्टैंडर्ड भारतीय परम्परा, भारतीय अतीत की स्टैंडर्ड व्याख्या आदि।

भारतवासियों ने कभी भी अपने को किसी भी एक ऐसे नाम से क्यों नहीं पुकारा जो अन्य ऐसे ही नामों के बरअक्स होता ? यानी हिन्दू शब्द आज भी किसी टोपी की तरह क्यों लगता हैं ? क्यों इस शब्द की कोई आध्यात्मिक स्मृति नहीं है ? क्यों इस शब्द का कार्य क्षेत्र सिर्फ राजनीति ही बन सका है ?

इस देश की अनेक आध्यात्मिक और कलात्मक परम्पराओं में आत्म को अनादि-अनन्त रूप (अरूप) में कल्पित किया गया है। योगवाशिष्ठ में इसकी स्थिति को अनिर्वचनीय कहा है– है भी, नहीं भी है। इसका एक प्रमाण यह है कि यहाँ की अधिकतर कलात्मक परम्पराओं में किसी भी पात्र, राग, थीम आदि को अन्तिम मानने से परहेज किया जाता रहा है। अधिकतर कलात्मक रूप खुले हुए रूप हैं, जिन्हें अगर कलाकार चाहे तो अन्तहीन विकसित करता चला जा सकता है। राग मालकौंस की कोई सीमा नहीं है; कोई गायक चाहे तो उसका कितना भी विस्तार करता चला जा सकता है। जातक कथाओं की विस्तार क्षमता का खूबसूरत उदाहरण उर्दू लेखक इन्तजार हुसैन की ताजा कहानियाँ हैं। नृत्यों-रूपों, कथा-रूपों, काव्य रूपों की भी यही स्थिति है। कथा सरित्सागर इसका अन्यतम उदाहरण है। एक कहानी में से दूसरी कहानी इस तरह निकलती चली जाती है, जैसे इस कथा सरिता का कोई अन्त नहीं है। किताब को जहाँ खत्म किया है, वह औपचारिकता भर है। दरअसल, कथा सरित्सागर का कोई भी असली अन्त नहीं । कथा अपने अनादि-अनन्त स्वरूप में एक ओर आत्म की अनादि-अनन्तता का नाट्य करती है और दूसरी ओर आत्म की अन्तहीन सम्भावनाओं का। वह कुछ भी कर सकता है, क्योंकि उसका कोई ओर-छोर कुछ नहीं। वह है भी, नहीं भी है। तरह-तरह से काल-देश को बुनता है और आनन्दित होता है। आत्म की कल्पना का सांस्कृतिक रूपाकारों से गहरा सम्बन्ध होता है। भारत की अनेक परम्पराओं में आत्म के स्वरूप की कल्पना ही कुछ ऐसी रही है कि इसमें किसी का भी अपवर्जन सम्भव नहीं हो पाता। इससे कुछ भी बाहर नहीं है। यहाँ अपने को दूसरे के विरुद्ध रख कर परिभाषित करना हमेशा ही पहले से गलत है। इसलिए अपने को किसी भी ऐसे नाम से पुकारना, जो अन्य नामों के बरअक्स हो, आत्म के पारम्परिक अनुभव की अवहेलना करने जैसा है। इसलिए अपने को हिन्दू शब्द से पुकारना गुलामी की निशानी है, आत्मबोध का प्रमाण नहीं।

दरअसल, भारतीय जीवन की अनेकता को अभिव्यक्त करने के लिए हिन्दू, मुस्लिम, सिख, ईसाई वाला मुहावरा नितान्त असंगत पड़ गया है। यह सच है कि महात्मा गाँधी ने भी इसी रूप में भारतीय वैविध्य को अंग्रेजों और दुनिया के सामने रखा था, लेकिन अब इस मुहावरे का जीवन काल खत्म हो गया है, वह चुक गया है। अब उसमें संवाद करना बार-बार हमें एक

जड़ अन्तर्विरोध में ला खड़ा करेगा। उस मुहावरे का एक निमित्त था और वह निमित्त अब रहा नहीं। इस अर्थ में यह उत्तर-गाँधी युग है। इसका कारण यह है कि भारत की विविध जीवन प्रक्रियाओं में से हरेक में लगभग हर ऐसे समुदाय के सदस्य भाग लेते हैं, जिन्हें हिन्दू, मुस्लिम, सिख आदि नामों से पुकारा जा रहा है। वैसे भी इन शब्दों के उच्चारण से किन्हीं भी जीवन बोध की झलक नहीं मिलती। ये शब्द भारतीय अनेकता के सन्दर्भ में खोखले शब्द हैं। इनका प्रयोग अंग्रेजों से गोल मेज पर बातचीत के लिए ही ठीक था। अब अंग्रेज जा चुके हैं। उन्हें समझाने की खातिर एक विशेष मुहावरे को प्रयोग में लाने का समय बीत चुका है। अगर हमारी कोशिश भारतीय जीवन की विविधता को अभिव्यक्त करने की है, तो भाषाई और सांस्कृतिक विविधता के मुहावरे में इसे अभिव्यक्त करने की कोशिश करना कहीं बेहतर है। क्योंकि संस्कृति जाग्रति और स्वप्न की सीमा पर जनमती है, इसलिए उसमें अपवर्जक खाँसे बनाना सम्भव नहीं हो पाता। यही अधिक संगत होगा। जैसे मैं हिन्दू नहीं, हिन्दी (भाषी) हूँ, आप मलयालम (भाषी) हैं, वह बंगला (भाषी) हैं, क्योंकि मैं हिन्दी बोलता हूँ, आप मलयालम बोलते हैं, वह बांग्ला बोलते हैं। हमारे यहाँ कथक नृत्य का फलाँ घराना है, आपके यहाँ ओडिसी का फलाँ घराना। आपके यहाँ रवीन्द्रनाथ ठाकुर हुए, हमारे यहाँ निराला वगैरह। इसी रास्ते से न धार्मिक चेतनाओं की अवहेलना होगी और न उनकी किलेबन्दी, जैसी कि हिन्दू-मुस्लिमवाले मुहावरे के कारण होती चली जा रही है।

स्त्रियाँ मानो मनुष्य न हों

मस्तराम कपूर

हिंदू समाज में स्त्रियों के संबंध में जो मानसिकता स्मृतियों में (मनुस्मृति से चाणक्य स्मृति तक) बनायी, वह अब भी ज्यों की त्यों है। लगभग यही मानसिकता अन्य धर्मों में न्यूनाधिक मात्रा में मिलती है। पता नहीं कैसे यह मानसिकता कि स्त्री नरक की खान है और पतन की ओर ले जानेवाली है, सभी धर्मों में आयी। जिसके गर्भ से पैदा हो कर पुरुष अपने को महान बनाता है, उसे नरक की खान कह उसे यह बोध क्यों नहीं होता कि वह खुद भी नरक का कीड़ा है।

हिंदू समाज की स्त्री संबंधी धारणाओं को बनानेवाली सबसे प्रसिद्ध या बदनाम पुस्तक है 'मनुस्मृति'। इस पुस्तक में स्त्री जाति का उल्लेख एक भी बार आदर के साथ नहीं हुआ है। इसके तीसरे अध्याय में आये एक श्लोक को लोगों ने बार-बार उद्धृत किया है, जिसमें कहा गया है कि जहाँ नारियों की पूजा होती है वहाँ देवता रमण करते हैं। लेकिन इस श्लोक का अर्थ स्त्रियों को आदर देने के रूप में करना पाठकों को गुमराह करना है। मनु ने 'पूजा' शब्द का प्रयोग स्त्रियों को विषयों में आसक्त रखने तथा उन्हें गहनों, कपड़ों आदि से खुश रखने के अर्थ में किया है। नौवें अध्याय में वे कहते हैं कि स्त्रियों को रात-दिन अस्वतंत्र रखें, उन्हें विषयों में आसक्त रखते हुए अपने वश में रखें। उसी अध्याय में वे आगे कहते हैं—'शय्या, आसन, आभूषण, काम, क्रोध, कुटिलता, द्रोह-भाव और दुराचरण को स्त्रियों के लिए सृष्टि के प्रारंभ से ही बनाया गया है। मद्यपान, दुर्जनों का संसर्ग, पति से अलग होना, इधर-उधर भटकना, दूसरों के घर वास करना और स्वप्न देखना स्त्रियों के मूल दोष हैं। अतः मामूली-से-मामूली प्रसंगों में भी उन पर नजर रखनी चाहिए। इसीलिए उसे बचपन में पिता के, युवावस्था में पति के और वृद्धावस्था में पुत्र के अधीन रखा जाना चाहिए।'

नौवें अध्याय के चौदहवें, पन्द्रहवें और सोलहवें श्लोकों में मनु कहते हैं कि स्त्रियाँ ब्रह्मा की सृष्टि के प्रारंभ से ही व्यभिचार की प्रवृत्तिवाली रही हैं और रूप-कुरूप नहीं देखतीं।

स्त्रियों के दुष्ट चरित्र के संबंध में हमारे ऋषियों-मुनियों के मन में भी इतना दृढ़ विश्वास था कि गुरुकुलों में ब्रह्मचारी बालक द्वारा गुरु-पत्नियों के चरण-स्पर्श का भी निषेध था। मनु कहते हैं कि स्त्रियाँ काम, क्रोध के वशीभूत हो कर विद्वान पुरुष को भी कुमार्ग में प्रवृत्त करनेवाली होती हैं, अतः विद्वान पुरुष को माता, बहन, पुत्री के साथ एकांत में

नहीं रहना चाहिए।

इन व्यवस्थाओं के अंतर्गत अतीत में स्त्रियों के साथ पुरुषों द्वारा किये गये सभी अत्याचारों, व्यभिचारों और बलात्कारों को स्त्रियों के मत्थे मढ़ा गया है।

मनु की दृष्टि में स्त्री मात्र भोग की वस्तु है। जहाँ कहीं उन्होंने स्त्री को घर की शोभा कहा, वह इस अर्थ में है कि वे पुरुषों के चित्त को आह्लादित करनेवाली हैं। पति के साथ पत्नी यज्ञ में शामिल हो, यह तो कहा गया, किंतु यह भी कहा गया है कि स्त्री पति की अनुमति के बिना यज्ञ, व्रत, उपवास नहीं कर सकती। पत्नी के गुणों में उन्होंने गिनाये हैं—घर के कार्यों में दक्षता, सदा प्रसन्नचित्त रहना और मितव्ययी होना। किंतु ये सब पति के ही निमित्त हैं। पति को अप्रसन्न करना उसके लिए घोर अपराध है। पति के साथ द्वेष करनेवाली स्त्री के संबंध में मनु की व्यवस्था है कि एक साल प्रतीक्षा करने के बाद पति उसके आभूषण आदि छीन कर उसे त्याग दे। जहाँ पति के लिए इतनी छूट दी गयी है, वहाँ पत्नी के लिए कहा गया है कि सदाचारहीन दुःशील पति भी स्त्री के लिए देव-तुल्य है।

संक्षेप में स्मार्त संस्कृति की नारी एक भोग्य पदार्थ है। स्त्री को खेत की और पुरुष को उस पर हल चलानेवाले और बीज बोनवाले मालिक किसान की उपमा दी गयी है। उसे मंत्र अथवा शिक्षा का अधिकार नहीं है। विवाह में मिले स्त्री धन के अलावा उसे किसी भी प्रकार के संपत्ति-अधिकार नहीं हैं। पति का पत्नी पर अधिकार इतना पूर्ण है कि बेचने या त्याग करने पर भी पुरुष का अधिकार समाप्त नहीं होता। चूँकि विवाह के बाद स्त्री को पति का वर्ण मिल जाता है, अतः ऊँचे वर्ण के लोग निम्न वर्णों की स्त्रियों के साथ बलात्कार भी करते हैं तो उसे भी निम्न वर्णों पर उपकार माना जाता है। आठवें अध्याय में मनु कहते हैं कि अपने से श्रेष्ठ वर्णवाले पुरुष के साथ संभोग करती कन्या को राजा जरा भी दंडित न करे, लेकिन अपने से हीन वर्ण का सेवन करती हुई को अपने घर में काबू करके रखे।

स्मृतियों की श्रृंखला की अंतिम कड़ी चाणक्य स्मृति में ये तमाम बातें ज्यों की त्यों हैं। चाणक्य के सूत्रों और कौटिल्य के 'अर्थशास्त्र' का अध्ययन प्रस्तुत करनेवाले एक विद्वान (डॉ. धर्मवीरः 'कौटिल्य का सामाजिक वैर') ने चाणक्य की स्त्री संबंधी धारणाओं को इस प्रकार समाहृत किया है : स्त्री बिना लोहे की बेड़ी है। स्त्रियों पर जरा भी विश्वास नहीं करना चाहिए। स्त्रियों में न विवेक होता है न लोक-व्यवहार का ज्ञान। पुत्र-प्राप्ति के लिए स्त्रियों का वरण किया जाता है। स्त्री के बंधन से छूटना बड़ा दुष्कर है। स्त्री समस्त अशुभों की जन्मदात्री है।

चाणक्य ने वेश्यालय को राज्य की एक महत्वूपर्ण संस्था बनाया था और उसके अध्यक्ष पद (गणिकाध्यक्ष) पर एक पूरा प्रकरण लिखा है। स्त्रियों के जिस्म को विषाक्त बना कर उन्हें विषकन्याओं के रूप में शत्रु के खिलाफ इस्तेमाल करने की उनकी राजनीति काफी प्रसिद्ध हुई है। ये गणिकाएँ या वेश्याएँ राजा के यहाँ बँधुआ मजदूर होती थीं और उन्हें अपने को मुक्त कराने के लिए 24 हजार पण राजा को अदा करने होते थे।

ऐसा नहीं है कि स्मृतियों की ये स्त्री-विरोधी व्यवस्थाएँ प्रथा-प्रचलन के विपरीत विचलन मात्र हैं। हमारा धार्मिक-पौराणिक साहित्य तथा दार्शनिक साहित्य भी इन्हीं मान्यताओं से भरा है। सारे साहित्य में पुत्रों की उपलब्धि का महिमागान हुआ है। देवासुर संग्राम दिति, अदिति तथा कद्रु के बीच पुत्रों की संख्या को ले कर पैदा हुए वैमनस्य के कारण हुआ। महाभारत का

सर्वनाश गांधारी और कुंती-माद्री के बीच पुत्रों की संख्या से उत्पन्न डाह के कारण हुआ। रामकथा भी पुत्रमोह की त्रासदी है। पुत्रों के प्रति इस अत्यधिक आसक्ति को देखते हुए ऐसा लगता है कि पुत्रियों को पैदा होते ही मार डालने की प्रथा उस समय भी रही होगी। सीता का खेत में पाया जाना और शकुंतला का कण्व ऋषि के आश्रम में परित्यक्त शिशु के रूप में पलना इसी बात का संकेत है। गर्भवती पत्नी को अकारण वनवास देनेवाले राम को मर्यादा पुरुषोत्तम कहना, द्रौपदी को जुए पर लगानेवाले युधिष्ठिर को धर्मराज की उपाधि देना, अहल्या के साथ बलात्कार करनेवाले को देवेन्द्र का मान देना और इंद्राणी के लिए सप्तऋषियों की यह व्यवस्था कि जो भी इंद्र के सिंहासन पर बैठे, इंद्राणी उसकी पत्नी बन कर रहे आदि उदाहरण बताते हैं कि हमारे यहाँ स्त्रियों को वस्तु के रूप में लिया गया, व्यक्ति के रूप में नहीं। उनका काम बच्चे जन्नमाना, उनकी देखभाल करना और पति, सास-ससुर की सेवा करना है, इसलिए न तो उन्हें शिक्षा की जरूरत है और न आर्थिक सुरक्षा की।

साहित्य शास्त्र में भी स्त्री की कल्पना व्यक्ति के रूप में नहीं, वस्तु के रूप में की गई। भरत मुनि के 'नाट्यशास्त्र' से आधुनिक काल के साहित्याचार्यों और अध्यापकों तक स्त्री को हमेशा प्रेम आदि भावों का आलंबन ही कहा गया, आश्रय हमेशा पुरुषों को कहा गया है। समाज के अवचेतन या अंतरतम में बसी स्मृतियों की स्त्री संबंधी धारणाओं के कारण ही ऐसा संभव हो सकता था। स्त्रियों के हाव-भाव और नखशिख वर्णन में और उसे पुरुष की भोग-वस्तु बनाने में कवियों तथा साहित्याचार्यों की इतनी शक्ति लगी कि स्त्री के मन में झाँकने और उसे समझने की उन्हें फुरसत ही नहीं मिली। संभवतः इसी कारण प्राचीन धार्मिक-पौराणिक तथा लौकिक साहित्य में स्वतंत्र एवं संपूर्ण व्यक्तित्ववाले नारी पात्र द्रौपदी को छोड़ कर देखने को नहीं मिलते। पुरुष द्वारा खींची गयी रेखा (लक्ष्मण रेखा) को पार करते ही स्त्री का व्यक्तित्व लोप हो जाता है और वह छाया या माया बन जाती है। यह प्रवृत्ति आधुनिक साहित्य में भी बदस्तूर जारी है।

जो समाज जितना पुराना होता है, उसमें कूड़ा-करकट भी उतना ही जमा होता है, विशेषकर जब उसमें झाड़-बुहार करनेवाले सुधार आंदोलन नहीं चलते। हमारा समाज दो-ढाई हजार साल से, विशेषकर स्मृति-युग से, जड़ ही रहा है। इसमें वर्ण व्यवस्था के खिलाफ छिटपुट आंदोलन तो चले, किंतु स्त्रियों की सामाजिक स्थिति में बदलाव लानेवाले आंदोलन नहीं रहे। यह परिवर्तन उन्नीसवीं शताब्दी के सुधार आंदोलनों से होने लगा। लेकिन सदियों की जड़ता इतनी गहरी थी कि डेढ़ सदी बीत जाने के बाद भी समाज में स्त्रियों की स्थिति में कोई विशेष परिवर्तन नहीं आया है।

उन्नीसवीं शताब्दी में ही सुधार आंदोलनों के खिलाफ जड़ता के तत्व एकजुट होने लगे थे। स्वामी दयानंद, ईश्वरचन्द्र विद्यासागर आदि के खिलाफ सुनियोजित आंदोलन चलानेवालों ने स्त्री शिक्षा, विधवा विवाह आदि सुधारों के विरुद्ध आवाज उठायी, जिसकी प्रतिध्वनि हमें कांग्रेस में तिलक गुट के गरम राष्ट्रवादी आंदोलन में सुनाई देती है। तिलक गुट के विघटन के बाद इस मुद्दे को राष्ट्रीय स्वयंसेवक संघ जैसे हिन्दूवादी संगठनों ने अपनाया और आर्य समाज का आंदोलन भी अपने जन्मदाता से विश्वासघात कर उसमें शामिल हो गया। आज, बीसवीं सदी के अंत के करीब, ये जड़तावादी तत्व इतने प्रबल हो गये हैं कि संविधान को नकार कर

पुरानी स्मृतियों की व्यवस्था को लागू करना चाहते हैं।

स्त्रियों के संबंध में हिंदू समाज की दृष्टि आज भी स्मृतियों की व्यवस्था से बनी है। पुरुषों की ही नहीं, स्त्रियों की भी। विवाह में कन्या दान को बहुत बड़ा पुण्य माना जाता है गोया लड़की दान में दी जानेवाली वस्तु हो। हमारे सभी विवाह राक्षस विवाह के अपभ्रंश हैं। दूल्हा योद्धा की तरह सज-धज कर दुल्हन के घर जाता है। कमर में तलवार, घोड़े पर सवार, ढोल-नगाड़े आदि युद्ध वाद्य और साथ में पैदल चलती उन्मत्त बरातियों की सेना। ये सारे साज राक्षस विवाह के हैं, जिसमें कन्या पक्ष को मार कर, उनका अंगच्छेदन कर, उनका घर-द्वार तोड़ कर बिलखती हुई कन्या के बलात अपहरण का विधान था। क्षत्रियों के लिए यह विवाह आदर्श विवाह माना जाता था। आज ब्राह्मण-बनिया से ले कर दलित-पिछड़े और मुसलमानों तक में बढ़-चढ़ कर अपने को क्षत्रिय बताने की होड़ होती है। लड़कियों के विवाह पर दहेज के रूप में आभूषण, पलंग, मेज-कुर्सियाँ आदि देने की सर्वप्रचलित प्रथा यह दिखाती है कि मनु महाराज की आभूषण, शय्या, आसन आदि की व्यवस्था लोगों में कितने गहरे धँसी है। स्मृतियों ने योनि शुचिता की कल्पना को इतनी हास्यास्पद सीमा तक खींचा कि लड़की के रजस्वला होने को भी पाप के रूप में देखा गया। इसीलिए लड़की को 8 से 10 वर्ष की आयु तक ब्याह देने का विधान किया गया। रजस्वला होने के बाद लड़की का ब्याह करनेवाले माता-पिता, भ्राता, मामा सबके लिए नरक वास की व्यवस्था हुई। योनि शुचिता की यह कुरूप धारणा आज भी समाज में विद्यमान है। सुहागरात की प्रथा इसी कुरूप मानसिकता का लक्षण है। कुछ तबकों में सुहागरात को बिस्तर पर सफेद चादर बिछाने का रिवाज है, ताकि सुबह ख़ून के धब्बों से पता लगाया जा सके कि लड़की अक्षतयोनि थी या नहीं। स्त्री के प्रति किये जानेवाले अधिकांश अत्याचार अक्षतयोनि की इस धारणा से जुड़े हैं।

आभूषण स्त्री के बंधन हैं। सोने-चाँदी के ही सही, उनका प्रयोजन स्त्रियों को बैलों और घोड़ों की तरह नाक में नकेल और मुँह में लगाम डाल कर वश में रखना है। स्त्रियों के लिए सोने-चाँदी की नथ ही नकेल है। हाथ, पाँव, नाक, कमर सब जगह कोई न कोई बंधन है और आश्चर्य यह कि इन बंधनों को स्त्रियाँ भी बेहद प्यार करती हैं। जितनी अधिक वे शिक्षित होती हैं, उतना ही अधिक उनमें गुलामी का प्यार बढ़ता जाता है। यहाँ तक कि विवाह उनके जीवन का परम लक्ष्य बन जाता है और उसके बाद वे अपनी सारी आकांक्षाओं पर विराम लगा देती हैं।

आज हिन्दू समाज में ऐसी लड़की मिलना कठिन है जो जन्म से ही हीनता ग्रंथि का शिकार न बनी हो। उसका जन्म वैसी खुशियाँ ले कर नहीं आता जैसी खुशियाँ लड़के के जन्म पर दिखाई देती हैं। तथाकथित भारतीय संस्कृति से ओतप्रोत घरों में तो लड़की के जन्म पर मातम का माहौल दिखाई पड़ता है। यदि वह संभ्रांत परिवारों में लोकप्रिय हो रही भ्रूण हत्या और कई दूसरे तबकों में प्रथा अथवा आर्थिक मजबूरी के कारण होनेवाली शिशु हत्या से बच जाती है, तो उसे भाइयों के मुकाबले में उपेक्षा भाव का एहसास होने लगता है। लड़का दुष्टता भी करता है, तो माँ-बाप उस पर खुश होते हैं और लड़की जरा ऊँची आवाज में भी बोलती है, तो उसे झिड़क दिया जाता है। यह सब इसलिए कि लड़की पराया धन है, उसे पराये घर जाना है। माँ-बाप दिन-रात इस चिंता में घुलते रहते हैं कि कब लड़की के हाथ पीले हों और कब वह

पराये घर जाये। गोया स्त्री जीवन की सार्थकता विवाह में ही है, किसी पुरुष की छत्र-छाया प्राप्त कर लेने में है। लड़की को पति मिल गया तो फिर उसे किसी चीज की जरूरत नहीं। पति-परमेश्वर पा लेने के बाद और क्या पाना रह जाता है !

इसके विपरीत आज ऐसे लड़के मिलना मुश्किल हैं, जो बचपन में बहनों के मुकाबले श्रेष्ठता बोध की ग्रंथि का शिकार नहीं हो जाते। माता-पिता और दूसरे सगे-संबंधियों का व्यवहार, सिनेमा-टेलीविजन के दृश्य, फिल्मों के भोंड़े गाने, उपभोक्ता वस्तुओं के विज्ञापन और चतुर्दिक व्याप्त पुरुष अहंकार का वातावरण उन्हें इस बात के लिए प्रेरित करता है कि वे न केवल अपने पुरुष होने का गर्व करें, बल्कि उस गर्व की अभिव्यक्ति में अपनी शान भी समझें। मूँछों का बढ़ता शौक इसकी अभिव्यक्ति है। पश्चिम की उपभोक्ता संस्कृति का पुरुष को भोक्ता माननेवाली भारतीय संस्कृति से ऐसा मेल बैठा है कि समृद्धि के साथ-साथ पुत्र लालसा बढ़ती जा रही है और कन्या-भ्रूण हत्याओं में वृद्धि हो रही है।

भारतीय संस्कृति का मामला सदियों की जड़ता के कारण बहुत उलझ गया है। स्मृतियों की व्यवस्था (जिसे वर्णाश्रम धर्म भी कहा जाता है) के बिना भारतीय संस्कृति की आज कल्पना करना मुश्किल हो गया है और स्मृतियों की व्यवस्था के चलते इस संस्कृति को स्वस्थ एवं मानवीय संस्कृति बनाना असंभव है। जिस भारतीय संस्कृति में अर्धनारीश्वर की कल्पना विकसित हुई थी, उसका आज कहीं नाम-निशान नहीं है। पत्नी प्रेम की संस्कृति का जो उदाहरण अवर्ण शिव ने अर्धनारीश्वर रूप ले कर प्रस्तुत किया था, वह संस्कृति सरस्वती की धारा की तरह कहीं भूमि-लीन हो गयी। उसके स्थान पर आयी एक नयी भारतीय संस्कृति, जिसने पत्नी को पति की दासी और चरणों की धूल बनाया। शिव अपनी पत्नी के शव को अनेक वर्षों तक कंधे पर उठाये पागलों की तरह भटकता रहा। लेकिन उसके बाद जो भगवान प्रतिष्ठित हुए, उन्होंने गर्भावस्था में पत्नी को घर से निकाल कर नये सांस्कृतिक मूल्य स्थापित किए।

अर्धनारीश्वर याने पुरुष में आधे गुण स्त्री के और स्त्री में आधे गुण पुरुष के आये। दूसरे शब्दों में स्त्री-पुरुष में समानता हो। यह आदर्श आज सारी दुनिया के लिए आकर्षण बिंदु बना है। फ्रांस के अस्तित्ववादी लेखक और दार्शनिक ज्याँ पाल सार्त्र ने भी स्त्री-पुरुष-संबंध की ठीक यही कल्पना रखी है। लेकिन जिस समाज में इस कल्पना ने जन्म लिया, वह समाज और उससे प्रभावित चीन-जापान के एशियाई समाज पुरुष अहंकार को प्रतिष्ठित करने में सबसे अधिक सक्रिय हैं। इन सब देशों में स्त्रियों को गुलामी से मुक्त करने के लिए जो प्रयास हुए हैं, उनके खिलाफ जबरदस्त 'बैकलेश' होने लगा है। जिस तरह दलित-शोषित समाज को अधिकार मिलने से सवर्ण समाज में 'बैकलेश' दिखाई देता है, उसी तरह स्त्रियों को अधिकार मिलने से पुरुष वर्ग में 'बैकलेश' हो रहा है।

क्या निकट भविष्य में स्त्रियों को इस गुलामी से मुक्ति मिलने की आशा है ? इस प्रश्न का उत्तर इस समय तो बहुत निराशाजनक ही है। इसका सबसे बड़ा कारण यह है कि स्त्रियाँ स्वयं गुलामी से मुक्त नहीं होना चाहतीं। अशिक्षा के कारण इतना नहीं, जितना सदियों की गुलामी के संस्कारों के कारण और उस गुलामी से प्यार हो जाने के कारण, जैसे बैल रस्सी और खूँटे से प्यार करने लगता है। लाख समझाने और शिक्षित होने पर भी वे गहनों का मोह नहीं छोड़ सकतीं जो उनकी गुलामी के प्रतीक हैं। माँग, सिंदूर, बिंदी और करवा चौथ जैसे अनुष्ठानों

के खिलाफ वे एक शब्द नहीं सुनना चाहतीं, हालाँकि जब पुरुषों के लिए यह सब जरूरी नहीं है, तो स्त्रियों के लिए क्यों जरूरी होना चाहिए ?

सदियों तक अत्याचार और क्रूरता सहनेवाले सामाजिक समूहों में ऐसा भय अवचेतन में संचित हो जाता है कि उस भय से मुक्ति के प्रयास भी उन्हें भयभीत करते हैं। तमिलनाडु में एक जाति है, जिसके लोग दिन के समय घर से बाहर नहीं निकलते थे, क्योंकि ऐसा माना जाता था कि उनके दर्शन मात्र से उच्च जातियाँ अपवित्र हो जाती थीं। जब इन लोगों को समझा-बुझा कर घरों से बाहर लाया गया तो देखा गया कि उनके जिस्म थर-थर काँपते रहे। दलित परिवारों में आज भी ऐसे स्त्री-पुरुष मिल जायेंगे जिन्हें चप्पल, जूता या सफेद-उजला कपड़ा पहन कर बाहर निकलने में डर लगता है। ठीक ऐसा ही भय हिंदू समाज के मध्य वर्ग की महिलाओं में व्याप्त है। पुरुष की गुलामी को उन्होंने धार्निक आदेश मान लिया है। सीता और सावित्री जैसे पौराणिक पात्रों और करवा चौथ, संतोषी माता आदि व्रतों से जुड़ी अनेक क्रूर धार्मिक दंतकथाओं ने उनकी गुलामी पर धार्मिकता की मुहर लगायी है। यदि महिलाओं में गुलामी के संस्कार इतने प्रबल न होते तो स्मृतियों की स्त्री विरोधी व्यवस्था का समर्थन करनेवाले हिंदूवादी राजनैतिक दलों को महिलाओं का एक भी वोट न मिलता।

प्रश्न उठता है कि पढ़ी-लिखी लड़कियाँ भी शादी के बाद इस गुलामी को चुपचाप कैसे स्वीकार कर लेती हैं ? वे विद्रोह क्यों नहीं कर पातीं ? मेरे विचार से इसका कारण है हमारे विवाह आदि के रस्मोरिवाज, जिनका सारा जोर औरत को पालतू बनाने पर होता है। विवाह के अवसर पर दुल्हन को इस तरह सजाया जाता है (असली या नकली गहनों से) कि दुल्हन को भी ये बेड़ियाँ सुंदर लगने लगती हैं। फिर शुरू होता है उसे घोड़े या बैल की तरह सिधाने का क्रम। परिवार और पास-पड़ोस की औरतें दुल्हन को घेर कर बुजुर्गों के पैर छूने, देवी-देवताओं, पेड़-पौधों के पूजा करने आदि पचासों कर्मकांडों के द्वारा उसे अपनी नियति को स्वीकार करने के लिए बाध्य करती हैं। रस्म के तौर पर ही उसे माता-पिता का उपनाम छोड़ कर पति, सास-ससुर का उपनाम दे दिया जाता है। महाराष्ट्र में तो उसका असली नाम भी बदल दिया जाता है, ताकि माता-पिता के घर से उसका नाम मात्र का संबंध भी न रहे।

इस समस्या का एक और पेचीदा और निराशाजनक पहलू यह है कि दलित और पिछड़े वर्ग जैसे-जैसे ऊपर उठ रहे हैं, उनमें उच्च जातियों के सड़े-गले मूल्यों के अनुकरण की प्रवृत्ति बढ़ रही है। समाजशास्त्र में इसे संस्कृतिकरण की प्रक्रिया कहा जाता है। इन वर्गों की महिलाओं में अपनी कर्मठता के कारण गुलामी की प्रवृत्ति इतनी मजबूत नहीं होती, किंतु उच्च जातियों के रहन-सहन और रस्मो-रिवाज की नकल से इन महिलाओं में भी वही मानसिकता तेजी से प्रवेश कर रही है।

कभी-कभी तो लगता है कि धर्म ही गुलामी की सबसे मजबूत कड़ी है। धर्म ने ही स्त्रियों और शूद्रों को सदियों तक गुलाम बनाये रखा और आज भी उनकी मुक्ति की सबसे बड़ी बाधा धर्म है। सच्ची-झूठी धार्मिक कथाओं ने महिलाओं के मन पर इतना जबरदस्त शिकंजा कसा है कि वे इन कथाओं से हट कर कुछ सुनने या सोचने के लिये तैयार ही नहीं होतीं। जो लोग धृति, क्षमा आदि नैतिक मूल्यों का हवाला दे कर धर्म के नाम से चलनेवाले सभी कार्य-कलाप का समर्थन करते हैं, वे लोगों की आँखों में धूल झोंकने का प्रयास करते हैं। नैतिकता के

अर्थवाले धर्म का पूजा-पाठ व्रत-उपवास, मंदिर-मस्जिद से कोई संबंध नहीं है। जब भाजपा जैसी हिंदूवादी पार्टियों के नेता राजनीति से धर्म को अलग करने के प्रस्ताव का विरोध करते हुए कहते हैं कि राजनीति से धर्म को नहीं, अधर्म को अलग किया जाना चाहिए, तो वे केवल मूर्खों को ही इस शाब्दिक कलाबाजी से प्रभावित कर सकते हैं। सोचने-समझनेवाले लोग जानते हैं कि धर्म की राजनीति करनेवालों का व्यवहार नैतिक अर्थवाले धर्म के दस लक्षणों के ठीक विपरीत रहा है। उनमें धृति (सहिष्णुता) के बजाय असहिष्णुता, क्षमा के बजाय प्रतिशोध, अस्तेय के बजाय गबन, शौच के बजाय अशौच, इंद्रिय निग्रह के बजाय भोगासक्ति, धीरता के बजाय अधीरता, संयम (दम) के बजाय असंयम, विद्या के बजाय कुविद्या, दान या अपरिग्रह के बजाय अवैध धन संचय और अक्रोध के बजाय विकराल क्रोध रहा है। इस व्यावहारिक अर्थ में (जिसकी अभिव्यक्ति धर्म की राजनीति करनेवालों का व्यवहार है) धर्म मानव विरोधी, समाज विरोधी और राष्ट्र विरोधी तत्व है और इससे मुक्ति पाये बिना समाज में कोई भी स्वस्थ परिवर्तन नहीं हो सकता।

मुझे लगता है कि अगली सदी की कार्यसूची का सबसे बड़ा मुद्दा इस धर्म के शिकंजे से स्त्री-शूद्र को आजाद कर सही मायनों में स्वतंत्र समतामूलक मानव समाज का निर्माण करना होगा।

फिलहाल स्त्रियों को सदियों की दासता से मुक्त करने का दायित्व साहित्यकारों, कलाकारों और सामाजिक-राजनैतिक कार्यकर्ताओं का है। साहित्य इसका जबरदस्त माध्यम है, क्योंकि साहित्य मानव के तमाम बंधनों को तोड़ने और उसे हर तरह की गुलामी, विषमता और वैर-विरोध से मुक्त करने के लिए लिखा जाता है। लेकिन दुर्भाग्य से हमारा साहित्य-चिंतन जड़ता का शिकार है। अब तक हमारे साहित्य में स्त्री का वस्तु के रूप में ही अधिकतर चित्रण हुआ है, व्यक्ति के रूप में नहीं। वह आलंबन ही रही, आश्रय नहीं बनी। आधुनिक काल में भी इस स्थिति में कोई विशेष अंतर नहीं आया। प्रसाद के महाकाव्य 'कामायनी' के नारी पात्र मनु की लालसाएँ मात्र हैं। मैथिलीशरण गुप्त की नारियाँ रोने-झींकनेवाली, पति के अत्याचार को चुपचाप सहनेवाली हैं। आधुनिक और प्रगतिशील कहे जानेवाले उपन्यासों में भी स्त्री का चित्रण अधिकांशतः भोगवस्तु के रूप में हुआ है। उसका संसार प्रेम-विवाह सेक्स और संतानोत्पत्ति तक सीमित है। सामाजिक शक्ति के रूप में नारी का चित्रण नहीं के बराबर हुआ है। इसका कारण रहा है कि साहित्य अधिकतर पुरुषों द्वारा लिखा गया और सदियों के सामाजिक व्यवहार ने उनके मन में यह भावना भरी थी कि स्त्री भोग्य पदार्थ है। इस स्थिति में परिवर्तन तब आयेगा जब प्रबुद्ध महिलाएँ बड़ी संख्या में साहित्य कला के क्षेत्र में उतरेंगी और वे समता के अपने मूलभूत अधिकार को 'एसर्ट' करने लगेंगी। नारी मुक्ति की मूल समस्या यह है कि सदियों तक स्त्रियों ने उन मूल्यों को अशिक्षा के कारण चुपचाप स्वीकार किया जिन्हें पुरुषों ने निर्धारित किया था। उन्होंने पुरुष-प्रधान समाज द्वारा निर्मित अच्छे-बुरे, सुंदर-असुंदर, पाप-पुण्य की धारणाओं को ही स्वीकार नहीं किया, खुद अपने को भी वैसा ही मान लिया जैसा पुरुष ने बताया। दूसरे शब्दों में, उन्होंने अपने आपको नहीं पहचाना और परिभाषित किया। यह काम साहित्य के माध्यम से रचनात्मक प्रतिभा की महिलाओं को करना होगा।

साहित्य की लड़ाई लंबी चलेगी। तात्कालिक लड़ाई सामाजिक और राजनैतिक कार्यकर्ताओं

को लड़नी होगी। आश्चर्य की बात है कि स्त्रियों की आजादी को किसी भी राजनैतिक पार्टी ने (डॉ. लोहिया की पार्टी को छोड़ कर, जो कुछ ही समय रही) अपने कार्यक्रम का मुद्दा नहीं बनाया, हालाँकि स्त्रियों का वोट 50 प्रतिशत होता है। इसका मतलब है कि सभी पार्टियाँ यथास्थितिवादी हैं और समाज में क्रांतिकारी परिवर्तन करने से डरती हैं। डॉ. लोहिया ने जो सप्त क्रांति का कार्यक्रम रखा, उसका पहला ही मुद्दा नर-नारी समता है। इस मुद्दे को उठाने का साहस उन लोगों में भी नहीं है, जो लोहिया का नाम ले कर राजनीति करते हैं।

पश्चिमी सभ्यता के देशों में भी, जहाँ नारी मुक्ति आंदोलन काफी शक्तिशाली रहे हैं, नारी मुक्ति को राजनैतिक मुद्दा बनाने में कई कठिनाइयों का सामना करना पड़ रहा है। अमेरिकी रिपब्लिकन पार्टी और ब्रिटेन की कंजर्वेटिव पार्टी जैसी रूढ़िवादी पार्टियों ने नारी मुक्ति आंदोलनों का विरोध किया है। यूरोप की मार्क्सवादी पार्टियाँ भी इसे वर्ग संघर्ष में बाधक मानती रही हैं। केवल समाजवादी रुझान की पार्टियों में ही इन आंदोलनों को कुछ जगह मिली है। किन्तु वहाँ भी आनेवाली राजनीति का सबसे बड़ा मुद्दा स्त्री-पुरुष समानता का बन रहा है।

क्या शूद्र भी हिन्दू हैं

धर्मवीर

हिंदू होने का एक मतलब यह निकलता है कि वह व्यक्ति मुसलमान, ईसाई, यहूदी या पारसी में से कोई नहीं है। पर क्या हिंदू होने का मतलब यह भी निकलता है कि वह व्यक्ति बौद्ध, जैन, या सिख में से भी कोई नहीं है ? आज की हिंदू विधि को ध्यान में रखते हुए इस प्रश्न का उत्तर 'हाँ' में नहीं दिया जा सकता।

फिर क्या हिंदू होने का मतलब गर्व की स्थिति भी है ? यदि यह गर्व की स्थिति है, तो यह हिंदुओं में से किसके लिए गर्व की स्थिति है ? कोई ब्राह्मण अपने जन्म पर ढोल बजा कर इतरा सकता है, पर क्या यह शूद्र के लिए भी गर्व की स्थिति है ? ब्राह्मण के पास धर्म और सम्मान हैं, क्षत्रिय के पास राजसत्ता और ऐश्वर्य हैं तथा वैश्य के पास धन और सेवक हैं। ये तीनों वर्ण खुद को गर्व से हिंदू कह सकते हैं, बल्कि उन्हें ऐसा कहना भी चाहिए। लेकिन दलितों के पास, जिनमें पुरानी परिभाषा के शूद्र, अन्त्यज और आटविक तथा संविधान की नयी परिभाषा की पिछड़ी जातियाँ, अनुसूचित जातियाँ तथा अनुसूचित जनजातियाँ सम्मिलित हैं, इनमें से क्या हैं ? वे लोग अपने आपको किस बात के लिए हिंदू होने का गर्व कर सकते हैं ? क्या वे इस बात के लिए गर्व करें कि उनकी बेटियों की इज्जत उनके गाँव में सुरक्षित नहीं हैं ? क्या वे इस बात के लिए गर्व कर सकते हैं कि जन्म के दिन से ही उनके पेट भूखे रहते आये हैं ? क्या उन्हें दूसरों के सामने खुद को ज्ञानी के स्थान पर मूर्ख कहलवाने में खुशी का अनुभव होना चाहिए ?

हिंदू चिन्तकों द्वारा 'हिंदू क्या है' का उत्तर नहीं दिया जाता, बल्कि 'हिंदू कौन है ?' यह कृत्रिम प्रश्न बना कर उसका उत्तर दिया जाया करता है। अधिवक्ता चंद्रनाथ झा ने अपनी पुस्तक 'हिंदू विधि' में हिंदू विधि का परिचय देते हुए 'माधव दिग्विजय' नाम की संस्कृत पुस्तक का यह श्लोक उद्धृत किया है :

> ओंकार मूलमन्त्राढ्यः पुनर्जन्मदृढाशयः।
> गोभक्तो भारतगुरुर्हिंदुर्हिंसनदूषकः।।

अर्थात (1) ओंकार को मूल मन्त्र माननेवाला व्यक्ति, (2) पुनर्जन्म में विश्वास करनेवाला व्यक्ति, (3) गाय पर भक्ति रखनेवाला, (4) भारत में जिसका प्रारंभ हुआ हो और (5) जो हिंसा को निंदनीय मानता हो, वह हिंदू है।' लेकिन व्यवहार में देखा जा सकता है कि शूद्र को इनमें से कई दृष्टियों से हिंदू नहीं कहा जा सकता। भारत के पुराने चार्वाक नास्तिक रहे हैं और

शूद्रों का कोई जिम्मेदार चिन्तक पुनर्जन्म के सिद्धान्त में कभी विश्वास नहीं कर सकता। इससे आगे यदि गोवध से पाबंदी हट जाये, तो अधिकांश पुरानी अस्पृश्य जातियाँ गोमांस खाने से परहेज नहीं करेंगी। भारत में जन्म लेने की दृष्टि से मिशन के रूप में हिंदू धर्म ही छोटा पड़ता है, क्योंकि यह गैर-हिंदू को हिंदू बनने का आकर्षण नहीं देता। लेकिन शूद्रों की बहेलिया और मछेरा जातियों को क्या इस परिभाषा की अहिंसक जातियाँ कहा जा सकता है ? कसाई के पेशेवाले लोग तो हिंदू धर्म की इस परिभाषा से बाहर हो ही जाते हैं।

'कल्याण' के 'हिंदू संस्कृति अंक' में दी गयी आधुनिक हिंदू आचार्य विनोबा भावे की परिभाषा इस प्रकार है :

यो वर्णाश्रमनिष्ठावान्, गोभक्तः श्रुतिमातृकः।
मूर्तिं च नावजानाति, सर्वधर्मसमादरः।।
उत्प्रेक्षते पुनर्जन्म, तस्मान्मोक्षणमीहते।
भूतानुकूल्यं भजते, स वै हिन्दुरिति स्मृतः।।
हिंसया दूयते चित्तं, तत्सः हिंदुरितीरितः।।

अर्थात 'जो वर्णों और आश्रमों की व्यवस्था में निष्ठा रखनेवाला, गो सेवक, श्रुतियों को माता की भाँति पूज्य माननेवाला तथा सब धर्मों का आदर करनेवाला है, देवमूर्ति की जो अवज्ञा नहीं करता, पुनर्जन्म को मानता और उससे मुक्त होने की चेष्टा करता है तथा जो सदा सब जीवों के अनुकूल बरताव को अपनाता है, वही 'हिंदू' माना गया है। हिंसा से उसका चित्त दुःखी होता है, इसलिए उसे 'हिंदू' कहा गया है।' आखिर आचार्य विनोबा भावे को हिंदू की यह परिभाषा देने से पहले यह भी देख लेना चाहिए था कि शास्त्रों में शूद्र के लिए गृहस्थाश्रम के सिवाय किसी दूसरी, तीसरी या चौथी आश्रम व्यवस्था का विधान नहीं है। हिंदुस्तान का चांडाल श्रुतियों को माता की तरह तो तब पूजे जब उसे उन्हें देखने का और पढ़ने का अवसर सुलभ हो। देवमूर्ति की पूजा-अर्चना का अधिकार मिले तो शूद्र से उसमें चूक और अवज्ञा भी हो सकती है, लेकिन यहाँ यह प्रश्न ही नहीं बनता फिर जब शूद्र के लिए संन्यास धारण करने का अधिकार नहीं है, तो वह मोक्ष की प्राप्ति की भी कैसे सोच सकता है ?

हिन्दू होने का मतलब कई दृष्टियों से निकल सकता है। इनमें से प्रमुख दृष्टियाँ इस प्रकार हैं :

(1) सामाजिक संस्कारों की दृष्टि से कोई क्या है ?
(2) पेशे की दृष्टि से कोई क्या है ?
(3) भाषा की दृष्टि से कोई क्या है ?
(4) पूजा-पद्धति की दृष्टि से कोई क्या है ?

सामाजिक संस्कारों की दृष्टि से 23 सौ वर्ष पुराने भारत के ग्रीक यात्री मेनस्थनीज ने अपनी गवाही दी है कि 'इस देश की रीति के अनुसार अंतर्जातीय विवाह निषिद्ध है। उदाहरणार्थ कृषक शिल्पी जाति की किसी स्त्री से विवाह नहीं कर सकता।' बाद में सातवीं शताब्दी ईस्वी के चीनी यात्री ह्वेनसांग का कथन है कि इस देश में 'विभिन्न जातियों में विवाह नहीं होता।' इन्हीं सामाजिक संस्कारों की भिन्नता के लिए डॉ॰ पी॰ वी॰ काणे ने अपनी पुस्तक 'धर्मशास्त्र का इतिहास' के प्रथम भाग में लिखा है, 'विवाह-विच्छेद की बात धर्मशास्त्रों एवं हिंदू समाज में लगभग दो सहस्र वर्षों से अनसुनी-सी रही है। हाँ, परंपरा के अनुसार यह बात

नीची जातियों में प्रचलित रही है। कहा जा सकता है कि द्विजों में और गैर-द्विजों में यह अंतर आज तक बरकरार है।'

हिंदू समाज के लोग आपस में कितने घुले-मिले और एकजुट रहे हैं, इस बारे में मेगस्थनीज ने लिखा है, 'वे (भारतीय) सदा ही अकेले आहार करते हैं। सहभोज के लिए कोई निर्दिष्ट समय नहीं है।' ऐसी स्थिति में सोचा जा सकता है कि हिंदुओं में कभी सामाजिक समरसता का भाव पैदा नहीं हो सकता। एक तरह से कहा जा सकता है कि हिंदुओं में शूद्र को ले कर भाईचारे की भावना जन्म नहीं लेती। ऐसा लगता है कि सारे द्विजजन शूद्र समाज से बहुत गहरी खार खाये बैठे हैं।

पेशों की दृष्टि से मेगस्थनीज ने गवाही दी है, 'प्रथानुसार किसी मनुष्य को दो प्रकार की वृत्तियाँ करना मना है। कोई एक जाति दूसरी जाति में प्रवेश नहीं कर सकती। यथा यदि कोई पशुपालक है तो कृषक नहीं बन सकता।' इसी प्रसंग में ह्वेनसांग ने लिखा है, 'चारों वर्णों में जाति की शुद्धता अथवा अशुद्धता से अपना-अपना स्थान निश्चित होता है।'

हिंदू से इतर समाजों की बात ली जा सकती है। कोई भी समाज बिना सामाजिक पेशों के नहीं रह सकता। कम से कम जूते बनानेवाले पेशे के लोग हर समाज में रहे हैं। कहा जा सकता है कि प्रत्येक धार्मिक समाज को अपने-अपने चर्मयुगों से गुजरना पड़ा है। चर्म उद्योग के बिना आदिम समाज आज आगे ही नहीं बढ़ सकते थे। चमड़े के पहले पशु का मांस खाया गया है जो आर्थिक दृष्टि से एक लाभ की चीज रही है। चमड़े से जूतियाँ बनी हैं, जिसने मनुष्य के पैरों को गर्मी-सर्दी से बचा कर उसे ज्यादा सुरक्षा और गति प्रदान की है। चमड़े के बोके बना कर कृषि भूमि के लिए पानी उलीचा गया है और चमड़े से कुएँ में डाले जानेवाले डोल बनाये गये हैं। युद्ध में काम आनेवाली चमड़े की ढाल और वस्त्र भी बने हैं। चमड़ की ताँत से छाज (सूप) बनाये गये हैं। यहाँ तक हुआ है कि सभ्यता के एक दौर में चमड़े के सिक्के भी चले हैं। लेकिन यह केवल हिंदू समाज व्यवस्था की ही बदसलूकी रही है कि चमड़े का काम करनेवाला व्यक्ति सदा चमड़े का ही काम करेगा। चाहे समाज में अलाभकारी हो जाने पर या कालांतर में आवश्यक न रहने के कारण चर्म उद्योग नष्ट हो जाये, लेकिन किसी व्यक्ति के पूर्वज उस उद्योग से जुड़े रहे हैं, तो वह हिंदू समाज में आज भी चमार ही कहलायेगा। किसी नये शिल्प के अस्तित्व की आवश्यकता महसूस होने पर भी वह व्यक्ति उसे पकड़ कर चमारपन से हटा हुआ नहीं माना जाता। फिर अगला सवाल यह बनता है कि द्विज समाज ने चर्म उद्योग के काम से सामाजिक हीनता का भाव क्यों जोड़ रखा है ?

द्विज और शूद्र में भाषा की दृष्टि से कितना अलगाव है, यह गौतम स्मृति (12/1) से देखा जा सकता है। उसमें लिखा है :

वेदमुपश्रण्वतस्त्रपुजतुभ्यां श्रोत्रप्रति–
पूरणमुच्चारणे जिह्वाछेदो धारणे शरीरभेदः।

अर्थात 'वेद को सुननेवाले शूद्र के लिए उसके कानों को रांग और लाख से भरना, उच्चारण करने पर जिह्वाछेदन और धारण करने पर शरीरभेदन दण्ड है।' सोचा जा सकता है कि स्मृतियों के ऐसे कठोर आदेशों के रहते क्या ब्राह्मण और शूद्र की भाषा कभी एक रह सकी होगी ? इसी कारण संस्कृत जाननेवाले द्विजों ने भारत की लोक भाषाओं को हमेशा हेय

दृष्टि से देखा है। ब्राह्मणों ने शूद्रों की भाषाओं को कभी राजभाषा नहीं बनने दिया था।

जहाँ तक पूजा-पद्धति के अंतर की बात है, आज भी 'श्री वर्णाश्रम स्वराज्य संघ' नाम की द्विजों की संस्था द्वारा प्रेषित लेख 'अन्त्यजों के लिए मंदिर प्रवेश निषेध क्यों' में शास्त्र का हवाला दे कर लिखा गया है, 'वेद बतलाते हैं कि हमारा जन्म पूर्वजन्मों के कर्मों से निश्चित होता है। जो अच्छे कर्म करते हैं, वे ब्राह्मण-क्षत्रियादि वर्णों में उत्पन्न होते हैं और जो बुरे कर्म करते हैं, वे चाण्डालादि योनियों को प्राप्त होते हैं। कोई मनुष्य जब पाप करता है तब उससे उसका शरीर अशुचि हो जाता है और अशुचिता दूसरे जन्म में भी उसके साथ चलती है। इसीलिए ऐसे पुरुष का मंदिर में प्रवेश निषिद्ध है।' ऐसी दशा में धार्मिक दृष्टि से एक अन्त्यज के हिंदू होने का मतलब ही क्या रह जाता है ?

हिंदू एक धर्म भी है और एक समाज भी है। असल में, यह भी सच नहीं कि हिंदू एक धर्म है। सच यह है कि हिंदू धर्म कई धर्मों का इकट्ठा नाम है जो एक-दूसरे के लिए कभी जमा और कभी घटा बन जाते हैं। ऐसे ही हिंदू एक समाज नहीं है, बल्कि जातियों के रूप में कई समाजों से कभी गुणा और कभी एक-दूसरे की काट करता हुआ भाग बन जाता है। सच बात है कि हिंदू समाज में वर्ण संकरता और कर्म संकरता को हमेशा जबरन रोका गया है।

लेकिन हिंदू धर्म में शूद्रों की स्थिति पर जिम्मेदारी से बोलने का अधिकारी कौन हो सकता है ? एक बात सच है कि जो इस प्रक्रिया से जुड़े नहीं हैं, उन्हें इस बारे में एक भी शब्द नहीं बोलना चाहिए। इस विषय में या तो उन्हें ही बोलने का अधिकार है जिन्होंने शूद्र बनाये हैं या उन्हें बोलना चाहिए जो भुक्तभोगी बन कर खुद शूद्र हैं। इन दोनों के बीच में उदारवादी और समाज सुधारक पड़ते हैं जो न इधर के हैं और न उधर के।

बहस की दृष्टि से डॉ॰ आम्बेडकर में और कट्टरपंथी सनातनियों में कोई अंतर नहीं है। ये दोनों हिंदू शास्त्रों को सही-सही पढ़ते हैं और उनकी ठीक-ठीक व्याख्या करते हैं। ये शास्त्रों के किसी अंश को न प्रक्षिप्त कहते हैं और न उसकी तोड़-मरोड़ कर गलत व्याख्या करते हैं। लेकिन मन्तव्य अलग-अलग हैं और व्याख्याएँ एक हैं। इन दोनों में से किसी को भी झूठ बोलने की या कुछ छिपाने की आवश्यकता नहीं है। डॉ॰ आम्बेडकर कहते हैं कि हिंदू शास्त्रों में जाति भेद और छुआछूत का विधान है और जन्म-जात है। सिद्धांत में डॉ॰ आम्बेडकर की लड़ाई उदारवादियों से है और व्यवहार में कट्टरपंथियों से। जब डॉ॰ आम्बेडकर कट्टरपंथियों से लड़ते हैं तो व्यवहार में उदारवादी डॉ॰ आम्बेडकर के साथ होना जताते हैं। यह दूसरी बात है कि ऐसे समय डॉ॰ आम्बेडकर के सामने उदारवादियों की कथनी और करनी के अंतर की बड़ी खाई का झाँसा उठ खड़ा होता है। लेकिन जब डॉ॰ आम्बेडकर सिद्धांत में उदारवादियों से लड़ते हैं, तो कट्टरपंथी लोग डॉ॰ आम्बेडकर का साथ देते हैं और पक्का साथ देते हैं। कट्टरपंथी लोग जाति को जन्मना सिद्ध करने के लिए और अस्पृश्यता के बचाव में इस संविधान के युग में भी बाकायदा खुले लेख और किताबें लिखते हैं, लेकिन उदारवादी लोग जाति को कर्मणा सिद्ध करने और शास्त्रों में अस्पृश्यता को असिद्ध करने के झूठ में लगे रहते हैं। वास्तव में हिंदू शास्त्रों को पढ़ने और उनकी व्याख्या करने में कट्टरपंथी नाम को भी झूठे नहीं हैं, लेकिन उदारवादी कथनी और करनी के अंतर को जन्म देते हुए सामने आते हैं। उदारवादियों के इस पाखंड का सीधा अर्थ यह होता है कि शूद्रों से उनकी लड़ाई का नेतृत्व भी छीन लिया जाता है।

सीधी-सी बात है कि हिंदू धर्म में व्यक्ति की इच्छानुसार उसका वर्ण-परिवर्तन संभव नहीं है। पौराणिक काल में एक विश्वामित्र को ब्रह्मर्षि का पद प्राप्त करने के लिए जीवन भर संघर्ष करने के बाद भी सफलता नहीं मिल सकी थी। यदि किसी को वर्ण परिवर्तन की चाह है, तो उसे इस जन्म में तो मरना ही पड़ेगा। केवल अगले जन्म की भूलभुलैया में ही नये वर्ण की संभावना बनती है, चाहे वह विश्वामित्र हो या कोई शम्बूक हो या कोई एकलव्य। वस्तुतः इसी जन्म में वर्ण परिवर्तन संभव होता तो इसके लिए हिंदू धर्म में वर्ण परिवर्तन के प्रमाणपत्र जारी करनेवाली कोई संस्था होनी चाहिए थी। लेकिन ऐसे प्रमाणपत्र बाँटनेवाली किसी संस्था का इतिहास में कहीं पता नहीं चलता। हिंदू समाज में ब्राह्मण वर्ण को सर्वोपरि माना गया है। धार्मिक अधिकार की दृष्टि से वही यह निर्णय कर सकता था कि किस व्यक्ति का क्या वर्ण है। लेकिन क्या उसने कभी भी वर्ण-परिवर्तन के प्रमाणपत्र वितरित किये हैं ? यदि ऐसा कोई फॉर्म था, तो उसके कॉलम क्या-क्या थे ?

असल में हिंदू शास्त्रों ने शूद्र के विरोध की कोई सीमा नहीं छोड़ रखी है। यदि कोई सीमा बची भी थी, तो हिंदू समाज के व्यवहार ने उसे भी तोड़ दिया है। इस कथन के समर्थन में इस छापे के युग में पुस्तकों के 'दलित उत्पीड़न विशेषांक' निकल रहे हैं और संसद में रखे गये सरकारी जाँचों के वार्षिक प्रतिवेदन अवलोकन के लिए उपलब्ध हैं। द्विज समाज गैर-द्विजों के साथ कैसी-कैसी क्रूरताएँ बरतता है, इसका वर्णन समाचारपत्रों में आये दिन आता रहता है। इस क्रूरता की परंपरा पुरानी और गहरी है। शहरों की झुग्गी-झोंपड़ियों और गाँवों की धानों की कतारों में हर वर्ष लगायी जानेवाली नियमित आग को पुराने इंद्र द्वारा सौ पुरियों को जलाने की परंपरा और आवृत्ति कहा जा सकता है। शक्तिशाली वर्गों के लिए यह होली और दीवाली मनाने जैसा त्यौहार होता है। गरीबों के खेत-खलिहान फूँकने की यह रस्म वे पूरी करते ही हैं। इसे कुछ भी नाम दिया जाये, पर वास्तव में अग्निदेव के निमित्त खड़ी फसल को स्वाहा करता हुआ यह एक लम्बा वैदिक यज्ञ चल रहा है। डॉ॰ आम्बेडकर और कट्टरपंथियों में अंतर इसी बात को ले कर बनता है कि डॉ॰ आम्बेडकर यह कहते हैं कि अग्निदेव की संतुष्टि के लिए दलितों को दी जानेवाली यह आहुति रुकनी चाहिए, लेकिन कट्टरपंथी इसके लिए तैयार नहीं हैं। उनके सिद्धांत 'वैदिकी हिंसा हिंसा न भवति' के अनुसार इसमें कुछ भी बुराई नहीं है और उदारवादी—वे तो आँखें मींच कर एक समय में यह भी कह सकते हैं कि इस देश में ऐसा कोई यज्ञ नहीं चल रहा है या हम जिम्मेदारी लेते हैं कि ऐसा यज्ञ चलानेवालों को हम जबानी मना कर देंगे। दुख की बात यह है कि जब शूद्रों को उनकी गरीबी के कारण कुछ मिलने की बात आगे आती है, तो द्विज समाज का यह उदारवादी वर्ग शूद्रों को गरीबी की परिभाषा में भी नहीं आने देता। तब यह उदारवादी वर्ग खुद संसार का सबसे बड़ा गरीब बन जाता है और आर्थिक आधार पर अपने लिए आरक्षण की माँग कर बैठता है।

यह बात सच्ची है कि वर्तमान समय में इस देश में शूद्र को ले कर कई अच्छे परिवर्तन हुए हैं। लेकिन संविधान के मौलिक अधिकारवाले अध्याय के अनुच्छेद 17 में यह लिखा जाना हिंदुओं के शास्त्रों के लिए सम्मान का द्योतक नहीं है कि 'अस्पृश्यता का अन्त किया जाता है और उसका किसी भी रूप में आचरण निषिद्ध किया जाता है।' 1956 के वर्ष में संसद द्वारा सिविल अधिकार संरक्षण अधिनियम, 1956 का पारित होना भी हिंदुओं के लिए गर्व की चीज

नहीं थी। 1989 में अनुसूचित जाति एवं अनुसूचित जनजाति (अत्याचार निवारण) अधिनियम 1989 को पारित करने में भी देश की संसद पर कम जोर नहीं पड़ा है। फिर अनुसूचित जातियों और अनुसूचित जनजातियों के लिए केन्द्रीय संसद और प्रान्तीय विधान मंडलों में राजनैतिक आरक्षण दिये जाने में हिंदुओं के धर्मशास्त्र महान सिद्ध नहीं हो गये हैं। इन्हीं जातियों के लिए लोक सेवाओं में आरक्षण लागू न करने में हिंदुओं की लोक सेवा का मस्तक गर्व से ऊँचा नहीं हो सकता। और भी, मंडल आयोग की कुछ सिफारिशों के लागू होने पर देश में मची लम्बी हाय-हू से द्विजों के प्रति पिछड़ी जातियों के विश्वास में बढ़ोत्तरी नहीं हो गयी है।

सवाल यह है कि इन सब सुधारों और परिवर्तनों का श्रेय किसे जाता है ? इन परिवर्तनों की वजह से किसी भी हिंदू धर्मशास्त्र में कोई बदलाव नहीं आया है। मनुस्मृति ज्यों की त्यों है और ऋग्वेद में से पुरुष सूक्त हट नहीं गया है। ये परिवर्तन केवल राजनैतिक और प्रशासनिक स्तर के हैं, जिनके लिए मजबूरी में वर्णाश्रम स्वराज्य संघ ने भी लिखा है कि 'सनातनियों को इसमें कोई आपत्ति नहीं है।' इस 'अन-आपत्ति' शब्द के प्रयोग से ही पता चल जाता है कि यह उनकी चाहत की चीज नहीं है। यह परिवर्तन हिंदू धर्मग्रन्थों के गर्भ से निकल कर नहीं आया है। इन ग्रन्थों ने एक आपद्धर्म के अलावा कोई ऐसा गर्भ धारण नहीं कर रखा था, जिसके लिए वे सत्ता प्राप्त कर लेने के बाद वैदिक रीति से प्रायश्चित्त कर लेंगे। इसलिए इसका श्रेय भारत की पूरी संसद को जाता है, जिसमें मुसलमान और ईसाई भी सम्मिलित हैं। केवल द्विजों की बनायी गयी कोई धर्म संसद ऐसे कानून पास नहीं कर सकती थी। किसी भी हालत में 15 प्रतिशत द्विज हिंदू के रूप में यह श्रेय लेने के अधिकारी कतई नहीं हैं। संसद भारत का सामूहिक मन है, जिसे यह श्रेय जाता है। लेकिन हिंदू स्वामी करपात्री जी अपनी पुस्तक 'मार्क्सवाद और रामराज्य' में इस संसद का मजाक उड़ाते हुए लिखते हैं कि 'आज के लोकतंत्र-शासन का आधार मुंड-गणना है।' वे आगे लोकसभा और विधान सभाओं को निरर्थक बताते हुए लिखते हैं कि 'आजकल एक सबसे बड़ा विभाग व्यवस्थापन अर्थात कानून बनाने का है, जिसके लिए धारासभाओं का निर्वाचन होता है। परन्तु अपने यहाँ तो इसकी आवश्यकता ही नहीं। केवल विशिष्ट विद्वानों की एक निर्णेत्री परिषद होनी चाहिए जो मनु, याज्ञवल्क्य, बृहस्पति, नारद, अंगिरा, पराशर आदि के मतानुसार ठीक-ठीक व्यवस्था दे सके।'

असल सवाल 'हिन्दू होने का मतलब' का नहीं, बल्कि हिन्दुओं में 'शूद्र होने का मतलब' या 'अछूत होने का मतलब' का है। कोई हिंदू हो सकता है, लेकिन वह हिंदुओं में शूद्र या अछूत नहीं होना चाहेगा। अछूत होना भयावह है —और यह कितना भयावह है, इसे एक अछूत ही समझ सकता है। शूद्र होने का मतलब मनुष्य की गरदन पर सिर न होना है और अछूत होने का मतलब मनुष्य के शरीर में साँस का न होना है। अन्त्यज पैदा हो कर भगवान के मनुष्य हिंदू समाज में श्मशान के रूप में वीरान लगते हैं।

दरअसल, शूद्र के बारे में कुछ कहने से पहले खुद शूद्र से ही पूछा जाना चाहिए कि इस मामले में उसकी मंशा क्या है। शूद्र को अधिकार मिलना चाहिए कि वह अपनी बात खुद कहे। वह अपने खिलाफ हिंदुओं के धर्मग्रन्थों में लिखे गये संस्कृत के श्लोकों को क्यों बार-बार उद्धृत करता रहे ? उसे हिंदुओं की समाज व्यवस्था का चौथा वर्ण कहने से पहले उससे पूछा जाना चाहिए कि वह शूद्र रहना चाहता भी है या नहीं। उसे यहाँ तक विकल्प दिया जाना चाहिए कि

यह उसकी चाह पर निर्भर रहे कि वह हिंदू रहे या न रहे। आखिर उसे यह पूछने का मौका दिया जाना चाहिए कि इस हिंदू धर्म ने उसे मुसलमान बनने या ईसाई होने की तुलना में क्या खास दिया है ? यह हिंदू धर्म खुद उसका अपमान करता है और अन्य धर्मियों से उसके सम्मान की कोई रक्षा नहीं करता। ऐसी स्थिति में कोई शूद्र हिंदू क्यों रहना चाहेगा ? किसी भी सम्मान से जीनेवाले व्यक्ति का अपने धर्म और समाज से यही प्रश्न होगा। डॉ॰ आम्बेडकर की यही समस्या थी। वे अपने आपको हिंदू नहीं कहते थे। उन्होंने बौद्ध धर्म स्वीकार कर यह सिद्ध भी कर दिया था कि वे हिंदू नहीं थे।

यह बात पक्की है कि डॉ॰ आम्बेडकर खुद को जलालत की हालत में नहीं रख सकते थे। लेकिन उनका बौद्ध धर्म ग्रहण करना उनकी रणनीति का एक हिस्सा था। फिर यह भी नहीं माना जा सकता कि डॉ॰ आम्बेडकर का महान चिन्तन 1956 में बौद्ध धर्म ग्रहण करने के साथ शान्त हो गया है। यह डॉ॰ आम्बेडकर द्वारा शुरू किये गये दलितों के चिन्तन का एक पड़ाव भर था कि उन्होंने अच्छा समझ कर बौद्ध धर्म अख्तियार कर खुद को अहिंदू के खेमे में कर लिया था। वास्तव में दलितों में डॉ॰ आम्बेडकर का यह चिन्तन अभी जारी है। डॉ॰ आम्बेडकर के भावी बालक अपने इस महान पूर्वज के लिए नया घर बना सकते हैं। इस बात की पूरी-पूरी संभावना है कि जब डॉ॰ आम्बेडकर के बालक अपना नया घर बना लेंगे तब वे डॉ॰ आम्बेडकर को बौद्धों के विहार से आदरपूर्वक वापस बुला लायेंगे। तब वे डॉ॰ आम्बेडकर को न हिंदुओं की जलालत में रहने देंगे और न वर्तमान समय के अहिंदुओं की लापरवाही में। ऐसी स्थिति में डॉ॰ आम्बेडकर अपने ही घर में प्रतिष्ठित हो जायेंगे।

वास्तव में शूद्र का हिंदू धर्म की बुराइयों से छुटकारा तभी हो सकता है जब शूद्र कहेगा कि उसका हिंदू धर्म से कोई वास्ता नहीं है। जिस दिन वह अपने चिन्तन में हिंदू धर्म की बुराई करना छोड़ देगा और हिंदू समाज को कोसना छोड़ देगा, उसी दिन वह इनके जंजालों से मुक्त हो जायेगा। इस समाधान में शूद्र का हिंदू धर्म से कोई सरोकार नहीं रह जाना चाहिए, जैसे उसका इस्लाम से या ईसाइयत से कोई सरोकार नहीं है। शूद्र लोकतांत्रिक राज्य व्यवस्था में हिंदुओं की राजनीति से तालमेल रख सकता है, वह आर्थिक क्षेत्र में हिंदुओं के साथ सहयोग कर सकता है और सामाजिक संस्कारों में विवाह के अवसर पर सप्तपदी चलने की नकल कर सकता है, लेकिन धर्म की दृष्टि से वह हिंदू शास्त्रों का हिस्सा नहीं है। यदि वह हिंदू धर्म का कोई हिस्सा है, तो इसी रूप में हो सकता है जिस रूप में बलि का बकरा और खेत का बैल हिंदू धर्म के अंग हैं। उसका धर्म बिलकुल अलग धर्म है, जिसे दलित सन्तों ने 'न्यारा' धर्म कह कर गाया है। मध्य काल में कबीर ने कहा भी था–'हिंदू कहूँ तो हूँ नहीं, मुसलमान भी गारी'। किसी भी स्थिति में उसके लिए हिंदू होने का मतलब शूद्र, चाण्डाल, अन्त्यज और अछूत होना नहीं हो सकता। अन्त में सार की बात यही है कि जब तक शूद्रजन द्विजों के हिंदू धर्म से जुड़े रहेंगे, उनका अपमान करते हुए आगे के करपात्री भी अपनी किताबों में घमण्डी बन कर लिखते ही रहेंगे, 'कर्मों के अनुसार जैसे हिरणी से हरिण उत्पन्न होते हैं, वैसे ही ब्राह्मण-ब्राह्मणी से ब्राह्मण उत्पन्न होता है।' ऐसी हालत में आगे का कोई भी करपात्री अपनी किताबों में यह लिखे बिना नहीं मानेगा कि 'नाई, धोबी आदि अपना काम करें, जिसके बदले में उन्हें अन्न मिले···और जिसका जो परंपरागत व्यवसाय है, उसे वही करना चाहिए।'

नये हिन्दुत्व के दुःख और सुख

अलका सरावगी

कनक मौसी के चेहरे से आत्मविश्वास की दमक का साल-दर-साल घटते जाना उनके प्रति सहानुभूति से अधिक उसके कारणों को जानने की ओछी-सी उत्सुकता जगाता है। यह सुन कर तो हैरत का अंत नहीं रहता—'आजकल हमारी 'किटी पार्टी' में हम लोग भजन-कीर्तन का प्रोग्राम रखते हैं···कभी आना।' बरसों पहले उनकी एक पार्टी में परत-दर-परत 'मेकअप' से लदी स्लीवलेस ब्लाउजवाली ताश पीटती औरतें आँखों के सामने घूम जाती हैं···

जैन जी के बायें हाथ में अंगूठियों की संख्या बढ़ कर चार हो गयी है—'जबसे मैंने ये दोनों अंगूठियाँ पहनी हैं, सचमुच मेरे दिनमान बदल गये हैं···यहाँ तक कि 'पाइल्स' से खून गिरना भी बंद है। उस तांत्रिक ने कहा है कि अब मुझ पर पीछे से भी कोई वार नहीं कर सकेगा। सामने से वार करने की हिम्मत तो पहले ही किसी में नहीं थी।' जैन जी की उम्र पैंतीस के लगभग है।

एक नजदीक के रिश्तेदार ने अभी कुछ दिन पहले बहुत आग्रहपूर्वक 'रानी सती दादी' के कीर्तन में बुलाया था। पाँच-सात हजार रुपये का खर्च किया गया था, जिसमें काली गंजी पहन कर अंग्रेजी स्टाइल में 'बैंजो' बजानेवाला छोकरा, ध्वनि को गुँजानेवाले 'इको'वाला बढ़िया माइक और फिल्मी गीतों की धुन पर बने भजनों पर श्रद्धा भाव से झूमते हर उम्र के स्त्री-पुरुष मौजूद थे।

आसपास की इन घटनाओं के संदर्भ में मैं अपने को देखती हूँ, तो पाती हूँ कि एक लगभग पूजा-पाठ-अंधविश्वासहीन बचपन, स्कूल-कॉलेज की शिक्षा से प्रभावित सहज रूप से संशयशील तार्किक दिमाग एवं हिन्दुत्व के प्रति एक मिश्रित राग-द्वेष—जिसका मूल कारण वर्ण व्यवस्था है—के बावजूद मैं अपने को बहुत धार्मिक व्यक्ति मानती हूँ। पिछले दो वर्षों में मैंने अपने हिन्दू होने को या धर्म को अपने जीवन का एक जरूरी आधार पाया है। एक तरह से यह भी कहा जा सकता है कि चारों ओर बढ़ते हिन्दुत्व के साथ-साथ ही—उसके कारणों से शायद बिलकुल असंपृक्त—अपनी निजी जीवन यात्रा में मनुष्य की व्याकुलता और उद्वेलन को कम करने एवं शान्ति और आनन्द के अर्थ की खोज में एक मार्ग के रूप में 'धर्म' का निरीक्षण करने का मेरा हिन्दुत्व भी बहुत बढ़ा है। 'रघुवीर सहाय और यथार्थ' जैसे विषय पर शोध करते-करते—जो धर्म-ग्रन्थों से कोई तारतम्य नहीं रखता—इन दो वर्षों में मैंने गीता, उपनिषद,

बौद्ध साहित्य की ओर अनायास ही अपने को बहुत खिंचते पाया है। शायद यह खिंचाव वही है, जिसे वी. एस. नायपाल पुरानी सभ्यताओं के लोगों के जीवन की 'समानान्तर आकांक्षाएँ' (ए सेकंड स्कीम ऑफ एंबीशन्स) कहते हैं।

सवाल उठता है कि क्या यही 'समानान्तर आकांक्षा' एक बड़े पैमाने पर चारों ओर जाग रही है ? क्या फिर आदमी सारी भाग-दौड़ और हाय-हाय से थक कर धर्म की शरण में जाने की सोच रहा है ? चारों ओर बढ़ती कीर्तन-भजन मंडलियों, रात्रि-जागरणों, नये-नये खुलते भव्य धामों, मन्दिरों-मठों, मठाधीशों-बाबाओं, भागवत कथायज्ञों, प्रवचनों, वैष्णो देवी की यात्राओं वगैरह को देख कर सहज रूप से यह भ्रम हो सकता है कि एक बार फिर कोई बहुत बड़ा धार्मिक जागरण हो रहा है। विश्वविद्यालयों एवं साहित्यिक संस्थाओं के सेमिनारों से विद्यार्थी तक गायब रहते हैं—हॉल खाली पड़े रहते हैं, पर अधिकतर प्रवचन-स्थलों पर लोग सीढ़ियों तक बैठे मिलेंगे। कलकत्ता के 'जनसत्ता' जैसे राष्ट्रीय अखबार को दुकानदारी जमाने के लिए शंकराचार्यों और मुनि सुमेरमल से ले कर पुष्पा दीदी, आर्या शशिप्रभा तक के प्रवचन सार छापने पड़ रहे हैं। सुना है कि हरिद्वार में अर्द्धकुंभ के मेले में मिठाई बाँटने के इच्छुक लोगों को लेनेवाले भिखमंगे नहीं मिलते थे और यहाँ तक कि गाएँ भी जलेबी देख कर अरुचि से मुँह फेर लेती थीं।

आखिर वह कौन-सी चीज है, जिसे पाने के लिए आम आदमी अपनी गाँठ के इतने पैसे और समय खर्च कर रहा है ? इनके बदले में उसे मिल क्या रहा है ? धर्म की शरण में जानेवाले लोगों को भगवद्‌गीता ने चार प्रकार का बताया है—आर्त, जिज्ञासु, अर्थार्थी और ज्ञानी (7/16)। यदि एक बार यह मान लें कि ये लोग पहली कोटि के हैं, तो वे किस प्रकार के आर्त या संकट में हैं, जिससे धर्म उन्हें त्राण दे रहा है ? इस प्रश्न के उत्तर के कई सूत्र आसपास के जीवन में मिल जाते हैं। कनक मौसी और जैन जी के घिसटते संयुक्त परिवारों में एक परिवार के अंदर आपस में लगभग उदासीन तीन-चार अकेले परिवार हैं, जो साझा रसोई से जुड़े हुए हैं। इन अनोखे संयुक्त परिवारों में रहने के तनाव को सिर्फ भुक्तभोगी जान सकते हैं, जहाँ बाहरी भीड़ के अंदर भयंकर अकेलापन है और जहाँ सारे राग या तो किसी और के प्रति द्वेष से शुरू होते हैं या उनकी परिणति द्वेष में होती है। बड़े शहरों में सामाजिक जीवन का आलम तो यह है कि रिश्ते-नातों में जहाँ अपने से समृद्ध व्यक्ति का सवाल न हो, वहाँ मरने-जीने-बीमारी-विवाह तक में रिश्तेदारों का कोई पता नहीं रहता और वे आते भी हैं तो मेहमानों की तरह। गाँवों की हालत शहरों जैसी ही देर-सबेर होनेवाली है या हो चली है। बिहार के एक गाँव के कलकत्ते में ड्राइवरी कर रहे व्यक्ति ने बताया कि एक ही आँगन में उसके माता-पिता और चार भाइयों के अलग-अलग पाँच चूल्हे हैं और उसकी पत्नी की मृत्यु हो जाने के कारण उसकी बच्ची को रखने के लिए उसे माँ को उस बच्ची का खर्च देना पड़ता है। उसके अनुसार गाँवों में प्रायः घर-घर में ऐसी ही हालत है, जहाँ बिना स्वार्थ के कोई किसी का कुछ नहीं है। आदमी और आदमी के बीच बढ़ती दूरी में कहीं अहं या असहिष्णुता है, तो कहीं स्वार्थ और लोभ।

चारों ओर जो हिन्दुत्व बढ़ता दिखाई दे रहा है, उसकी एक खासियत उसका सामूहिक रूप है, जहाँ धर्म एक तरह की सामाजिकता का रूप ले लेता है। किन्तु यह सामाजिकता निजी उत्सवों—जैसे लड़के का विवाह—से अधिक उदार और सद्‌भावपूर्ण भीड़ इकट्ठी करती है। इसका

कारण यह है कि 'हमें क्या पड़ी है जो जायें।' 'वह कौन-सा हमारे घर आया था।' 'होगा पैसेवाला अपने घर में।' जैसी भावनाओं के लिए इस सामाजिकता में अक्सर कोई जगह नहीं होती। इन धार्मिक उत्सवों में खर्च किये गये पैसों में कहीं-न-कहीं दिखावे की प्रवृत्ति होते हुए भी ये ईर्ष्या या प्रतिस्पर्धा की भावना कम जगाते हैं, क्योंकि उनके पीछे धर्म जैसी कोई पवित्र और बड़ी अवधारणा होती है। खर्च करनेवाले में भी एक तरह की विनम्रता बनी रहती है। परिवार और समाज के प्रति किसी तरह का दायित्व निर्वाह न करने के अपराध बोध—जो सारी आधुनिकता के बावजूद भारतीय मानस से जड़ से नहीं निकल पाता—से भी इस तरह के धार्मिक उत्सव एक निष्कृति दिलाते हैं और मनुष्य की सामाजिक, उदार और निःस्वार्थ बनने की जन्मजात अदम्य इच्छा को एक टेढ़े-मेढ़े तरीके से ही सही, लेकिन पूरी अवश्य करते हैं। मुश्किल यह भी है कि पुराने समाज में फिर भी कई तरह की उदारताएँ, दान वगैरह के रूप में अभावग्रस्तों के प्रति करुणा के प्रवाह के रास्ते निर्मित किये हुए थीं, पर आधुनिक समाज ने व्यक्ति को बिलकुल स्वार्थपरायण, आत्मकेन्द्रित और अनुदार बना डाला है। आधुनिकता के नाम पर जो खालीपन आजादी के बाद हमारी जिन्दगी में आया है, उसे भरने के लिए धर्म से सस्ती, सुलभ और समाज द्वारा अनुमोदित कोई दूसरी मनश्चिकित्सा प्रणाली भारत में नहीं हो सकती। हर तबके के लोगों—उच्च वर्ग, मध्य वर्ग, निम्न वर्ग—अशिक्षित, शिक्षित, अर्धशिक्षित—स्त्री-पुरुषों के धर्म की ओर झुकने का संभवतः यही मूल कारण है।

कलकत्ता में मजदूरों द्वारा कल-कारखानों में होनेवाली विश्वकर्मा पूजा मजदूरों के प्रायः मार्क्सवादी ट्रेड यूनियनों से जुड़े होने के बावजूद इस साल पहले से बहुत जोर-शोर से होती दिखाई पड़ी। आश्चर्य है कि महँगाई, बदहाली और सार्वजनिक पूजाओं का ठाट-बाट एक साथ बढ़ता दिखाई पड़ता है। जिस चीज की बड़े पैमाने पर जरूरत हो जाये, उसे पूरी करने के लिए उसी चीज की दुकानें भी खुल जाती हैं—टीवी पर रामायण-महाभारत से ले कर, राजनीति में भारतीय जनता पार्टी और अपनी रुचि व सामर्थ्य के अनुसार हर स्तर पर भागवत कथाओं, प्रवचनों, कीर्तनों और बालक ब्रह्मचारियों की दुकानें उपलब्ध हैं। कलकत्ता में आये दिन जहाँ-तहाँ होनेवाली भागवतकथाओं के बारे में एक साठ वर्ष की धर्मप्राण वृद्धा का कहना है—'यह तो 'रंडी की मंडी' हो गयी। पहले कहीं भागवत-कथा होना बड़ी बात होती थी।'

'रंडी की मंडी'—बहुत अद्‌भुत ढंग से एक सूत्र में इस सारे धार्मिक जागरण की पोल खोल देता है। उस मंडी से यहाँ समानताएँ भी बहुत हैं—मनोरंजन तो है ही, अकेलेपन से मुक्ति है, बहुत सारी सूक्ष्म वासनाओं की पूर्ति भी है। सबसे बड़ी बात तो यह है कि वैसी ही असंस्कृत, विचित्र, चकाचौंध और कानफोड़ शोरगुलवाली मंडी यह भी है। जिस भागवत कथा को सात दिनों में आसन्न मृत्यु को जान कर राजा परीक्षित ने इस भाव से सुना कि वह जीवन के मर्म का ज्ञान पा कर मृत्यु के भय से मुक्त हो जाये, वह कथा तरह-तरह से बाकायदा गायकी की अदा या नाटकीयता के साथ, ढोल-मंजीरा पार्टी, नकली धुएँ और न जाने कितनी तरह के ताम-झाम के साथ लाखों रुपये खर्च कर सुनी जा रही है। कोई आश्चर्य नहीं कि इस धार्मिकता में किसी प्रकार का आत्मज्ञान, आत्मनिरीक्षण या आत्मशोधन संभव ही नहीं है और यह उन्हीं वृत्तियों पर पलती और उन्हें ही पोषित करती है, जिनसे मुक्ति पाने के लिए हिन्दू धर्म ही क्यों, संसार के किसी भी धर्म की उत्पत्ति हुई है।

इस धार्मिकता की भारतीय जनता पार्टी की धार्मिकता के साथ बहुत बढ़िया जुगलबंदी क्यों बैठती है या बैठ सकती है—इस सवाल का उत्तर बहुत कठिन नहीं है। 'किसने किसको बढ़ाया'—यह अलबत्ता एक कठिन प्रश्न हो सकता है। रामानन्द सागर की 'रामायण' ने 'राम' को पहले-पहल बेचा या भारतीय जनता पार्टी ने 'राम' को बेचने लायक वस्तु बनाया या एक बिखरती, दिशाहीन, विकास और आधुनिकता से भरमायी गयी कमजोर भीड़ की बेबस धार्मिकता ने ? जो भी हो, सब एक-दूसरे के पूरक जरूर हैं। व्यक्तिगत-पारिवारिक-सामाजिक जीवन में अलग-अलग छिटकती जनता को किसी अपने से भिन्न समूह के प्रति नफरत, प्रतिशोध और विद्वेष के आधार पर अपने एक होने का एहसास दिलाना बहुत कठिन नहीं था। नफरत और विद्वेष किसी स्वस्थ समाज की रचना के स्थायी आधार नहीं हो सकते, पर वैसा कोई बड़ा आदर्श तो किसी के दिमाग में भी नहीं—न उनके जो सांप्रदायिक कहे जाते हैं और न उनके जो गैर-सांप्रदायिक होने का दावा करते हैं। हिन्दू धर्म जिस उच्चतम आदर्श—जीवन्मुक्तता—यानी सारे भेदों से उन्मुक्त होने की बात करता है, उसकी रत्ती भर भी प्रतीति यदि हमारी नयी धार्मिकता में होती, तो क्या आज भी मंडल सिफारिशों के विरोध में आत्मदाह होते ? क्या धर्म की शुरुआत और अन्त आत्मशोधन ही नहीं है—जहाँ अपने अंदर के पशुत्व पर देवत्व की विजय करना ही लक्ष्य है ? शायद यह आत्मशोधन चरम लक्ष्य होते हुए भी एक व्यापक रूप में कभी हिन्दू समाज का लक्षण नहीं बना, जिसके कारण वर्ण व्यवस्था आज तक जमी हुई है। आज भी जो हिन्दुत्व बढ़ता दिख रहा है, उसमें उसी तरह के पुराने विरोधाभास हैं—व्यक्तिगत जीवन में विद्वेष धार्मिकता को बढ़ावा दे रहा है और सामूहिक जीवन में भी विद्वेष की ही परम जय धर्म के नाम पर हो रही है।

इस बढ़ती हुई धार्मिकता की एक और जड़ है, जो अपने आसपास देखने से पकड़ में आ जाती है। इस साल सरस्वती-पूजा पर एक पंडाल में सरस्वती को जीन्स का पैंट और टी-शर्ट पहनायी गयी थी और वीणा की जगह गिटार मौजूद था। हर सार्वजनिक पूजा में 'हिट' फिल्मी गीतों का कानफोड़ शोर पैदा करते लाउडस्पीकरों पर बजना तो कलकत्ते में आम बात है। शरद ऋतु में नवरात्र पर 'डिस्को-डाँडिया' यानी डिस्को संगीत पर पारम्परिक गुजराती डाँडिया नृत्य नयी पीढ़ी को इतना आकर्षित करता है कि बड़े-बड़े पंडालों में भी पाँव रखने की जगह नहीं मिलती। जाहिर है कि आम जनता अपनी परम्परा को, अपनी पहचान को खोना नहीं चाहती, पर वह साथ ही आधुनिक माने जाने के लिए कुछ भी कर सकती है। सच तो यह है कि अंग्रेजी न जाननेवाला हर व्यक्ति एक गहरी हीन भावना का शिकार है। कलकत्ता में हिन्दी माध्यम के सारे स्कूल एक-के-बाद-एक अंग्रेजी माध्यम के स्कूल बनते चले गये हैं। अंग्रेजियत और अंग्रेजी भाषा के प्रति आम आदमी के मन में गहरी ललक है और 'हिन्दी टाइप' या 'पंडित टाइप' लोगों के लिए उसके मन में गहरी हिकारत का भाव है। अपनी संस्कृति या भाषा को जानने के लिए न उसके पास समय है, न ऊर्जा और न ही रुचि। पर साथ-ही-साथ उसके मन में एक गहरा ग्लानिबोध भी है, जो शायद उसी तरह का भाव है जो मैंने शहर में होस्टल में रह कर पढ़नेवाली अपनी एक सहेली का अपनी गँवार, घरेलू माँ के प्रति देखा था। इसी मानसिकता की एक प्रतिक्रिया अपनी संस्कृति को न जानते हुए उसके उस विकृत रूप के प्रति समर्पण है, जो किसी भिन्न संस्कृति से विद्वेष सिखाते हुए हमें अपनी संस्कृति की उपेक्षा से उपजी ग्लानि

से मुक्ति दिलाता है। वह हममें एक तरह का धार्मिक उन्माद पैदा कर हमें आश्वस्ति देता है कि हम अपनी विरासत से प्रेम करते हैं। इस तरह की धार्मिकता में अपनी संस्कृति के सर्वश्रेष्ठ, विश्वजनीन, उदात्त तत्वों की सचमुच कोई समझ नहीं होती, बस उन चुनी हुई बातों का कामचलाऊ आभास मात्र होता है जो हमारे उन्माद को बनाये रखने में सहायक हो सकती हैं। इसी विचित्र विरासत प्रेम से जीन्सवाली सरस्वती और डिस्को-डाँडिया पैदा होते हैं। इस बात को जाने-माने शिक्षाशास्त्री कृष्ण कुमार ने अपने एक लेख में बहुत सटीक ढंग से लिखा था कि हमारे धर्म की इस नयी पताका के एक तरफ बजरंग है और दूसरी तरफ फिरंग।

हमारे पुरातन धर्म का नया रथ विद्वेष, प्रतिशोध, स्वार्थपरायणता और भेद-दृष्टि के पहियों पर फिल्मी व डिस्को की धुनों पर राम-राम अलापता चल रहा है। उसका लक्ष्य हिन्दुत्व की उस उदात्त चेतना तक पहुँचना है भी नहीं, जो नाम-रूप, देश-काल से परे जाने का सूक्ष्मतम संकल्प करती है, बल्कि यह कहना चाहिए कि उसे ऐसे लक्ष्य के होने का भान भी नहीं है। उसे इस बात से कोई सरोकार नहीं कि उसके परम मान्य ग्रंथ 'गीता' में स्वयं उसके ईश्वर कृष्ण कहते हैं कि उसके द्वारा सारा संसार जीत लिया समझो जिसका मन ऐसे 'साम्य' में स्थित हो गया है जिसमें ब्राह्मण, गौ, हाथी, कुत्ते और चाण्डाल के प्रति समदृष्टि है (5-18/19); जो सबको अपनी भाँति ही 'सम' देखता है ('आत्मौपम्येन सर्वत्र समं पश्यति योऽर्जुनः'—6/32) और जिसमें कृष्ण ने संकल्प किया है कि सम्पूर्ण प्राणियों में वैरभाव से रहित व्यक्ति ही मुझे प्राप्त करेगा—'निर्वैरः सर्वभूतेषु यः स मामेति पाण्डव' (11/55)।

'असतो मा सद्गमय' —गीता के ये श्लोक लिखते हुए मुझे लगता है कि असत् से सत् की ओर जाने की मनुष्य की इच्छा सब कुछ के बावजूद रहती है और हिन्दुत्व के इस बढ़ते हुए रूप में क्या एक संभावना यह भी है कि हम अपने धर्म के उदात्त स्वरूप को पहचान कर स्वयं अपने विद्वेष, अपनी क्षुद्रताओं से मुक्त होंगे ? यह संभावना मुझे इसलिए लगती है, क्योंकि इस बढ़ते हिन्दुत्व को हम कितना भी दिग्भ्रमित या दिशाहीन क्यों न मानें, यह भी एक बहुत बड़ा सच है कि वे अँधेरे में कुछ पकड़ने की कोशिश करते हुए लोगों की आकांक्षाएँ हैं और यह अँधेरा किसी और ने नहीं, आजादी के बाद की हमारी अपनी व्यवस्था ने बनाया है, जिसने अन्याय, अंसमानता, भ्रष्टाचार और लोभ को जीवन जीने के अपरिहार्य मूल्यों के रूप में स्वीकृति दिलायी है। हमारी राजनीति ने सारे मूल्यों को अपने स्वार्थ के लिए भुनाया है, अब बारी राम की है। हम धर्म को 'जनता की अफीम' कह कर उसके प्रति कितना भी धिक्कार भाव दिखायें, किन्तु यह सच है कि धर्मवाले 'ईश्वर' का चेहरा जहाँ दयालु, कृपालु, उदार, न्यायपूर्ण और सत् की ओर उन्मुख करनेवाला था, वहीं हमारे आधुनिक विकास के 'ईश्वर' का चेहरा बिलकुल स्वार्थी और हिंसापूर्ण है। एक बड़ी बात यह भी है कि आधुनिक जीवन में श्रद्धा नाम का कोई तत्व रह ही नहीं गया है। साधारण जन-मन बुद्धि से संचालित नहीं होता, उसे श्रद्धा का भी आधार चाहिए। किन्तु ऐसा कोई आधार कहीं दिखता नहीं। दूसरी तरफ हमने आधुनिकता के नाम पर तर्क और श्रद्धा को दो विरोधी वस्तुएँ मान लिया है और अपनी विरासत के उन शाश्वत, शिव और सुंदर पक्षों को भी हँस कर उड़ा दिया है जिन्हें हमारा धर्म श्रद्धा के खाते में डाल कर हमारी पृथ्वी की सुरक्षा और समृद्धि का प्रबन्ध कर रहा था।

एक परिचित बुद्धिजीवी से मेरी इस बात पर बहस हो गयी कि इसमें क्या हर्ज है कि हम

आधुनिक जीवन में भी नदियों के प्रति मातृभाव या अतिथियों के प्रति देवता भाव रखें ? मेरा यह कहना था कि आजादी के बाद जिस तरह उज्जैन से क्षिप्रा नदी और वृंदावन से जमुना नदी गायब-सी हो रही है या सूख रही है, वह शायद ऐसा भाव रखने पर नहीं होता। उनका तर्क था कि यदि हम ऐसा मानते हैं कि नदी एक देवी है, तो फिर हमें यह भी मानना पड़ेगा कि शूद्र को वेद-पाठ करने पर उसके कानों में पिघला हुआ सीसा डालना पड़ेगा। सवाल यह है कि जब हम साहित्य में निर्जीव वस्तुओं के व्यक्तिकरण को एक टेकनीक मान सकते हैं या व्यक्तिगत रूप से किसी वृक्ष, नदी, पहाड़ के प्रति अनायास अपनत्व महसूस कर सकते हैं, तो अपनी परम्परा से प्राप्त इस अपनेपन को या श्रद्धाओं को, जिनका एक विशाल जन समूह पर बाकायदा प्रभाव है, क्यों इस प्रकार के तर्कों से उड़ा देना चाहते हैं ? आधुनिक या तार्किक चिन्तन का अर्थ श्रद्धारहित या जड़विहीन हो जाना नहीं है और धर्मनिरपेक्षता का अर्थ अपनी भाषा के धार्मिक शब्दों, प्रतीकों और मान्यताओं का अवमूल्यन नहीं है। मुझे लगता है कि इस बात को समझते हुए कि धर्म आदमी की एक आदिम, जैविक जरूरत है जो उसे 'स्व' के सीमित क्षेत्र से बाहर निकाल विशाल अनंत व्यापकता से जोड़ती है, हमें स्वयं हिंदुत्व के उन उदात्त प्रतीकों, मूल्यों व धारणाओं की बात करनी होगी और उन्हें सचेत हो कर बचाये रखना होगा, क्योंकि वे हमारे चिन्तन की सबसे सार्थक उपलब्धियाँ हैं और वे मानव मात्र के लिए कल्याणकारी हैं। यदि हम ऐसा नहीं करते, तो श्रद्धा का आधार खोजता मनुष्य निम्न स्तर की चेतना, जो विद्वेष और स्वार्थ से परिचालित होती है, के खोजे हुए प्रतीकों को ही हिन्दुत्व मान बैठेगा। मेरी दादी एक निखालिस हिन्दू होने के कारण ही मुसलमानों के रोजे रखने को बहुत श्रद्धाभाव से देखती थीं, क्योंकि उनका मानना था कि इतना आत्मनिग्रह बहुत गहरी और सच्ची आस्था से ही संभव है। एक सच्ची आस्था दूसरी आस्था से कोई विरोध या वैरभाव नहीं रख सकती। मेरा निजी बढ़ता हिन्दुत्व मुझे किसी से नफरत नहीं करवाता, इसलिए मेरी उम्मीद धूमिल नहीं होती—बनी रहती है।

एक अ-हिन्दू का घोषणापत्र

राजकिशोर

अपने को हिन्दू मानने में मुझे दिक्कत होती है। हिन्दुत्व के जो भी बाह्य लक्षण हैं, उनमें से किसी में भी मेरी श्रद्धा नहीं है। आस्तिकता, मूर्ति पूजा, जाति प्रथा, यज्ञ, व्रत, उपवास, आत्मा, परमात्मा, परलोक, स्वर्ग, नरक–इनमें से किसी में भी न मेरी कोई दिलचस्पी है न श्रद्धा। इनकी कोई व्यक्तिगत या सामाजिक उपयोगिता मेरी समझ में नहीं आती। मेरे विचार से न केवल इनके बगैर काम चल सकता है, बल्कि जो इसका अनुकरण करते हैं, उन्हें इनसे कोई वास्तविक लाभ नहीं होता होगा। जाति प्रथा तो एक बुराई भी है। जब कोई इसका समर्थन करता है, तो मुझे दुःख होता है। फिर मैं अपने को हिन्दू क्यों कहूँ ?

लेकिन ऐसे मौके भी आते हैं, जब आपसे पूछा जाता है कि आपका धर्म क्या है। शुरू में, जब इस प्रश्न पर विचार करना मैंने शुरू नहीं किया था, मैं अभ्यासवश अपने को 'हिन्दू' ही बताता था। हायर सेकंडरी परीक्षा के फॉर्म में ऐसा ही लिखा हुआ है। बी॰ कॉम॰ (आनर्स) के फॉर्म में भी। लेकिन एल एल॰ बी॰ का फॉर्म भरते समय 'धर्म' का कालम मैंने खाली छोड़ दिया था। तब तक मैं निश्चय कर चुका था कि न केवल मेरा धर्म हिन्दू नहीं है, बल्कि मेरा कोई धर्म नहीं है। मुझे यह देख कर प्रसन्नता हुई थी कि इस कारण मेरा फॉर्म अधूरा नहीं माना गया। इससे मेरा साहस बढ़ा और भविष्य में जब भी ऐसा अवसर आया, मैंने अपने को 'हिन्दू' कहने से रोका। मुझे प्रसन्नता है कि हमारे बेटे ने कॉलेज स्तर पर ही यह साहस दिखाया है। धर्म के मामले में जनगणना के वक्त थोड़ी नोक-झोंक भी हो गयी थी। जनगणना करनेवाला कर्मचारी मुझे 'हिन्दू' लिख रहा था। मैंने उसे बताया कि 'धर्म' का कालम कृपया खाली छोड़ दें और कुछ लिखना ही है, तो 'एगनॉस्टिक' लिखें। 'एगनॉस्टिक' वह व्यक्ति है जो आत्मा, पुनर्जन्म, ईश्वर आदि में विश्वास नहीं करता, किन्तु प्रमाणित हो जाने पर उन्हें मानने के लिए तैयार रहता है। यह नास्तिक होने से ज्यादा तर्कसंगत स्थिति है। लेकिन उस कर्मचारी ने बाद में शायद मुझे 'हिन्दू' ही लिखा होगा, क्योंकि उसकी समझ यही थी–और यही भारतीय संविधान की भी समझ है–कि जो मुसलमान, पारसी, ईसाई आदि नहीं है, वह हिन्दू नहीं है तो क्या है ?

हिन्दू होने की यह एक ट्रेजेडी है। हिन्दू धर्म की जिस उदारता या बहुलवाद की चर्चा की जाती है, वह एक स्तर पर धोखा भी है। यह उदारता नहीं, उदासीनता है। यही कारण है कि हिन्दू होने के लिए कुछ भी मानने की जरूरत नहीं है। कुछ भी मानने की छूट होना एक बात

है, कुछ भी न मानने की स्वतंत्रता बिल्कुल दूसरी बात। आप कुछ न मानते हुए भी हिन्दू रह सकते हैं। ऐसे हिन्दुओं की संख्या कम न होगी, जिनका विश्वास किसी भी धार्मिक कृत्य में नहीं है। आधुनिक हिन्दू शायद ऐसा ही हिन्दू है। इनमें से अनेक धार्मिकता का बढ़-चढ़ कर पालन करते हैं, किन्तु इसके पीछे अक्सर किसी प्रकार का दर्शन नहीं, बल्कि प्रदर्शन होता है। ऐसे प्रदर्शन को मैं समाज के लिए घातक मानता हूँ, क्योंकि इससे वास्तविक प्रश्न दब जाते हैं और झूठी चीजों को उभरने का मौका मिलता है। हिन्दुत्व के किसी भी तेजस्वी या आधुनिक प्रवक्ता ने इनका आह्वान नहीं किया है। लेकिन सभी हिन्दू प्रदर्शनवादी नहीं हैं। ऐसे लोगों की संख्या ज्यादा है, जो मौन और शांत श्रद्धावश हिन्दू परंपराओं का पालन करते हैं। लेकिन क्या इससे आचरण की कुछ निश्चित कसौटियाँ बनती हैं ? मुझे गहरा संदेह है। दोनों ही स्तरों पर हिन्दुत्व की कोई वास्तविक उपयोगिता मुझे दिखाई नहीं देती। जो हिन्दू धर्म और दर्शन के विद्वान हैं, उनमें से कम ही मुझे ऐसे दिखाई देते हैं जिनके जीवन को प्रेरक कहा जा सके। कहा जा सकता है कि कोई भी परंपरा अपने सभी अनुयायियों में अपने सर्वश्रेष्ठ रूप में अभिव्यक्त नहीं होती। शिखर तक कुछ ही पहुँच पाते हैं। ज्यादातर घाटियों में ही भटकते रहते हैं। यह सभी धर्मों के बारे में सच है। लेकिन मुझे ऐसा लगता है कि जो श्रेष्ठ हिन्दू हमारे बीच से गुजरे हैं या आज भी मौजूद हैं, वे सिर्फ हिन्दू होने के कारण श्रेष्ठ नहीं थे या नहीं हैं। अगर वे हिन्दू न होते, तब भी उनके श्रेष्ठ होने में कोई बाधा नहीं थी। महात्मा गाँधी क्या किसी सूफी ईसाई परंपरा में जन्म नहीं ले सकते थे ? विवेकानंद क्या यूरोप में जन्म नहीं ले सकते थे ? भारत के कितने हिन्दुओं में अल्बेनियाई माता-पिता से युगोस्लाविया में जनमी मदर टेरेसा जैसा सेवा भाव है ? मैं यह भी नहीं कहूँगा कि हिंदू होने से श्रेष्ठ होने में कोई बाधा पहुँचती है। आखिर गाँधी और विवेकानंद अपने को हिंदू ही मानते थे, हालाँकि गाँधी बार-बार यह भी कहते थे कि मैं जितना हिंदू हूँ, उतना ही मुसलमान, उतना ही ईसाई या किसी और धर्म का अनुयायी। इससे यह निष्कर्ष निकलता है कि श्रेष्ठ होने के लिए हिंदू होना जरूरी नहीं है। श्रेष्ठता की साधना मानवीय उत्कर्ष की साधना है और बहुत-से लोगों का जीवन बताता है कि यह साधना धर्म के दायरे के बाहर भी की जा सकती है। फिर मुझे हिंदू होने की जरूरत क्या है ? लेकिन अगर किसी को यह जरूरत महसूस होती है, तो मैं उसका असम्मान भी नहीं करना चाहता।

स्पष्टतः धार्मिकता के किसी भी प्रकार से बँधे बगैर भी हिंदू हुआ जा सकता है, जैसाकि अनगिनत लोगों का जीवन देख कर पता लगता है। इस अर्थ में हिंदुत्व वस्तुतः कोई धर्म नहीं है या एक अत्यन्त शिथिल धर्म है। व्यवहार के स्तर पर हिन्दुत्व धर्म नहीं, समाज है। आप धर्म की उपेक्षा कर सकते हैं, पर समाज की मान्यताओं को ठुकराना आसान नहीं होगा। हिंदू समाज की सदस्यता की निर्णायक शर्त क्या है ? यह जाति है। अगर आपकी जाति है, तो आप चाहे जो कहते या करते रहें, आप हिंदू हैं। शहर में रहते हुए अन्य अनेक सामाजिक बंधनों की तरह आप जाति से भी बच सकते हैं, किन्तु गाँव या कस्बे में नहीं। वहाँ इसकी कम या ज्यादा कीमत चुकानी होगी। लेकिन यह बात भूलने की नहीं है कि जाति प्रथा में यह फौलादी शक्ति धर्म से ही आयी है। ऐसा नहीं है कि हिन्दू समाज में जाति प्रथा को चुनौती नहीं दी गयी। यह चुनौती जैनों ने दी, बौद्धों ने भी। बाद में अनेक संतों और समाज-सुधारकों ने दी। लेकिन ये सभी

आलोड़न सामयिक सिद्ध हुए। जाति प्रथा को समाप्त नहीं किया जा सका। अस्पृश्यता इसका सबसे गंदा पहलू था, जिसके खिलाफ महात्मा गाँधी ने अथक संघर्ष किया। भारतीय संविधान में अस्पृश्यता को अपराध घोषित किया गया। बाद में कुछ और कठोर कानून भी बने। किन्तु अस्पृश्यता में या जाति प्रथा में जो भी ढीलापन आया है, वह आधुनिक जीवन के प्रभाव से आया है। उसके पीछे कोई आंदोलन नजर नहीं आता। मुश्किल यह है कि जो लोग आज हिन्दू समाज के बहुलतावाद की बार-बार याद दिलाते हैं, वे भी जान-बूझ कर जाति प्रथा या अस्पृश्यता की बात भुला देते हैं। क्या यह भी बहुलतावाद का हिस्सा है ? जो लोग हाल की कुछ घटनाओं की प्रतिक्रियाओं में हिन्दूवादियों को लज्जित करने के लिए हिन्दुत्व की सिर्फ प्रशंसा करते हैं, क्या उन्हें हिंदू समाज का शुभचिंतक कहा जा सकता है ? क्या ये सत्यवादी भी हैं ? इनमें से कुछ को छोड़ कर अधिकांश ने अभी तक हिंदुत्व के किसी भी स्थापित सिद्धान्त को सार्वजनिक स्तर पर चुनौती नहीं दी है, हालाँकि इनके शास्त्र में जाति या धर्म के लिए कोई जगह नहीं है।

मैंने एक उम्र के बाद हमेशा अपने को अ-हिंदू महसूस किया, किन्तु मैंने भी इस बात की कोई विधिवत घोषणा नहीं की। मेरी घोषणा का कोई अर्थ नहीं था, क्योंकि मेरे पास किसी तरह की कोई ताकत नहीं रही है। जब शक्तिशाली लोग ऐसा करेंगे, तभी इसका व्यापक असर होगा। जाति प्रथा में मेरा विश्वास नहीं है, यह कहने का मौका जरूर कई बार आया। लेकिन जिस निर्णायक मौके पर मैं यह सिद्ध कर सकता था, वह मैं चाह कर भी नहीं जुटा सका। मेरा संकेत विवाह की ओर है। यदि मेरा विवाह किसी ऐसी स्त्री से हुआ होता, जो भिन्न जाति की या भिन्न धर्म की होती, तो मेरा हिंदू न होना साबित हो जाता। लेकिन मेरा विवाह एक अच्छे संयोग के कारण अपनी जाति में ही हुआ। मैंने यह कोशिश जरूर की कि विवाह अदालत में हो। अब जैसा मैंने अपनी पत्नी को जाना है, उन्हें कोई आपत्ति नहीं होती। लेकिन वधू पक्ष के कुछ अन्य लोग शायद बेहद असन्तुष्ट होते। मुझे लगा कि संबंधित लोगों के हृदय परिवर्तन के बिना सिर्फ अपने वर होने के विशेषाधिकार का इस्तेमाल कर कोई बात मनवा लेना उचित नहीं है। यह एक तरह का ब्लैकमेल होता। अपने दांपत्य जीवन की शुरुआत मैं एक अप्रिय जिद से नहीं करना चाहता था। पर अब मुझे लगता है कि यह मेरी भूल थी। जिस बात को हम मानते हैं, उसके प्रति निष्ठा प्रदर्शित करने में हमें कोताही नहीं करनी चाहिए। जो परिवर्तनवादी हैं, उन्हें इस मामले में विशेष रूप से सावधान रहना होगा। बहरहाल, हमारे बेटे और बेटी को यह पूरा अधिकार है कि वे अपना विवाह जहाँ चाहें वहाँ करें। हम तो यही चाहेंगे कि वे अपने विवाह का उपयोग जाति तोड़ने में करें।

मेरा विवाह परंपरागत विधि-विधान से हुआ, यह मेरे लिए हमेशा असन्तोष की बात रहेगी। इस विधि-विधान के धार्मिक पक्ष में कोई जान नहीं थी। जिन पंडितों ने यह पक्ष संपन्न कराया, उन्हें नितान्त निर्जीव अर्थ में ही पंडित कहा जा सकता है। उन्हें शास्त्रों की कोई जानकारी नहीं थी। संस्कृत, जिस भाषा में विवाह के मंत्र पढ़े गये, उन्हें उतनी ही आती थी जितनी सचिवालय के अधिकांश बाबुओं को अंग्रेजी आती है। उनका उच्चारण भी अशुद्ध था। क्या ज्यादातर पंडित-पुजारी ऐसे ही नहीं होते ? कुछ तो निश्चय ही विद्वान हैं। उनके मुख से मंत्र या श्लोक सुनना एक 'क्लासिकल' आनंद है। लेकिन इन मंत्रों या श्लोकों में कही गयी बहुत-सी बातों से सहमत होना कठिन होगा। उदाहरण के लिए सप्तपदी के मंत्र में वर वधू से

कहता है, 'तुम मेरे व्रत में साथी बनो।' यहाँ पत्नी की अधीनता स्पष्ट है। आधुनिक स्त्री पूछ सकती है, यदि मेरा भी कोई व्रत हो तो ? किसी भी महान सभ्यता से हीरे और काँच छाँटने की तमीज सीखनी होगी, अन्यथा संपूर्णता का लोभ विनाशकारी सिद्ध हो सकता है। लेकिन इस अर्ध-साक्षर पंडित समाज के बारे में क्या कहा जाये ? क्या यह एक महान सभ्यता का पतन या क्षय है ? क्या हिंदू को अपने इस दुर्दिन का एहसास है ? नहीं है, तो क्यों नहीं है ? यह हिंदू जाग्रत होगा, तो क्या वह अपने कर्मकांडों को सुसंस्कृत ढंग से संपन्न करना सीखेगा। या,उनसे मुक्त होने की कोशिश करेगा ? हिंदू जागरण का सुंदरतम अर्थ क्या है ?

जिन बातों में मेरा विश्वास नहीं है, उन पर दूसरे आचरण करते हैं, तो मुझे क्या करना चाहिए ? युवावस्था में उग्र प्रतिक्रिया होती है। मेरी भी होती थी। कई बार दूसरों की धार्मिक क्रियाओं का मैंने उपहास किया। लेकिन उससे कुछ नहीं बदला। यह बात मेरी समझ में बहुत देर से आयी कि उपहास या गुस्सा करके किसी को नहीं बदला जा सकता। किसी को बदलने के लिए उसके नजदीक जाना पड़ता है। उससे अपना प्रेम सिद्ध करना पड़ता है। इसके सबसे निकट के उदाहरण महात्मा गाँधी हैं। हालाँकि वे कहते यही रहे कि मैं मूर्ति पूजा में अविश्वास नहीं करता, धार्मिक विधि-विधान में मेरी अटूट निष्ठा है, किन्तु यह संभवतः दूसरों की तसल्ली के लिए था। महात्मा गाँधी किसी को आहत करना नहीं चाहते थे, पर उनकी यह ख्वाहिश जरूर थी कि लोग धर्म के शरीर के बजाय उसकी आत्मा पर ध्यान दें। इसके लिए उन्होंने विरोध का नहीं, आत्मीयता का मार्ग चुना। वे स्वयं कर्मकांड से दूर होते जा रहे थे। लेकिन चूँकि वे लाखों लोगों को अपना बना सके, इसीलिए वे लाखों लोगों को कर्मकांड से विरत भी कर सके। आज धर्मनिरपेक्ष लोगों का जनता पर असर इसलिए नहीं पड़ रहा है, क्योंकि उन्होंने जनता के साथ कोई आत्मीय रिश्ता बनाया नहीं है। बुराई की ओर ले जाने के लिए आत्मीयता की जरूरत नहीं होती। बुराई का अपना आकर्षण काफी है। इसके विपरीत अच्छाई की प्रेरणा पैदा करने के लिए पर्याप्त नैतिक प्रभाव चाहिए। इसके लिए सिर्फ उपदेश काफी नहीं है। बल्कि नैतिक प्रभाव न हो, तो उपदेश झुँझलाहट भी पैदा कर सकता है। कोई राह चलता व्यक्ति मुझसे कैसे कह सकता है कि मुझे अमुक बुराई से बचना चाहिए ?

क्या धार्मिक विधि-विधान के विरुद्ध आंदोलन हो सकता है ? क्या जनेऊ या चोटी के खिलाफ आंदोलन हो सकता है। नहीं, सिर्फ नकारात्मक आंदोलन नहीं हो सकता। दयानंद सरस्वती ने मूर्ति पूजा के विरुद्ध आंदोलन नहीं किया था। वे तो वेदांत का प्रचार कर रहे थे। वेदांती मूर्ति में ईश्वर की प्रतिष्ठा स्वीकार नहीं कर सकता। दयानंद ने भी नहीं की। पर वे लोगों को सिर्फ मूर्ति पूजा से विरत नहीं कर रहे थे। वे उन्हें अपनी परिभाषा की वैदिक संस्कृति में दीक्षित करना चाहते थे। मूर्ति पूजा या अन्य अनेक समकालीन धार्मिक विश्वासों का खंडन इस दिशा में एक आनुषंगिक कृत्य था। आप किसी को सच्चा मार्क्सवादी बना दें, तो वह स्वाभाविक रूप से मूर्ति पूजक या जातिवादी नहीं रह जायेगा। पश्चिम बंगाल में यदि आज भी मार्क्सवादी बड़े पैमाने पर मूर्तिपूजक या जातिवादी हैं तो इसका अर्थ यही है कि उनकी वैचारिक आस्थाएँ कमजोर हैं। सिर्फ सुखवाद या सुविधावाद पर टिकी हुई आधुनिकता भी धार्मिक कर्मकांड का विरोध नहीं कर सकती, क्योंकि कर्मकांड से सुखवाद में कोई बाधा नहीं आती।

बल्कि यह भ्रम बना रहता है कि मैं पूरी तरह सुखवादी नहीं हूँ। मनुष्य को हमेशा ऐसे भ्रमों की जरूरत रहती है।

जिस कर्मकांड से कोई सामाजिक नुकसान नहीं है, उसकी आलोचना आवश्यक नहीं है। सिर्फ किसी को खिझाने के लिए कोई काम नहीं करना चाहिए। कोई कह सकता है कि यह कर्मकांड भी दिखावा है। लेकिन दिखावे तो अनेक तरह के हैं। यदि आप अन्य दिखावों के खिलाफ कुछ नहीं करते और सिर्फ कर्मकांड के दिखावे के खिलाफ लोगों को उकसाते हैं, तो मुट्ठी भर लोग ही आपसे सहमत हो सकते हैं। चेतना की उच्चतर अवस्था से ही चेतना की निम्नतर अवस्था से पैदा होनेवाली बुराइयों से छुटकारा पाया जा सकता है। अन्यथा आप एक बुराई से मुक्त करेंगे तो दूसरी बुराई आ धमकेगी। दयानंद सरस्वती ने अपने अनुयायियों को मूर्ति पूजा से विरत किया। किंतु उनमें यज्ञ करने का चाव पैदा कर दिया। आज कितने आर्यसमाजी वैदिक चेतना के साथ यज्ञ संपन्न करते हैं ? यही हाल बूढ़े गाँधीवादियों का है। उनमें गाँधी का शायद ही कोई गुण हो, पर वे चरखा जरूर चलाते हैं। फिर भी सिर्फ इसके लिए मैं मोरारजी देसाई की आलोचना नहीं करूँगा। मुस्करा देने से अपने को रोकना अवश्य कठिन सिद्ध हो सकता है। इसमें सन्देह नहीं कि अनुष्ठान अंततः एक तरह के जड़वाद को ही प्रोत्साहित करते हैं। जाति प्रथा और अस्पृश्यता में भी एक तरह की आनुष्ठानिक शक्ति है। इन बुराइयों के साथ कुछ धार्मिक पवित्रता का भाव जोड़ दिया गया है, मानो वे मानवकृत न हो कर दैवी आदेश का परिणाम हों। यही कारण है कि इनके खिलाफ सामाजिक आंदोलन नहीं हो पाता। इनका परित्याग तभी होगा, जब लोगों की चेतना का स्तर ऊँचा उठेगा। तब किसी से कहना नहीं होगा कि जातिगत ऊँच-नीच निरर्थक है या अन्तर्जातीय संबंध में कोई बुराई नहीं है। ज्यादा-से-ज्यादा लोग मानवीय आचरण करेंगे, तो बुराइयाँ धीरे-धीरे खत्म हो जायेंगी। हाँ, मानवीय आचरण की एक कसौटी के रूप में यह जरूर प्रचारित किया जाना चाहिए कि जो जातवादी है या अस्पृश्यता में विश्वास रखता है, वह अन्यथा चाहे श्रेष्ठ हो, पर उसमें मूलभूत मनुष्यता नहीं है। ऐसे लोगों का सम्मान करना आवश्यक नहीं है। इसी तरह सिर्फ अनुष्ठानवादी होने के कारण किसी को उम्मीद नहीं करनी चाहिए कि उसे धर्मप्रवण मान लिया जायेगा।

जाति प्रथा, छुआछूत, निरर्थक कर्मकांड आदि से मुक्त हो जाने के बाद भी एक धार्मिक प्रणाली के रूप में हिन्दू विश्वास बने रह सकते हैं। कोई कह सकता है कि इस शुद्ध धर्म की समाज को जरूरत है। मुझे खेद है कि मैं ऐसी स्थापना से सहमत नहीं हो सकता। हिंदू धर्म ने विचार और कल्पना की महान ऊँचाइयों का स्पर्श किया है, इसमें कोई सन्देह नहीं है। लेकिन अच्छा बनने के लिए धार्मिक आदेश को मैं जरूरी या पर्याप्त नहीं मानता। ईश्वर के प्रति मेरा सन्देह तब भी बना रहेगा। यदि कोई कहेगा कि यह सृष्टि ही ईश्वर है, अस्तित्व मात्र ईश्वर है, तो मैं कहूँगा कि जहाँ तक मेरे या मानव जाति के हिताहित का सवाल है, सृष्टि अच्छाई और बुराई दोनों से भरी हुई है, अतः ईश्वर को भी सिर्फ सत्, चित् और आनन्द मानना उचित नहीं होगा। सृष्टि में द्वन्द्व है, अतः ईश्वर भी द्वन्द्वमुक्त नहीं हो सकता। कुछ लोगों का दावा है कि उन्होंने ईश्वर का साक्षात्कार किया है। यदि वे सच बोल रहे हैं, तो बधाई के पात्र हैं। लेकिन ऐसे लोग या तो कुछ बोलते नहीं या जो बोलते हैं, वह मेरी समझ में नहीं आता। अतः उनका अनुभव मेरे काम का नहीं है। धर्म का भौतिक विज्ञान सिर्फ सत्य पर आधारित नहीं है। अतः

उससे उत्पन्न होनेवाला नीतिशास्त्र भी अधूरा होने को बाध्य है। इसके बावजूद मैं यह मानता हूँ कि धर्म ने मनुष्य में एक सामाजिक चेतना पैदा की है तथा उसे नैतिक बोध से सम्पन्न किया है। इस स्तर पर उसकी कुछ उपयोगिता आज भी बनी हुई है। यह उपयोगिता जिनके लिए है, वे बेशक धर्म की शरण में जायें। इसके कारण उनके जीवन में कुछ नैतिकता पैदा होती है, तो मैं उनका सम्मान करूँगा। लेकिन यह सम्मान नैतिकता का ही होगा, उनके धार्मिक बोध का नहीं। नैतिकता न पैदा होने के बावजूद यदि कोई धर्म को मानना चाहता है, तो यह उसका अधिकार है। मैं इस अधिकार का सम्मान करता हूँ। कोई किसी से उसका ईश्वर छीन नहीं सकता। मैं उसके ऐसे अनुष्ठानों का भी उग्र विरोध नहीं करूँगा जिनसे अंधविश्वास नहीं फैलता या कोई सामाजिक हानि नहीं होती। मेरा सौभाग्य है कि मेरी पत्नी अनुष्ठानवादी नहीं हैं। मेरे परिवार के अन्य लोग अनुष्ठान करते थे या करते हैं, तो इस सिलसिले में मुझसे जो काम कहा गया, वह मैंने खुशी-खुशी किया, यद्यपि किसी अनुष्ठान में धार्मिक रूप से मैंने स्वयं हिस्सा नहीं लिया। हमें दूसरों की निर्दोष आस्थाओं का सम्मान करना चाहिए तभी उनसे हम उम्मीद कर सकते हैं कि वे हमारे विवेक की आवाज को सुनना चाहेंगे।

प्रश्न किया जाता है कि धर्म की गोद में जाने से मिलनेवाली शान्ति से किसी को क्यों वंचित किया जाये। अनेक लोगों का कहना है कि यह शान्ति वास्तविक है। वस्तुस्थिति यह है कि शान्ति कितनी भी वास्तविक हो, वह मन की ही चीज है और इच्छा हो तो मन को भुलावे में रखना कभी मुश्किल नहीं होता। असली बात तो यह है कि क्या यह शान्ति टिकाऊ भी है ? यदि एक घंटा मन्दिर में बिताने से मन उस वक्त शान्त हो जाता है और बाकी समय अशान्त बना रहता है, तो स्पष्ट है कि इस तरह की शान्ति सिर्फ एक सम्मोहन या मूर्च्छा है। मूर्च्छा हटते ही हम अपने वास्तविक रूप में आ जाते हैं। कुछ-कुछ वैसे ही जैसे ट्रैंक्विलाइजर (तनाव शमन करनेवाली औषधि) लेने से होता है। अगर ट्रैंक्विलाइजर की जरूरत हमेशा पड़ती रहे तो यह चिकित्सा नहीं, निर्भरता है। पूर्ण चिकित्सा के लिए तनाव के कारणों को भी दूर करना होगा। अशान्ति के कारण बाहर हैं और भीतर भी। दोनों स्तरों पर टिकाऊ काम करने की जरूरत है। तभी शान्ति भी टिकाऊ होगी और हर आदमी को अलग-अलग शान्ति नहीं खोजनी होगी। एक प्रस्ताव और है। जब तक जीवन है, पूर्ण शान्ति की कामना करना मूढ़ता है या लालच। कुछ अशान्ति तो रहेगी। उसका अपना सुख भी है। सांस्थानिक या आनुष्ठानिक धर्म द्वारा मिलनेवाली शान्ति का एक सामाजिक रूप से हानिकारक पक्ष यह है कि इसके कारण एक परजीवी वर्ग का विकास होता है, जिसके लिए धर्म साधना की चीज नहीं, जीविका या धनोपार्जन का उपकरण है। इससे झूठ, ढोंग और श्रद्धा के शोषण के खतरे बढ़ते हैं।

यह सब देखते-समझते हुए भी दुनिया भर में धर्म के प्रति आकर्षण बना हुआ है, तो इसीलिए कि आधुनिक सभ्यता ने मनुष्य की नैतिक चेतना को संतुष्ट करने के लिए कुछ भी नहीं किया है। आधुनिक समय के पहले की सभ्यता में तनाव कम थे। मनुष्य संतोषी था, क्योंकि उत्पादकता का स्तर नीचा था। तब भी लोभ, क्रोध, अहंकार आदि को नियंत्रित रखने के लिए धर्म द्वारा बड़े पैमाने पर उद्योग किया गया। आज तनाव ज्यादा है, क्योंकि उत्पादकता बढ़ी है, पर उसके फल छीन-झपट कर ही प्राप्त किये जा सकते हैं। यह सभ्यता मूलतः स्वार्थ बुद्धि पर आधारित है। हर आदमी को यह बताया जा रहा है कि स्वार्थ की पूर्ति उसका जन्मसिद्ध

अधिकार है। निपट स्वार्थ से परिचालित लोग एक-दूसरे से झगड़ ही सकते हैं या फिर तीसरे के खिलाफ अवसरवादी गिरोह बना सकते हैं। साम्यवाद और समाजवाद दो ऐसी विचारधाराएँ थीं, जिन्होंने मनुष्य की सामाजिकता को समाज तथा राज्य निर्माण का आधार प्रतिपादित किया। किन्तु साम्यवाद स्वयं असामाजिक सिद्ध हुआ और समाजवाद में पर्याप्त राजनीतिक साहस न था। आज दोनों ही विचार छिन्न-भिन्न, आत्मविश्वासरहित और पुनर्नवीकरण की ऊर्जा से रिक्त हैं। लोकतंत्रवाद और मानव अधिकारवाद की गम्भीर सीमाएँ हैं। लोकतंत्र सिर्फ यह जिम्मा लेता है कि शासक मतदाताओं के प्रति (समाज के प्रति नहीं—यही कारण है कि जो वर्ग राजनीतिक दृष्टि से प्रभावशाली नहीं हैं, उनकी कोई सुनवाई नहीं होती) जवाबदेह रहेंगे। लोकतंत्रवाद ने अपने राजनीतिक, सामाजिक और आर्थिक लक्ष्य परिभाषित नहीं किये हैं। इसी तरह मानव अधिकार आंदोलन अधिकतम मानक अधिकारों से लैस करने का प्रयास करता है, किन्तु यह नहीं बताता कि इन अधिकारों का सर्वोत्तम इस्तेमाल कैसे किया जा सकता है। उदाहरण के लिए समलैंगिकता ठीक है या गलत—इससे उसे मतलब नहीं। उसकी माँग इतनी ही है कि यदि लोगों में समलैंगिकता के रुझान हैं, तो उन्हें अपने ढंग से जीने का अधिकार मिलना चाहिए। इस तरह मानव अधिकारवाद लोकतंत्रवाद का ही विस्तार है। यह स्वार्थ का ही एक उदारवादी दर्शन है। मनुष्य स्वार्थी होता है, इसमें सन्देह नहीं। पर वह संवेदनशील भी होता है और उसके अस्तित्व का एक नैतिक ध्रुव भी होता है। यह नैतिक ध्रुव तभी चैन की साँस लेगा, जब समाज में मानव कर्तव्यों की भी शिक्षा दी जायेगी। एक का अधिकार दूसरे का कर्तव्य ही होता है, किन्तु सिर्फ दूसरों के अधिकारों का सम्मान करना काफी नहीं है। वास्तविक प्रश्न यह है कि अपने अधिकारों का क्या किया जाये। आधुनिक सभ्यता जब तक इसका उत्तर नहीं खोजेगी, लोग अपने नैतिक बोध को संतृप्त करने के लिए तरह-तरह के उपायों का सहारा लेंगे। इनमें एक धर्म भी है, किन्तु यह धर्म की सफलता नहीं, आधुनिकता की विफलता है।

क्षमा करें, शायद मैं भी ऐसा ही आधुनिक हूँ। लेकिन जब मैं अपने को अ-हिन्दू कहता हूँ तो क्या उसका एक अर्थ यह होता है कि मैं हिन्दू विरोधी भी हूँ। यदि कोई यह अर्थ निकालता है तो यह मेरे साथ गहरा अन्याय होगा। देश और दुनिया में असंख्य लोग ऐसे हैं जो हिंदू नहीं हैं। सिर्फ इस कारण वे हिन्दू विरोधी नहीं हो जाते। मैं भी नहीं हूँ। सच तो यह है कि एक-चौथाई या आधा हिन्दुत्व मुझमें भी है, क्योंकि मैं भी हिन्दू समाज का हिस्सा हूँ। यह हिंदुत्व अपने सहजतम रूप में रहन-सहन और बोलचाल के स्तर पर है। ये संस्कार आसानी से नहीं मिटते। फिर जिन संस्कारों से कोई नुकसान नहीं है, उन्हें बदलने की जरूरत भी नहीं है। मेरी ऐसी ही एक हिंदू आदत है, बिना स्नान किये भोजन न करना, हालाँकि कभी-कभी अति ठंड या अति आलस्य के कारण यह कर्मकांड छूट जाता है, पर इसके कारण कोई नैतिक ग्लानि मुझे नहीं होती। लेकिन धर्म और समाज एक नहीं हैं। धर्म का परित्याग कर भी आप समाज में ही रहते हैं और उसके प्रति अपनी जिम्मेदारियों का अनुभव करते हैं। बल्कि हिंदुत्व का परित्याग करनेवाला अपने समाज के प्रति और ज्यादा दायित्वशील होता है, क्योंकि उसे समाज को कायल करना होगा कि हिंदुत्व क्यों छोड़ने योग्य है। लीक पर चलने के लिए किसी स्पष्टीकरण की जरूरत नहीं। लीक छोड़नेवाले को शास्त्रार्थ करना होगा। यह वस्तुतः किसी भी समाज के

आत्म-संघर्ष या आत्म-परिष्कार का ही हिस्सा है। हिंदू समाज में ऐसे लोगों की एक लम्बी परम्परा रही है, जिन्होंने यह घोषित किया है कि हिंदुत्व या वैदिक धर्म या सनातन धर्म या वर्णाश्रम धर्म के नाम पर जो कुछ हो रहा है, उस सबका हम परित्याग करते हैं। एक तीसरी चीज है संस्कृति। धर्म से विरत और समाज से असहमत होते हुए भी कोई अपनी संस्कृति के श्रेष्ठ तत्वों से उल्लसित और प्रेरित हो सकता है। मैं भी होता हूँ। वस्तुतः संस्कृति हमारी दूसरी माँ है। उससे पलायन अपने आपसे पलायन है। लेकिन संस्कृति का दायरा बहुत बड़ा है। उसे सिर्फ हिंदू संस्कृति तक सीमित करना नादानी होगी। प्राकृतिक माता एक ही हो सकती है, किन्तु सांस्कृतिक माताओं की कोई संख्या निश्चित नहीं की जा सकती। वे सभी आदरणीय हैं।

हिंदू दिमाग ने धर्म और अधर्म पर लम्बे समय तक और तरह-तरह से विचार किया है। अतः ऐसे उदाहरण प्रचुर हैं, जिनके बल पर यह सिद्ध किया जा सकता है कि हिन्दू या सनातन धर्म तो सिर्फ कुछ मानवीय मूल्यों पर टिका हुआ है। इस संदर्भ में अक्सर मनुस्मृति के उस श्लोक की चर्चा की जाती है, जिसमें क्षमा, धैर्य, इन्द्रिय निग्रह, सत्य, अक्रोध आदि की गणना धर्म के दस लक्षणों में की गयी है। निःसंदेह इस तरह की उक्तियाँ बहुत ही प्रेरक और पवित्र हैं। लेकिन मेरा निवेदन यह है कि इन मूल्यों का पूरा दबाव मानव जाति तभी अनुभव कर सकेगी जब इन्हें वेदों, शास्त्रों और स्मृतियों के बन्धन से मुक्त कर दिया जायेगा। जो मनुस्मृति क्षमा, सत्य, अक्रोध आदि की शिक्षा देती है, वही स्त्रियों और शूद्रों को उपमानव का दर्जा भी देती है। गीता से योगी और योद्धा दोनों अनुप्राणित होते रहे हैं। यह उसकी विशेषता नहीं, समस्या है। काव्य के अनेक अर्थ होते हैं—होने चाहिए, किन्तु शास्त्र को स्पष्ट होना चाहिए। दैवी या पवित्र आदेश उलझन में डालनेवाले अन्तर्विरोधों से भरे हैं। वह धार्मिक और सामाजिक प्रतिष्ठान तो ऐसा है ही, जिसके बारे में मान्यता है कि वह इस आदेश पर चल रहा है। इस पराधीनता से विद्रोह जरूरी है और अच्छा भी। किसी की भी वाणी मनुष्य के लिए आदेश नहीं हो सकती। उसे अपने विवेक से अपने सारे फैसले करने चाहिए। इस विवेक का ही अनुरोध है कि उस प्रतिष्ठान से जिरह की जाये जो मनुष्य को अमानवीय या अतिमानवीय बंधनों में रखना चाहता है।

लेकिन हिंदू समाज से मेरा रिश्ता सिर्फ जिरह का नहीं है। रिश्ता पुनर्निर्माण का भी है। इस मद में मैं हमेशा, अपनी सीमित सामर्थ्य और अपने सीमित साधनों से, हस्तक्षेप करता हूँ और आशा है कि आगे भी करता रहूँगा। यह हस्तक्षेप धार्मिक चर्चा में भी हो सकता है, यदि बहस विचार और विवेक के स्तर पर हो रही हो। जहाँ मामला सिर्फ आस्था का है, वहाँ मैं नम्रतापूर्वक अपने को अलग रखूँगा। लेकिन जो आस्थाएँ समाज के लिए खतरनाक हैं (जैसे नर बलि), उनका विरोध करना मेरा सामाजिक कर्तव्य होगा। हिंदुत्व की आन्तरिक बहस में मेरी कोई रुचि नहीं है, यदि मुझे आमंत्रित न किया जाये। तिलक का आकार क्या हो—इस विमर्श में मैं नहीं पड़ूँगा, पर जनेऊ धारण करना चाहिए या नहीं—इस पर मैं अपनी राय अवश्य रखूँगा। यह मेरा सामाजिक अधिकार है, क्योंकि जनेऊ सिर्फ धागा नहीं है—वह जातिगत श्रेष्ठता का प्रतीक बन चुकी है।

अ-हिंदू होना अपने समाज की सदस्यता छोड़ना नहीं है, बल्कि उस सदस्यता का जिम्मेदारी

के साथ निर्वाह है। हिंदू समाज मेरे लिए समाज पहले है, हिन्दू बाद में। हिंदुत्व उसका महज एक आरोपण है। इस आरोपण के बारे में मैं जो अनुभव करता हूँ, वह मुझे ईमानदारी से कहना ही चाहिए, अन्यथा मैं अपने आपसे और समाज से छल करूँगा। यह स्पष्ट करने की भी जरूरत है कि सिर्फ हिंदू समाज ही मेरा समाज नहीं है। मेरा एक भारतीय समाज भी है और उससे बढ़ कर मानव समाज भी। इनके प्रति भी मेरे कर्तव्य हैं और इन कर्तव्यों के तकाजे से भी हिंदू समाज में हस्तक्षेप करने की जरूरत पड़ सकती है। मेरे अ-हिंदू होने का अर्थ यह भी नहीं है कि हिंदू होना मेरे लिए शर्म की बात है, इसमें क्या शक है कि हिंदू समाज की हालत, देश के अधिकांश समाजों की तरह, अच्छी नहीं है। इस पर अन्य अनेक लोगों की तरह मुझे भी शर्म आती है। लेकिन यह हिंदू होने की शर्म नहीं है। उन स्थितियों की शर्म है। इन स्थितियों का हिंदुत्व की बुनियादी मान्यताओं से कोई अनिवार्य संबंध नहीं है। लोग हिंदू रहते हुए भी इन स्थितियों को सुधार सकते हैं। मेरे लिए हिंदू होना एक अतार्किक स्थिति है और अतार्किक होने पर मुझे जरूर शर्म होगी। मेरा विश्वास है कि एक मुसलमान और एक ईसाई भी यह शर्म अनुभव करने से बच नहीं सकता। लेकिन यह शर्म उस गर्व को कम नहीं करती, जो मेरे अनेक हिंदू पुरखों द्वारा किये गये उच्चतम चिन्तन से स्वाभाविक रूप से पैदा होता है। मैं दावे के साथ कह सकता हूँ कि हिंदू हुए बगैर भी उस चिन्तन का आनन्द लेना और उससे लाभान्वित होना सम्भव है। मेरे लिए यह सहज भी है, क्योंकि हिंदू परंपरा से मेरी एक स्वाभाविक वाकफियत है। यही बात अन्य धर्मावलम्बियों के लिए उनकी अपनी परम्परा की श्रेष्ठ उपलब्धियों के संदर्भ में कही जा सकती है। चूँकि परिचय और निकटता से ही प्रेम होता है, अतः यह भी सच है कि हिन्दू समाज से मेरा लगाव भारत के किसी भी अन्य समाज से कुछ ज्यादा है। राष्ट्रीयता के स्तर पर यह शायद कोई अच्छी बात नहीं, लेकिन सच तो सच ही है। हाँ, इस लगाव के कारण जहाँ मैं अन्य समाजों का अशुभचिन्तक नहीं हो जाता, वहीं यह कामना करता हूँ कि हिन्दू समाज अपने भीतर मौजूद पतनकारी प्रवृत्तियों से संघर्ष में सफल हो।

चूँकि इस घोषणापत्र के पीछे किसी प्रकार का द्वेष या क्रोध नहीं है, अतः यह स्वतः स्पष्ट है कि यदि कोई मुझे हिंदू बनाने आता है, तो मैं कृतज्ञ हो कर उसका स्वागत ही करूँगा, क्योंकि वह अपनी समझ से मेरे भले के लिए ही आयेगा। अन्त में यह स्पष्ट करना आवश्यक है कि हिन्दू न रह पाने के कारण मैं व्यक्ति के स्तर पर श्रेष्ठ या पहले से कम बुरा नहीं हो गया हूँ। इसके लिए कुछ और गुणों की जरूरत होगी। अगर मैं आस्तिक होता, तब भी ईश्वर से यही प्रार्थना करता कि हे सर्वशक्तिमान, चूँकि तुझसे मेरा सीधा संवाद सम्भाव्य नहीं, इसलिए मुझमें ही वह शक्ति पैदा कर, जिससे मैं इन गुणों को समझ सकूँ और उन्हें अपना सकूँ।

□□□